古典文獻研究輯刊

二三編
曾永義 主編

第13冊

歷代宋詞集序跋研究（下）

許淑惠 著

國家圖書館出版品預行編目資料

歷代宋詞集序跋研究（下）／許淑惠 著 -- 初版 -- 新北市：
花木蘭文化事業有限公司，2021〔民110〕
目 4+166 面；19×26 公分
（古典文學研究輯刊 二三編；第 13 冊）
ISBN 978-986-518-352-3（精裝）
1. 宋詞 2. 序跋 3. 研究考訂
820.8 110000428

ISBN-978-986-518-352-3

9 789865 183523

古典文學研究輯刊
二三編 第十三冊 ISBN：978-986-518-352-3

歷代宋詞集序跋研究（下）

作　　者	許淑惠
主　　編	曾永義
總 編 輯	杜潔祥
副總編輯	楊嘉樂
編　　輯	許郁翎、張雅淋　美術編輯　陳逸婷
出　　版	花木蘭文化事業有限公司
發 行 人	高小娟
聯絡地址	235 新北市中和區中安街七二號十三樓
	電話：02-2923-1455／傳真：02-2923-1452
網　　址	http://www.huamulan.tw 信箱 service@huamulans.com
印　　刷	普羅文化出版廣告事業
初　　版	2021 年 3 月
全書字數	324093 字
定　　價	二三編 31 冊（精裝）台幣 82,000 元

歷代宋詞集序跋研究（下）

許淑惠　著

目

次

第五章　清人撰宋詞總集序跋析論

　　清‧沈曾植《彊村校詞圖‧序》云：「詞莫盛於宋，而宋人以詞為小道，名之曰『詩餘』。及我朝而其道大昌。」〔註1〕清詞壇繁盛直承兩宋，別開研究視野，實與統治者推波助瀾，崇尚文教，廣羅名士，整理典籍密不可分。清詞名家輩出，詞派林立，詞篇創作、詞學理論、詞選及詞譜編纂，空前繁盛。詞壇關注詩詞之別、雅俗之分，判衡詞體正變，闡述詞學思想，企圖釐清諸多爭論已久之課題，故此期詞學理論堪稱千巖競秀，蔚為大成。歷代以來，創作、唱和、結社、選詞等活動，有助詞體傳播。清代以前，詞派歸屬未明，清代則以詞派紛呈，象徵詞體復興，更健全詞學理論。清‧蔡嵩雲《柯亭詞論》論清詞派別云：

> 清詞派別，可分三期。浙西與陽羨派同時。浙西派倡自朱竹垞，
> 曹升六、徐電發等繼之，崇尚姜、張，以雅正為歸。陽羨派倡自
> 陳迦陵，吳菌次、萬紅友等繼之，效法蘇、辛，惟才氣是尚，此
> 第一期也。常州派倡自張皋文，董晉卿、周介存等繼之，振北宋
> 名家之緒，以立意為本，以協律為末，此第二期也。第三期詞派，
> 創自王半塘，葉遐庵戲呼為桂派，予亦姑以桂派名之。和之者有
> 鄭叔問、況周頤、朱彊村等，本張皋文意內言外之旨，參以凌次
> 仲、戈順卿審音持律之說，而益發揮光大之。……餘皆少所樹立，
> 不能成派。〔註2〕

〔註1〕〔清〕沈曾植撰：《彊村校詞圖‧序》，收錄於施蟄存《詞籍序跋萃編》，頁726。

〔註2〕〔清〕蔡嵩雲撰：《柯亭詞論》，收錄於唐圭璋《詞話叢編》，冊五，頁4908。

清詞派以宋詞為立論基礎，思考層面更形完善，觀點更趨全面。詞選本為詞派宣傳主張之重要載體，清編詞選較之前代詞選，其序跋篇幅愈顯宏偉，除可藉以掌握編纂體例、交代成書經過、詞人群體交遊、書名由來；亦可探知詞學理論、擇錄標準，故論及詞選，必探析其序跋。清代詞選數量、質量，為歷朝之冠，就編輯體例論之，以唐宋至清朝為選域之通代詞選，最為繁多，亦多見以兩宋為主之斷代詞選，與明朝無專錄宋代之情況迥異，可見清人以宋詞為範式。就編選者論之，清代詞壇理論架構、流派觀點鮮明，陽羨、浙西、常州等派，影響卓著，積極編輯詞選以宣揚詞學主張。朱彝尊《詞綜》、張惠言《詞選》，影響最深遠，而陽羨派吳綺、萬樹多鑽研詞律，編有詞譜；另有諸多詞人群體，雖無嚴密組織及完備理論，但彼此唱和，編輯詞選展現相近審美思考及理論觀點，如吳綺為廣陵詞人群體，編有《選聲集》；卓回為西陵詞人群體，編有《古今詞匯》；侯晰為梁溪詞人群體，編有《梁溪詞選》；周銘為松陵詞人群體，編有《林下詞選》等，亦彰顯清代詞學發展活絡。本節先將各詞選依編纂者生年進行分期，並就序跋文字逐一探討其內涵。

第一節　清代前期：順治至康熙朝

清聖祖〈歷代詩餘序〉云：「朕萬幾清暇，博綜典籍，於經史諸書，有關政教而裨益身心者，良已纂輯無遺。因流覽風雅，廣識名物，欲極賦學之全，而有《賦彙》；欲萃詩學之富，而有《全唐詩》，刊本宋、金、元、明四代詩選。更以詞者繼響夫詩者也，乃命詞臣輯其風華典麗悉歸於正者，為若干卷，而朕親裁定焉。」〔註3〕執政者以「風華典麗」為擇詞標準，詞體正式納入官方視野。另有《欽定詞譜》，以《御選歷代詩餘》為編纂基礎，參酌內府藏書，相較萬樹一人之力，更加嚴密翔實。輯錄詞調 826 種，共 2306 體，數量遠勝前人，影響詞學發展甚鉅。據《全清詞·順康卷》收詞家兩千一百餘人，詞篇高達五萬首〔註4〕，可見此時詞風大盛，今可掌握之通代詞選，有《詞綜》、《古今詞選》、《御選歷代詩餘》、《詞潔》；專題詞選有《古今別腸詞選》；女性詞選則有《林下詞選》，分別探討如次：

〔註 3〕〔清〕清聖祖御撰：《歷代詩餘·序》，收錄於張璋《歷代詞話》，下冊，頁 1181。
〔註 4〕張宏生主編：《全清詞·順康卷補編》（南京：南京大學出版社，2008 年 5 月）。

一、通代詞選
《詞綜》、《古今詞選》、《御選歷代詩餘》、《詞潔》

（一）朱彝尊、汪森編《詞綜》

朱彝尊（1629～1709），字錫鬯，號竹垞，又號小長蘆釣魚師。秀水（今浙江）人。早年致力經史，學識豐富，文采出眾，與汪森合著《詞綜》三十六卷〔註5〕。並明言肯定詞體特質云：「詞雖小技，昔之通儒鉅公，往往為之。蓋有詩所難言者，委曲倚之於聲。其辭愈微，而其旨益遠。善言詞者，假閨房兒女之言，通之於離騷變雅之義，此尤不得志於時者，所宜寄情焉耳！」〔註6〕足見詞體深具感發力量，抒情更顯精微。《詞綜》擇錄數量為唐詞20家68首，五代詞24家148首，宋詞376家1387首，金詞27家62首，元詞84家257首，汪森又增收370首，選錄繁富。編排方式採作家名下附有小傳，詞後載有詞話，體例健全。卷首有康熙十七年戊午（1678）汪森序，及朱彝尊發凡十六則。茲探析如次：

1、匯集眾力，各有分工

汪森《詞綜·序》論編纂大要云：

> 友人朱子錫鬯，輯有唐以來迄於元人所為詞，凡一十八卷，目曰「詞綜」，訪予梧桐鄉。予覽而有契於心，請雕刻以行。朱子曰：「未也。宋、元詞集傳於今者，計不下二百家，吾之所見，僅及其半而已。子其博搜，以輔吾不足，然後可。」予曰：「唯！唯！」錫鬯仍北游京師，南至於白下。逾三年歸，廣為二十六卷。予往來苕雪間，從故藏書家抄白諸集，相對參論，復益以四卷，凡三十卷。計覽觀宋、元詞集一百七十集，傳記、小說、地志三百餘家，歷歲八稔，然後成書。……而敘次詞人爵里，勘讎同異而辨其訛，則柯子寓匏、周子青士力也。〔註7〕

〔註5〕舍之撰：〈歷代詞選集敘錄〉（五）論此選版本云：「《四庫全書》著錄本則此書三十四卷，今代傳本則三十卷之後，尚有補入三卷，補詞三卷，共三十六卷。」又云：「嘉慶初，青浦王昶又增輯補入二卷，合而刻之，是為三十八卷本。」收錄於《詞學》第五輯，頁255。

〔註6〕〔清〕朱彝尊撰：《曝書亭集》，收錄於《文津閣四庫全書》，集部，冊440，卷40，頁87。

〔註7〕〔清〕朱彝尊、汪森編：《詞綜》（上海：上海古籍出版社，2008年3月），頁2。

汪森（1653～1723），字晉賢，號碧巢，桐鄉（今浙江）人。兄弟俱雅好藏書，閣名「碧巢書屋」，晚年閒居著述，與同鄉好友朱彝尊來往密切。《詞綜》體製宏大，編選範圍自唐迄金、元，僅憑一人之力，實難為之，故有呼朋引伴、彼此響應之舉。就序常可見細述成書經過，及選者間的交遊情況，《詞綜》便是如此，匯集眾人心力而成。汪氏序為浙西詞派理論依據，亦精簡交代成書經過。柯寓匏，名崇樸，為柯維禎之兄，另撰《詞綜・序》云：

> 所患向來選本，或以調分，或以時類，往往雜亂無稽，凡名姓、里居、爵仕，彼此錯見，後先之序，幾于倒置，況重以相沿日久，以訛繼訛，於茲之選，可無詳訂以救其失？〔註 8〕

柯氏博徵史傳，旁考稗官，參酌郡邑載志、諸家文集，匯訂成書，糾舉錯謬之處不勝枚舉。序另標舉詞選沿襲之弊，關注五大面向：一為別姓氏，如李珣誤作李詢，王觀誤作王冠。二為考爵里，如李白蜀人，一云山東人；歐陽炯中書舍人，一云大學士。三為審世次，如徐昌圖宋殿中丞，或列於唐；仇遠元儒學教授，或列於宋。四為析人同異，如兩張先之別。五為舛誤最甚者，如朱敦儒，字希真，朱秋娘名希真，累世多見以朱敦儒《樵歌》為朱秋娘所作。另說明編纂原則為「姓氏之下著其地，爵仕之前序其世，贈謚、稱號、撰述繫之爵仕之後，無所依據者姑闕之」。足見詞選錯謬訛傳、積非成是之弊甚繁多，柯氏逐一考辨釐清，厥功甚偉。朱彝尊於《詞綜・發凡》盛讚柯氏，又對周篔（1623～1687，初名筠，字公貞，更字青士，別字當谷，嘉興（今浙江）人）稱頌有加，認為周氏「辨證古今字句音韻之訛，輒極精當」。除上述三人，朱氏於《詞綜・發凡》另羅列十餘位相助者〔註 9〕，綜合《詞綜・序》、發凡可知，此集編纂匯集諸賢心力，雛形由朱彝尊製定，後由汪森增補，柯崇樸、周篔致力校讎、考證，除廣搜博取，申明詞學主張外，柯氏序亦糾舉詞學諸多缺失，別具價值，分工細密，耗

〔註 8〕〔清〕朱彝尊、汪森編：《詞綜》（上海：上海古籍出版社，2008 年 3 月），頁 3。

〔註 9〕〔清〕朱彝尊《詞綜・發凡》云：「佐予討論編纂者，汪子而外，則安丘曹舍人升六，無錫嚴徵士蓀友，江都汪舍人季甪，宜興陳徵士其年，華亭錢舍人葆馚，吳江俞處士無殊、休寧汪上舍人元禮、李徵士武曾、李布衣分虎、沈秀才山子、柯孝廉翰周、浦布衣傳功、門人周瀠岳」，同前註，頁 12。按：十餘位相助者中，除汪元禮、浦傳功、周瀠岳三人外，餘人本名依次為：曹貞吉、嚴繩孫、汪懋麟、陳維崧、錢芳標、俞南史、李良年、李符、沈進、柯維楨。

日費時而成鉅作。

2、瓣香南宋，標舉姜夔

明人論詞多以晚唐、五代、北宋為宗，清初延續此風，如雲間詞派領袖陳子龍於《幽蘭草詞‧題辭》中，論南唐二主至靖康年間詞人「穠纖婉麗，極盡哀豔之情；流暢澹逸，窮盼倩之趣。然皆境由情生，辭隨意啟，天機偶發，元音自成，繁促之中尚存高渾，所為最盛也。」〔註 10〕推崇之情，昭然可見。另評南宋詞人「寄慨者亢率而近於傖武，諧俗者鄙淺而入於優伶」，貶抑之情，流露筆端。至浙西詞派《詞綜》書成，南宋詞人終得知音見賞。朱彝尊《詞綜‧發凡》云：「世人言詞，必稱北宋。然詞至南宋，始極其工，至宋季而始極其變。姜堯章最為傑出，惜乎《白石樂府》五卷，今僅存二十餘闋。」〔註 11〕朱氏跳脫傳統拘限，稱揚南宋詞人、詞作，姜夔尤為箇中翹楚，「惜乎、僅存」兩詞，可見對詞集散佚，深表惋惜。汪森《詞綜‧序》又云：

> 西蜀、南唐而後，作者日盛。宣和君臣，轉相矜尚。曲調愈多，
> 流派因之亦別。短長互見，言情者或失之俚，使事者或失之伉。
> 鄱陽姜夔出，句琢字煉，歸於醇雅。〔註 12〕

詞情深幽，必須細膩體察，朱彝尊認為詞若言情太過，易流於穢，而失溫雅醇婉之旨。汪森以「醇雅」評定姜夔詞，詞篇全數收錄；另以周密 54 首、吳文英 45 首、張炎 38 首分區前三名，充分體現浙西詞派推崇南宋詞人之意。

3、糾舉《草堂》，推崇醇雅

清‧宋翔鳳《樂府餘論》論《草堂》特質云：「蓋以徵歌而設，故別題春景、夏景等名，使隨時即景，歌以娛客。題吉席慶壽，更是此意。其中詞語間與集本不同。其不同者，恆平俗，亦以便歌。以文人觀之，適當一笑，而當時歌伎，則必須此也。」〔註 13〕《草堂詩餘》著重於通俗便歌，用以娛樂遣賓，與浙西詞派標舉醇雅，顯然相悖。朱彝尊所言最為直接，《詞

〔註 10〕〔清〕陳子龍撰：《幽蘭草詞‧題辭》，收錄於馮乾編校：《清詞序跋彙編》（南京：鳳凰出版社，2013 年 12 月），冊 1，頁 1。

〔註 11〕〔清〕朱彝尊、汪森編：《詞綜》（上海：上海古籍出版社，2008 年 3 月），頁 11。

〔註 12〕同前註。

〔註 13〕〔清〕宋翔鳳撰：《樂府餘論》，收錄於唐圭璋《詞話叢編》，冊 4，頁 2500。

綜・發凡》云：

> 獨《草堂詩餘》所收最下、最廣，三百年來，學者守為兔園冊，
> 無惑乎詞之不振也。〔註14〕

《新五代史・劉岳傳》載：「兔園冊者，鄉校俚儒教田夫牧子之所誦也。」
〔註15〕本指流行民間之讀本，後泛指膚淺書籍、學問。朱彝尊《詞綜・發
凡》更逐一糾舉《草堂》兩大弊端，云：

> 填詞最雅無過石帚，《草堂詩餘》不登其隻字，見胡浩立春即席而
> 作，蜜殊詠桂之章，亟收卷中，可謂無目者也。

> 宋人編集歌曲，長者曰慢，短者曰令，初無中調、長調之目。自
> 顧從敬編草堂詞，以臆見分之，後遂相沿，殊屬牽率。

> 宋人詞集，大約無題，自《花庵》、《草堂》增入閨情、閨思、四
> 時景等題，深為可憎，今俱準本刪去。〔註16〕

首先，朱氏以雅為擇選標準，汪森序亦標舉「醇雅」，俱以姜夔為高格。《草
堂》未選，卻收遊戲應酬之作，顯然失當。其二，批評分類形式，《草堂》
本是南宋書坊商賈為方便市井擇唱所編，堪稱流行歌曲集。採行分類編選，
本為應歌、便歌所作，前集分為春景、夏景、秋景、冬景四類；後集則以
節序、天文、地理、人物、人事、飲饌器用、花禽等七類，各類下別立子
目，共 66 條，為宋代分類詞選之代表。吳昌綬跋語亦評之云：「惟其出坊
肆人手，故命名不倫，所采亦多蕪雜，取便時俗，流傳浸廣。」〔註17〕朱
彝尊編選《詞綜》，兼采趙崇祚《花間集》、黃昇《花菴絕妙詞選》及《中
興以來絕妙詞選》、元好問《中州樂府》、彭致中《鳴鶴餘音》及明代諸家
選本，務去俗言，歸於正始。特別標舉《樂府雅詞》、《絕妙詞選》、《樂府
補題》，分別為之撰寫序跋，可見推崇之情；編纂方式以字數多寡為序，針
對《花菴詞選》、《草堂詩餘》增入閨情、閨思、四時等題材，有所反省，

〔註14〕〔清〕朱彝尊、汪森編：《詞綜》（上海：上海古籍出版社，2008 年 3 月），
　　　　頁 11。

〔註15〕〔宋〕歐陽脩撰：《新五代史・劉岳傳》（臺北：臺灣商務印書館，1991 年
　　　　2 月）。

〔註16〕〔清〕朱彝尊、汪森編：《詞綜》（上海：上海古籍出版社，2008 年 3 月），
　　　　頁 14。

〔註17〕〔清〕吳昌綬撰：《草堂詩餘・序》，收錄於施蟄存《詞籍序跋萃編》，卷 8，
　　　　頁 672。

並盡數予以刪除，由周篔精校古今音韻之訛誤，足見《詞綜》編纂選源廣泛，矯弊意圖強烈。

清‧王昶推尊此集為「後世言詞者之準則」〔註18〕，朱彝尊編纂《詞綜》體例、擇取標準甚是講究，且就〈發凡〉列舉書目，詳分纂輯時采錄者、未得見者，可見編纂多有參酌；另如曾慥《樂府雅詞》、趙聞禮《陽春白雪》，皆未能得見，朱氏深表遺憾，藉此亦可窺查詞集流傳情況。且〈發凡〉明言參酌傳記、小說、地志三百餘種，並擺脫明人選詞以《草堂詩餘》為藍本之拘限，除廣泛取用家藏詞集外，更與當代名家多有借閱、抄錄、討論，大大豐富詞集內容。

（二）沈時棟《古今詞選》

沈時棟（生卒年不詳），字成廈，號瘦吟詞客，生於書香世家，尤擅詞章，著《瘦吟樓詞》，編纂《古今詞選》十二卷，專收唐五代至清人詞。是集選錄 286 家詞人，994 首詞，排列依字數多寡，先小令後慢詞。卷首有顧貞觀序，序後有《選略》八則，具有凡例效能。第一則嘆云：「古今選本，若《絕妙好詞》、《唐詞小令》、《金荃》、《蘭畹》、《萬選》、《廣選》、《草堂》……及各家專集，指不勝數，而獨古今合刻者，未睹成書。」〔註19〕提及編選動機及命名之思考，但明朝崇禎年間通代詞選，如《古今詞統》、《古今詩餘醉》，皆有輯選合刻古今之舉；《古今詞匯》也早已問世，沈氏此製，絕非創舉，此語未免言過其實。

第二則又云：「是集雄奇、香艷者俱錄，惟或粗或俗，間有敗筆者置之，即名作不登選者，猶所不免。如東坡『大江東去』，雖上下古今，膾炙齒牙，然公瑾當年，奚待小喬初嫁而後雄姿英發耶？是亦此詞之白璧微瑕也。四方同志，幸勿以強作解事見誚。」沈氏此處，以蘇軾〈念奴嬌〉（大江東去）詞為例，不知係視「雄奇」而粗俗？或「香艷」而粗俗？著實費解。且論東坡詞者，從未以此詬病之，沈氏之論過於偏頗，故施蟄存評此本為清初人詞選中最下劣者。〔註20〕另有顧貞觀序云：

〔註18〕〔清〕王昶輯、王兆鵬校點：《明詞綜》（瀋陽：遼寧教育出版社，1997 年 3 月），頁 1。

〔註19〕〔清〕沈時棟輯：《古今詞選》（臺北：東方書局，1956 年 5 月）。

〔註20〕施蟄存：〈歷代詞選集序錄〉，收錄於《詞學》第四輯（上海：華東師範大學出版社，1986 年 8 月），頁 253。

惟於詞也亦然。溫柔而秀潤，豔冶而清華，詞之正也。雄奇而磊
落，激昂而慷慨，詞之變也。然工詞之家，徒取乎溫柔秀潤、豔
冶清華，而於雄奇磊落、激昂慷慨者皆棄之，何以盡詞之觀哉？
雖然，執此論者，抑猶有未善焉。夫詞調有長短，音有宮商，節
有遲促，字有陰陽，此詞家尺度不可紊也。今雄奇磊落、激昂慷
慨者，任其才之所至，氣之所行，而長短、宮商、遲促、陰陽諸
律，置焉不問，則是狐其裘而羔其袖也。詞之道，又不因是蕩然
乎？〔註21〕

顧貞觀（1637～1714），原名華文，字遠平、華峰，號梁汾，無錫（今江蘇）
人。為晚明東林黨人顧憲成曾孫，畢生留心經史，雅好詞篇，與陳維崧、
朱彝尊並稱明末清初「詞家三絕」，著有《彈指詞》、《積山巖集》等。此序
顯然針對清代詞壇婉約、豪放各為詞體正宗、變體之論而發。顧氏認為婉
約確實為詞體正宗，豪放則為變體，但不應只取婉約，漠視豪放，但豪放
應有規範，不可棄音律不顧。顧氏此言，為清代婉約、豪放風格論中，見
解較為公允者。

（三）官方編纂：《御選歷代詩餘》

　　清代由官方御定編纂者為《御選歷代詩餘》及《欽定詞譜》，兩者皆為
清代大型官書，體製宏大，影響詞壇深遠。《御選歷代詩餘·序》云：

詩餘之作，蓋自昔樂府之遺音，而後人之審聲選調所由以緣起
也。而要皆昉於詩，則其本末源流之故有可言者。古帝舜之命夔
典樂曰：「詩言志，歌詠言，聲依永，律和聲」。可見唐虞時即有
詩，而詩必協於聲，是近代倚聲之詞，其理故已寓焉。降而殷周，
孔子刪而為三百五篇，樂正而雅頌得所考。……

朕萬幾清暇，博綜典籍於經史諸書，有關政教而裨益身心者，良
已纂輯無遺。因流覽風雅，廣識名物，欲極賦學之全而有《賦
匯》，欲罪詩學之富而有《全唐詩》，刊本宋金元明四代詩選，更
以詞者繼響夫詩者也。乃命詞臣輯其風華典麗悉歸於正者，為若
干卷，而朕親裁定焉。

夫詩之揚厲功德，鋪陳政事，固無論矣。至於〈桑中〉、〈蔓草〉

〔註21〕〔清〕顧貞觀撰：《古今詞選·序》，收錄於沈時棟編：《古今詞選》，頁1。

諸什，而孔子以一言蔽之曰：思無邪。蓋蕙茝可以比賢者，嚶鳴
可以喻友生，苟讀其詞而引伸之、觸類之，範其軼志，砥厲貞心，
則是編之含英咀華、敲金憂玉者，何在不可以思無邪之一言該之
也。若夫一唱三嘆，譜入絲竹，清濁高下，無相奪倫，殆宇宙之
元音具是。推此而沿流討源，由詞以溯之詩，由詩以溯之樂，即
簫韶九成，其亦不外於本人心以求自然之聲也夫。康熙四十六年
七月十二日。

四庫館臣評「自有詞選以來，可云集其大成矣。」〔註22〕就目錄可知《御
選歷代詩餘》前一百卷為詞選，錄唐宋元明詞 9009 首，按詞調字數多寡依
序排列，共 1540 調；且一體有數名、名同體異、自撰新名者，皆於各調之
下標明，以方便查知。後為詞人姓氏十卷、詞話十卷，共計一百二十卷。
對倚聲家之派別異同，博徵詳考，錄詞崇雅黜浮，搜羅宏富，別裁不苟。
就序可見康熙皇帝與編纂群臣，標舉詞為「樂府遺音」、「昉於詩」、「詞
者繼響夫詩者」，推尊詞體之意極其鮮明。以「不失正者」、「風華典麗」為
擇取標準，以不失於雅正者為範式，而風格沉鬱排宕，寄托深遠，不涉綺
靡，卓然名家者，尤多收錄。就此可見詞體正式進入官方視野，地位隨之
提升。

（四）先著《詞潔》

先著（1651～？），字渭求，號遷甫，一字染庵，晚號之溪老生、盍旦
子，精擅詩文，有《溪老生集》；與程洪合輯《詞潔》六卷。先著自撰序、
發凡，闡述編選原則及詞學觀念。而清代詞學家多為當代名詞家，如朱彝
尊、張惠言、周濟、譚獻等人，編纂詞選除確立詞派宗旨外，有相當程度
是為引領創作風氣、初學入門。各詞派流傳久遠，難免誤入歧途，呈現弊
端，清人編輯詞選，於序跋語亦多見糾舉，如先著《詞潔·自序》云：

　　韻，小乘也。豔，下駟也。詞之工絕處，乃不主此。今人多以是
　　二者言詞，未免失之淺矣！蓋韻則近於佻薄，豔則流於褻媟，往
　　而不返，其去吳騷市曲無異。……《詞潔》云者，恐詞之或即於
　　淫鄙穢雜，而因以見宋人之所為，固自有真耳。〔註23〕

〔註22〕〔清〕永瑢、紀昀等撰：《四庫全書總目·歷代詩餘提要》，卷 199，頁 2806。
〔註23〕〔清〕先著、程洪輯；劉崇德、徐文武點校：《詞潔》（保定：河南大學出
　　　　版社，2007 年 8 月），頁 1。

先著對當代論詞以格律工整、綺豔詞藻為標準，不以為然，明言糾舉之。序云：「詩之道廣，而詞之體輕。道廣則窮天際地，體物狀變，歷古今作者而猶未窮。體輕則轉喉應折，傾耳賞心而足矣！」又云：「至宋人之詞，遂能與其一代之文，同工而獨絕，出於詩之餘，始判然別於詩矣！……予嘗取宋人之詩與詞，反覆觀之，有若相反然者。詞則窮巧極妍，而趨於新；詩則神槁物隔，而終於弊。」〔註24〕先著明言詩詞之異，判別兩體特質，凸顯詞篇純供欣賞。並曾取宋代詩、詞並觀分析，斷定宋詞「窮巧極妍」，宋詩漸趨衰敝。此看法或許過於主觀偏頗，但推尊詞體之意甚明。

二、專題詞選

趙式編選《古今別腸詞選》四卷，趙式（生卒年不詳），字去非，浙江人。屢困場屋，生活困頓，擇取宋代以來抒發離情傷懷之詞 900 多首。以調編次，卷一、二專收小令，卷三中調，卷四長調，每卷末收趙式詞作。今藏於中國國家圖書館，筆者前往蒐得序及凡例，茲迻錄如下：

> 詞者詩之餘也，其絲桐之逸響，三百之遺音乎。然而吐芳挹潤，
> 要必有別腸以出之，而繪影繪聲，始各極其工，且肖於千古。夫
> 自唐宋迄今，詞人輩起，更唱疊和，指不勝屈，《花間》、《草堂》
> 其行風而膾炙也久矣。〔註25〕

古代製琴多用桐木，以絲為弦，故以絲桐為琴的代稱，就此凸顯詞體合樂之特質。並就此可窺見《花間》、《草堂》風行已久。又論編纂方式云：「詞人姓名各依歷代先後遞及其詞，同此代者不及另分先後；或只有姓名而字證不及詳載，只列姓名而已；或詞只稱字號，無諱可稽，亦依原本不敢妄動。」〔註26〕排序依時代先後。並曾於序感慨別腸之作甚少，故編選得「半調之工」、「一語之異」，便欣喜不已。

專題詞選，宋已有之，以黃大輿《梅苑》及明人周履靖《唐宋元明酒詞》，最為知名。前者專擇詠梅佳篇，後者收錄唐至明詞人 31 家，酒詞 133 首。清人則另擇取專詠別情、節序之詞，據王兆鵬《詞學史料學》可知，

〔註24〕〔清〕先著、程洪輯；劉崇德、徐文武點校：《詞潔》（保定：河南大學出版社，2007 年 8 月），頁 1。

〔註25〕〔清〕趙式編：《古今別腸詞選》，康熙四十八年刻本，今藏於中國國家圖書館。

〔註26〕同前註。

汪森輯、沈進校定《撰辰集》四卷，以節序分類編排，每類之下各擇詞篇，全書共 346 首，卷末沈復粲跋，今藏於南京圖書館。陳鼎輯《同情集詞選》十卷，以《詞綜》、《詞律》為選源，擇取 391 調 1122 首詞，卷首有陳鼎自序、雪訪居士序、熊璉序、黃理二十一家題辭，今藏於中國國家圖書館，兩書皆未能寓目，甚是可惜！

三、女性詞選

　　清人輯錄女性詞選，數量甚繁，據王兆鵬《詞學史料學》整理，計有三類：其一，專選歷代女性詞人作品，如周銘《林下詞選》、歸淑芬《古今名媛百花詩餘》、吳灝《歷代名媛詞選》，今僅見周銘序。其二，專錄明清女性詞人作品，如《眾香詞》。其三，專錄清代女性詞人作品，如《本朝名媛詩餘》、《閨秀詞鈔》等。第二、三類非本小節探討範圍，將略而不談。

　　周銘（1641～？），原名曾璘，字蒼承、勒山，吳江（今江蘇）人。輯《林下詞選》十四卷，書前依序有尤侗〈林下詞選序〉、吳之紀〈林下詞選敘〉、趙澐〈林下詞選序〉、周銘〈林下詞選題辭〉（調寄〈鶯啼序〉）。其次為參校者姓氏，列十四人〔註 27〕，皆為清詞壇一時之選。後為〈凡例〉八則，說明編纂大要及體例。卷次安排，一至四卷為宋詞，卷五為元詞，六至九卷為明詞，十至十三卷為清詞，卷十四為補遺。《四庫全書總目·林下詞選提要》云：「是集題曰『林下』，蓋取《世說》所載謝道韞事也。其書采取女子之作，自宋、元、明以及國朝。」〔註 28〕據此可知詞選命名之因，及全書專門輯選歷代婦女詞篇。周銘題辭云：

> 緝柳編蒲，消不盡平生心事。頻回首、舊恨千端，迴腸九折而
> 已。兩字功名容易誤，讀書萬卷徒為耳。甚英雄老大，心情付與
> 流水。　　醉臉橫春，好花簪帽，總是閒遊戲。從來酒聖詩豪，
> 空流斷簡殘紙。羽觴醉、煞謫仙人，綵毫抹倒元才子。到而今、

〔註 27〕此十四家分別為「嘉禾朱彝尊竹垞、吳門楊無咎易亭、青州趙執信秋谷、松陵徐釚電發、琴川孫晹赤崖、萊陽姜實節學在、分湖葉舒穎學山、菇東馮晶勉曾、錢塘沈用濟方舟、吳江吳尚采知白、吳下顧嘉譽來章、茸城戴天瑞貴園、三楚韓矩寄庵、隴西李果碩夫。」〔清〕周銘：《林下詞選·凡例》，收錄於《續修四庫全書》，集部，冊 1729，頁 555。
〔註 28〕〔清〕永瑢、紀昀等撰：《四庫全書總目·林下詞選提要》，卷 199，頁 2820。

費盡雌黃，畢竟誰是。　　幽棕幾許，好似楊花無蒂，一刻經千里。便檢盡、奚囊錦字成灰，有愁難寄。秦女吹簫，羅敷彈瑟。算來未是消魂，候問何時，禁得窮途淚。霜天好夜，熏爐瑞腦頻添，鄴駕牙籤重理。　　行間脂印，字囊香痕，閨閣多才思。留取松煤研露，翠管調朱，也難描出柔情蜜意。換羽移宮，偷聲減字。畫眉樓上停鍼處，想傷離怨，別多相似。儘他塊壘填胸，白雲何據，我生已矣。

康熙庚戌之秋九月既望〔註29〕

此詞調寄〈鶯啼序〉，四疊240字，為詞調最長者。此詞句式複雜，周銘所填與《詞律》所選吳文英定譜多有參差。「緝柳編蒲」語出任昉〈為蕭揚州薦士表〉「集螢映雪，緝柳編蒲」，指編柳葉為書，一說為用楊柳木片替代竹簡；「編蒲」典出《漢書·路溫書傳》：「父為里監門，使溫舒牧羊，溫舒取澤中蒲，截以為牒，編用書寫」，指編蒲葉以書寫，兩詞皆象徵勤奮苦學。前兩段感慨畢生苦學，僅為求取功名，回首觀之，多有惆悵。通篇內容多述愁緒，幽情縈繞胸懷，難以排遣。「鄴駕牙籤重理」用韓愈〈送諸葛覺往隨州讀書〉「鄴侯家多書，插架三萬軸；一一懸牙籤，新若手未觸。」牙籤指繫在書卷上作為標識，以便翻檢的牙骨等製成的籤牌，此處用典展現周氏勤於閱讀，多有標記。第四小段為重點所在，肯定閨閣女子多有才思，「偷聲減字」為詞曲用語，詞體句度、聲韻，須按譜填寫，不能變換，歌唱常用和聲、散聲、偷聲等方法以調節曲調的抑揚緩急。另有〈凡例〉云：「閨秀之詞雜見諸書，從來苦無專選，殊不知幃房旖旎之習。其性情於詞較近，故詩文或傷於氣骨；而長短句每多合作。考其聲律，挹其風韻，定非丈二將軍，所能按絃而合節也。今裒成一集，覺珠聯璧合，耳目頓新。」〔註30〕可見周銘認為女子深閨寂寥，柔情繾綣，更合乎詞體本質。另有尤侗序云：

至於香閨錦字，類作枕中秘書。間或流傳，易致散佚，不遇知音，廣為搜拾，辟諸桃花柳絮，忽逐飄風，半歸流水，可勝惜乎。然

〔註29〕〔清〕周銘：《林下詞選·凡例》，收錄於《續修四庫全書》（上海：上海古籍出版社，2002年3月），集部，冊1729，頁554。

〔註30〕〔清〕周銘：《林下詞選·凡例》，收錄於《續修四庫全書》，集部，冊1729，頁555。

其幸而傳世者，雖紅顏黃土，後人諷其篇章，猶想見其垂鬟低黛，含毫吐墨之致，綢繆鬱結如不勝情，即有斷粉殘鉛，寸璣尺璧，珍重愛護，十倍尋常；不似吾輩鬚髯如戟。放筆頹唐，徒供傖父調笑而已。

吾友新城王西樵，嘗輯《臙脂集》蒐羅大備，卷軸汗漫，迄未成書。愚獨謂韋母《周官》，大家《漢志》，宋尚宮《論語》、鄭孺人《孝經》，未免女學究氣，小窗工課吟詠為宜。而詩餘一道，更為合拍，正以柳屯田曉風殘月，必須十七八女郎，紅牙緩唱。即聲蘇（大江東去）銅將軍鐵綽板，不如王子霞歌花褪殘紅，使人腸斷天涯芳草也。

松陵周勒山所編《林下詞》既已搴芳采華，亦復闡幽索隱。允矣！叙鈿之良史，簾箔之功臣，當使《花》、《草》承塵，《蘭》、《荃》讓畔者矣。松陵素稱玉臺才藪，而葉小鸞《返生香》仙姿獨秀，雖使漱玉再生，猶當北面，何論餘子。其對泖師語云：團香製就夫人字，鏤雪裝成幼婦辭，請借兩言，以弁《林下》之集。〔註31〕

此序感慨女子所作，難得知音，多不留存或易散失；即使得以流傳，卻往往因女子身份而受輕視。並提及王士祿編《臙脂集》，此集專錄女子詞作，數量不多，而尤侗認為詞體最合女子情性，舉柳永詞需女子清音緩唱，方顯韻味。東坡詞〈念奴嬌・赤壁懷古〉境界開闊、弔古傷懷、氣象磅礴、格調雄渾，歷來備受推崇，為豪放詞代表。而王子霞為東坡侍妾朝雲，據流傳軼事，紹聖三年（1096）七月，蘇軾謫居惠州，命朝雲唱〈蝶戀花〉（花褪殘紅青杏小），朝雲心有所感云：「妾平生最不忍唱者『枝上柳綿吹又少，天涯何處無芳草』二句也。」尤侗援引此事，凸顯女子歌唱最合詞體特質，並以為較〈念奴嬌〉為能教人斷腸也。序末段推崇周銘編纂之功，較之《花間集》、《草堂詩餘》、《蘭畹》、《金荃集》，毫不遜色。

第二節　清代中期：雍正至嘉慶朝

康熙後期至乾隆時期，統治者重視學術文化，但文禁日益森嚴。《四庫

〔註31〕〔清〕尤侗：《林下詞選・序》收錄於國家清史編纂委員會：《清代詩文集彙編》（上海：上海古籍出版社，2010 年 12 月），冊 65，頁 130。

全書》開編，徵書審核，雖有益於學術，卻禁毀諸多藏書，恣意刪改之處，更是不計其數。高壓統治下，文人轉趨保守，傾注心力於經學，考據翔實，創造了乾嘉樸學之輝煌。詞壇亦不寂寞，據《全清詞‧雍乾卷》收詞人近千，詞篇四萬餘首，可見一斑。此時期可掌握之通代詞選，有《清綺軒詞選》、《自怡軒詞選》、《詞選》、《詞辨》，後兩者為常州詞派代表。徐珂《清代詞學概論》云：「浙派至乾嘉間而益蔽，張皋文起而改革之，其弟翰鳳和之，振北宋名家之緒，闡意內言外之旨，而常州詞派成。」〔註32〕常州詞派的地域背景，包含今日常州、無錫、武進、江陽、宜興等地，其代表人物及其影響力，據孫克強《清代詞學批評史論》云：

> 嘉、道間張惠言倡「意內言外」之旨，常州詞人聞風響應，很快取浙西而代之，風靡天下。……常州派由董晉卿、周濟達到鼎盛，經譚獻、莊棫、陳廷焯以及王鵬運、況周頤等晚清四大家的承轉，影響幾乎整個清後期。〔註33〕

浙派朱彝尊等人標舉醇雅，別裁浮艷，力黜《草堂詩餘》遺緒，欲革除前代詞體歪風，康熙初年至嘉慶年間，始終居於領導地位。後因末流產生弊端，常州詞派隨之而起，日漸茁壯，影響深遠。此期便是常州詞派開創期，以張惠言《詞選》、周濟《詞辨》，奠下理論根基。茲概述此期詞選特質如次：

一、通代詞選
《清綺軒詞選》、《自怡軒詞選》、《詞選》、《詞辨》
（一）夏秉衡《清綺軒詞選》

夏秉衡（1726～1774），字平千，號谷香，華亭（今上海）人。清乾隆年間中舉，為戲曲作家。《清綺軒詞選》，又稱《歷代名人詞選》，共十三卷，收錄唐宋金元明清詞，共 847 首，編排方式以調為主，又於各詞牌下標明異稱。夏氏自序論詞學觀點云：

> 自唐李供奉有〈憶秦娥〉、〈菩薩蠻〉二闋，而溫飛卿、白香山諸公繼之，詞所由昉也。唐末五代，李後主、和成積、韋端己輩

〔註32〕徐珂撰：《清代詞學概論》（臺北：廣文書局，1968 年 5 月），頁 6。
〔註33〕孫克強撰：《清代詞學批評史論》（上海：上海古籍出版社，2008 年 11 月），頁 235。

出，語極工麗而體製未備。至南北宋而作者日盛，如清真、石
帚、竹山、梅溪、玉田諸集，雅正超忽，可謂詞家上乘矣。我國
家右文興治歷百有餘年，文人才士，潛心力學於詩、古文外，每
精研聲律，譜為新聲。如曹侍郎秋岳、王司寇阮亭、陳檢討其
年、梁相國棠村、宋冢宰牧仲，暨我鄉董樗亭、張硯銘、宋轅
文、錢蒓漁諸先生，各有詞集行世，駸駸乎方駕兩宋矣。嗚呼，
何其盛歟！〔註34〕

夏氏開篇先遠溯至唐人李白，列舉溫庭筠、白居易等名家，為詞體開端。
論及五代則標舉李煜、和凝、韋莊諸家詞語精工富麗；兩宋為詞壇盛世，
周邦彥、姜夔、蔣捷、史達祖、張炎皆為名家，評為「詞家上乘」。另標舉
清代名家曹溶、王士禛、陳維崧、梁清標、宋犖、董俞、張淵懿、宋徵輿、
錢芳標等人，有意直承兩宋；就詞選實際擇錄數量觀之，亦確實以宋、清
兩朝數量最多。另評諸家選本云：

> 余嘗有志倚聲，竊怪自來選本，《詞律》嚴矣而失之鑿，汲古備矣
> 而失之煩。他若《嘯餘》、《草堂》諸選，更拉雜不足為法。惟朱
> 竹垞《詞綜》一選最為醇雅，但自唐及元而止，猶未為全書也。
> 因不揣固陋，網羅我朝百餘年來宗工名作，薈萃得若干首，合唐
> 宋元明，共成十三卷。意在選詞，不主備調，故寧隘毋濫。所愿
> 限於見聞，不無遺漏，倘博洽之士，更有以教我，是則余之幸也
> 夫。乾隆辛未秋七月，華亭夏秉衡書於清綺軒。〔註35〕

夏秉衡反省前人所編選本缺失，以「醇雅」推尊《詞綜》；夏氏雖屬雲間詞
派，卻隱然帶有浙西派詞學觀點。但因選域有限，夏氏另增入元後詞家，
以供閱讀者上下古今。沈德潛《清綺軒詞選·序》云：

> 華亭夏子谷香網羅而芟剃之，意不外乎溫厚纏綿，語不外乎搴芳
> 振藻，格不外乎循聲按節；要必清遠超妙，得言中之旨，言外之
> 韻者取焉。若失乎美人香草之遺，而屑屑焉求工於穠麗，雖當時
> 兒女子所盛稱，谷香咸在屏棄之列也。詞凡一十三卷，務求雅音，
> 調不必備。準乎朱竹垞太史之《詞綜》，而簡嚴過之。且增入本朝

〔註34〕〔清〕夏秉衡撰：《清綺軒詞選·自序》，收錄於施蟄存編《詞籍序跋萃
　　　　編》，卷8，頁426。
〔註35〕同前註。

諸家，以備閱者之上下古今，可謂詞選之善本也已。惜予短於審音，故論詞之工，仍以風雅騷人之旨求之，未能吹缶遂，按紅牙，彈琴箏，擊燕筑，倚聲於青尊紅燭間也。谷香素嫻音律，尚其有以示我。〔註36〕

沈德潛（1673～1769），字歸愚，為清代著名詩家。此序強調溫柔敦厚之詩教，並標舉選詞「務求雅音」，不以備調為目的。以「美人香草」、「言外之韻」為擇取標舉。夏氏〈發凡〉亦云：「詞雖宜於豔冶，亦不可流於穢褻。……是集所選，一以淡雅為宗。」可知夏秉衡務求雅音，該集選詞傾向宗法浙西之意甚明。以周邦彥 20 首居冠，秦觀詞以 13 首，名列第二。據王兆鵬《詞學史料學》引舍之所言：「是書在乾嘉間盛行一時，與《白香詞譜》同為乾嘉間學詞者之津梁。」〔註37〕足見此集影響力不容小覷。

（二）許寶善《自怡軒詞選》

　　許寶善（1731～1803），字黻愚，號穆堂，為乾隆二十五進士，青浦（今江蘇）人，生平事蹟可見許宗彥《鑑止水齋集》卷十八墓誌銘。編《自怡軒詞選》八卷。金啟華未收此選序跋，施蟄存收吳蔚光序及許寶善自序與十則〈凡例〉，就此可知編纂大要及詞學觀點，序云：

今世填詞之家，偶成一闋，便自謂不讓古人。噫！彼未嘗取古人之詞，精思而熟究之，亦何怪乎言之易也。夫詞者，詩之餘，其為抒寫性情，與詩無二。然詩不過四、五、七言而止，詞則自一言、二言至八、九言，其中句斷意聯，盡而不盡，加以四聲五音，移宮換羽，陰陽輕重，清濁疾徐之別，其難更倍於詩。

粵稽小令始於李唐，慢詞盛於北宋，至南宋乃極其致。其時姜堯章最為傑出，他若張玉田、史梅谿、高竹屋、王碧山、盧申之、吳夢窗、蔣竹山、陳西麓、周草窗諸人，無不各號名家，相與鼓吹一時。然白石詞中仙手，而沈伯時猶以為未免有生硬處。古人論詞不少寬假如此，洵乎詞之難也。仇遠村有云：「鉛汞交煉而丹成，情景交煉而詞成」。自非好學深思，精心烹煉，不足以語此。

〔註36〕〔清〕夏秉衡撰：《清綺軒詞選・自序》，收錄於施蟄存編《詞籍序跋萃編》，卷 8，頁 426。

〔註37〕王兆鵬撰：《詞學史料學》（北京：中華書局，2004 年 5 月），頁 345～346。

> 竹垞先生《詞綜》一書，兼收博採，含英咀華，可謂無美不臻矣！
> 然求多求備，譬猶泰山不讓土壤，河海不擇細流，收取稍濫，間
> 或有之。宗之者不學古人之長，而反學其短，不幾大負竹垞苦心
> 也哉。

就前三段，另綜合〈凡例〉內容，可窺見許寶善論當時詞壇風氣。此序開
篇首論填詞者自我標榜之傲，〈凡例〉則多見稱揚宋代名賢、前人虛心之語，
顯然借古鑑今，針對時人而發。次論詩、詞之異同，兩體均以「抒寫性情」
為主，差異處在於詩為齊言，詞句短長，且受情感、聲律、詞調影響，難
於作詩，許氏有意標舉特質，提升詞體地位。第二段考察歷代詞體製，列
舉南宋諸家，序視姜夔為「詞中仙手」，〈凡例〉另言「白石，詞中之聖也。
玉田先生直接白石淵源，詞中之仙也」，並論姜、張，推崇之意甚濃。提及
「清勁知音，亦未免有生硬處」，為宋人沈義父論姜夔之語，實出自《樂府
指迷》，藉此凸顯填詞甚難。但〈凡例〉卻視《樂府指迷》為張炎所作，清
人多如此，有待釐清。另引「鉛汞交煉而丹成，情景交煉而詞成」一語，
認為情景融洽為創作要事，許氏視此言為仇遠之作，筆者翻檢未得，恐有
錯謬。先著《詞潔》載此語不詳姓氏，僅言前人所作，兩處皆有待商榷。
第三段論及浙西詞派領袖朱彝尊所編《詞綜》，對其收詞廣博，多有稱揚，
但體製龐大，許氏認為仍有「收取稍濫」之弊。第四段論擇選標準云：

> 余雅好作詞，間有數闋流傳人口，自愧不及古人萬一。然嘗遍取
> 古人之詞，精加玩味，稍能辨其訛正。因念我國家雅化日隆，天
> 下談詩論文之士，無不朝夕砥礪，駸駸以復於古，而詞學一道講
> 求者絕少。倘風雅名流，任筆揮灑，或失於靡曼，或流於粗豪，
> 或詞妙而律未純，或律協而詞未雅，此亦學者之闕也。因取唐宋
> 詞之佳者，彙成一編。偶有字句未愜心處，寧割愛遺之。俾有心
> 斯道者，由是以求涵泳浸潤，純粹以精，意必超宄，語必俊潔，
> 自出新穎，而不謬於古人。庶幾追蹤唐宋，與詩文並臻極盛，於
> 以歌詠太平，無難矣！是為序。嘉慶元年端陽日。〔註38〕

先感嘆當時論文者用心，卻絕少講究詞學。繼則指出填詞缺失大略有靡曼、
粗豪、詞妙而律未純、律協而詞未雅等四大缺失；前兩者針對詞篇風格，

〔註38〕〔清〕許寶善撰：《自怡軒詞選序》，收錄於施蟄存編《詞籍序跋萃編》，頁
　　　766～768。

後兩者強調聲律諧和。此中「妙」、「雅」兩詞稍嫌含糊，對照〈凡例〉可知當為「雅潔高妙」；「協律」云云，與自序「意必超六，語必俊潔」，若有「家弦戶誦而近於甜熟鄙俚者，概從割棄」。針對「雅潔高妙」，吳蔚光《自怡軒詞選・序》另有詮解云：「雅潔在體製，尚易修飾；高妙在思筆，則非深會乎昔之工於詞者之斷續開合，抑揚吞吐，心慕手追，⋯⋯古今來文章神明變化之極境也，而詞亦然。」〔註39〕皆為許氏擇詞標準，足見僅取精粹之詞，尤以風格雅潔高妙者為佳，宗法浙西詞風之意甚明。

（三）張惠言《詞選》

張惠言（1761～1802），字皋文，武進（今江蘇）人。嘉慶四年進士，為清代著名經學家、詞學家，生平事蹟可參陸謙祉《張茗柯年譜》。編《詞選》二卷，又稱《茗柯詞選》、《宛陵詞選》、《張氏詞選》。張惠言編纂目的，原在提供其門下學子習詞所用，此選被視為常州理論基石。陳廷焯《詞則・總序》云：「卓哉皋文，《詞選》一編，宗風賴以不滅，可謂獨具隻眼矣」、「斯編若傳，輪扶大雅，未必無補。」〔註40〕評價甚高。張惠言序云：

> 敘曰：詞者，蓋出於唐之詩人採樂府之音以製新律，因係其詞，故曰詞。傳曰：意內而言外謂之詞。其緣情造端，興於微言，以相感動。極命風謠里巷男女哀樂，以道賢人君子幽約怨悱不能自言之情。低迴要眇，以喻其致，蓋詩之比興、變風之義、騷人之歌，則近之矣。然以其文小，其聲哀，放者為之，或跌蕩靡麗，雜以猖狂俳優。然要其至者，莫不惻隱盱愉，感物而發；觸類條鬯，各有所歸，非苟為雕琢曼辭而已。〔註41〕

張氏並無論詞專著，詞學觀點全賴所編《詞選》及序呈現。「意內言外」為論詞準繩，力主比興寄託。前人論詩，已有此說，如鍾嶸《詩品》序：「嘉會寄詩以親，離群托詩以怨。」〔註42〕而以寄託論詞，為張惠言所致力提倡。此序總計約五百字，此段可區分為幾大面向：其一、主張詞體出於唐

〔註39〕〔清〕許寶善撰：《自怡軒詞選序》，收錄於施蟄存編《詞籍序跋萃編》，頁766～768。

〔註40〕〔清〕陳廷焯編：《詞則》（上海：上海古籍出版社，1984年5月），頁1。

〔註41〕〔清〕張惠言撰：《詞選・序》，收錄於金啟華《唐宋詞集序跋匯編》，頁423。

〔註42〕〔梁〕鍾嶸撰、曹旭集註：《詩品集註》（上海：上海古籍出版社，2011年2月），頁82。

代詩人之說：浙西詞派《詞綜》主張詞體從《詩經》、漢樂府、六朝樂府、唐代五、七絕演變而來，重視音樂特質；而張惠言則有意將詞體與詩歌繫連，強調詞體內容深刻，非僅為雕琢文句、美化詞藻。其二、援用經學義理解說：早在西漢孟喜《易傳》已有「意內言外」之說，宋人陳文圭《詞源·跋》則引許慎《說文解字》以「意內言外」釋「詞」〔註43〕，張氏又援引《詩經》比興、風騷傳統，凸顯詞體創作手法，香草美人寄託深婉，寓意深刻，藉此提升詞體地位。其三、定義詞篇特質：序提出「低迴要眇」之說，語出《楚辭·九歌》中〈湘君〉「美要眇兮宜修」，要眇為美好之意，低迴即情思縈繞，藉此表達詞體言語精妙，卻情意深婉。張惠言序通篇多有出處，借經學之意關注詞體，序首段即主張詞體特質等同詩騷，皆有比興之義，而非雕琢文句、斟酌詞語。故施蟄存肯定云：「自《花間集》以來，詞之選本多矣。然未有以思想內容為選取標準，更未有以比興之有無為取捨者，此張氏《詞選》之所以獨異也。其書既出，詞家耳目為之一新。」〔註44〕張惠言擇詞倡言「比興寄託」、「意內言外」，跳脫傳統婉約、豪放二分拘限，亦不受存詞、備調之目的左右，自有特出新意；論詞體溯源風、騷，則帶有尊體意識。序又云：

> 自唐之詞人，李白為首。其後韋應物、王建、韓翃、白居易、劉禹錫、皇甫松、司空圖、韓偓并有述造；而溫庭筠最高，其言深美閎約。五代之際，孟氏、李氏君臣為謔，竟作新調，詞之雜流，由此起矣；至其工者，往往絕倫。亦如齊梁五言，依托魏晉，近古然也。宋之詞家，號為極盛，然張先、蘇軾、秦觀、周邦彥、辛棄疾、姜夔、王沂孫、張炎，淵淵乎文有其質焉。其蕩而不反，傲而不理，枝而不物，柳永、黃庭堅、劉過、吳文英之倫，亦各引一端，以取重於當世。而前數子者，又不免有一時放浪通脫之言出於其間，後進彌以馳逐，不務原其指意，破析乖剌，壞亂而不可紀，故自宋之亡而正聲絕。元之末而規矩隳，以至於今，四百餘年，作者十數，諒其所是，互有繁變，皆可謂安蔽乖方，迷不知門戶者也。

〔註43〕〔宋〕陳文圭撰：《詞源·跋》，收錄於唐圭璋《詞話叢編》，冊1，卷下，頁269。

〔註44〕施蟄存撰：《歷代詞選集敘錄》（六），收錄於《詞學》第六輯（上海：華東師範大學出版社，1986年），頁216。

今第錄此篇，都為二卷，義有幽隱，并為指發。幾以塞其下流，尋其淵源，無使風雅之士，懲於鄙俗之音，不敢與詩賦之流同類而風誦之也。嘉慶二年八月，武進張惠言。〔註45〕

第二段細數唐代以來各詞家特質，語帶評論，可見褒貶之義。論溫庭筠詞篇「最高」、「深美閎約」，實際查考收錄數量，入選唐宋 44 家 116 首，收錄溫庭筠詞 18 首，最為繁多，足見視溫詞為典範之意。而論宋亡正聲絕，言語激切，以元末「規矩隳」，此後四百年由明代、清詞壇浙西引領風潮，張氏卻言「作者十數」、「安蔽乖方，迷不知門戶」，隱然帶有批評明詞壇及清初詞派意味，並表明此選欲超越前朝，直承兩宋之理念。故清‧蔣兆蘭《詞說》評張惠言云：「嘉慶初，茗柯宛陵，溯流窮源，躋之風雅，獨闢門徑，而詞學以尊。」〔註46〕

道光十年，張惠言弟張琦另撰序一篇，與兄同氣連聲、觀點相近。篇末充滿追懷之情，序云：「同志之乞是刻者踵相接，無以應之，乃校而重刊焉。嗚呼！憶余同先兄選此詞，迄今已三十四年。而先兄沒已二十九年矣，當時之樂，豈復可得；今日之悲，其何能已。是選先兄手定者居多，今故列先兄名而余序之云爾。」〔註47〕憶起兩人同館歙金氏，兩人一起編輯詞選之光景，兄弟情誼深厚，溢於言表。且就此序可知，張琦曾重校後刊刻此選。後有金應珪於《詞選‧後序》，交代編選情況，並糾舉當代詞壇三蔽云：

近世為詞，厥有三蔽：義非宋玉而獨賦蓬髮，諫謝淳于而唯陳履舄；揣摩床第，汙穢中冓，是謂淫詞，其蔽一也。猛起奮末，分言析字，詼嘲則俳優之末流，叫嘯則市儈之盛氣；此猶巴人振喉以和陽春，蟲蛾怒嗌以調疏越，是謂鄙詞，其蔽二也。規模物類，依托歌舞，哀樂不衷其性，慮歎無與乎情。連章累篇，義不出乎花鳥；感物指事，理不外乎酬應。雖既雅而不豔，斯有句而無章，是謂游詞，其蔽三也。〔註48〕

〔註45〕〔清〕張惠言撰：《詞選‧序》，收錄於金啟華：《唐宋詞集序跋匯編》，頁423。

〔註46〕〔清〕蔣兆蘭撰：《詞說》，收錄於唐圭璋《詞話叢編》，冊5，頁4637。

〔註47〕〔清〕張琦撰：《重刻詞選‧原序》，收錄於金啟華：《唐宋詞集序跋匯編》，頁425。

〔註48〕〔清〕金應珪撰：《詞選‧後序》，收錄於金啟華：《唐宋詞集序跋匯編》，頁424。

金應圭為張惠言弟子，直陳創作弊端，分別為淫詞、鄙詞、游詞，清・謝章鋌《賭棋山莊詞話續編》認為「一蔽是學周、柳之末派也。二蔽是學蘇、辛之末派也。三蔽是學姜、史之末派也。皋文《詞選》誠足救此三蔽。」〔註49〕

（四）周濟《詞辨》

周濟（1781～1839），字保緒，一字介存，晚號止庵，荊溪（今江蘇）人。其為人少有遠志，熟讀兵家要旨。清・蔣敦復《芬陀利室詞話》曾論其平生交遊及詞學思想云：「蓋先生少年時，與張皋文、翰風兄弟同里相切劘，又與董晉卿各致力於詞，啟古人不傳之祕。近來浙、吳二派據宗南宋，獨常州諸公能瓣香周、秦，以上窺唐人微旨，先生其眉目也。」〔註50〕後隱居金陵春水園，專心著述，撰《詞辨》附《介存齋論詞雜著》、輯《宋四家詞選》。周濟承張惠言比興寄託之說，且有意識提升詞體地位云：「詩有史，詞亦有史。」〔註51〕並對填詞門徑有所思考云：「學詞先以用心為主，遇一事，見一物，即能沈思獨往，冥然終日，出手自然不平。」〔註52〕間接肯定詞非小道，必須用心為之。《詞辨》為周濟早年所編，自序交代詞學觀點變化云：

> 余年十六學為詞，甲子始識武進董晉卿。晉卿年少於余，而其詞纏綿往復，窮高極深，異乎平時所仿效，心向慕不能已。……
>
> 予遂受法晉卿，已而造詣日已異，論說亦互相短長。晉卿初好玉田，余曰：「玉田意近於言，不足好。」予不喜清真，而晉卿尤推其沈著拗怒，比之少陵。牴牾者一年，晉卿益惡玉田，而予遂篤好清真。既予以少游多庸格，為淺鈍者所易託；白石疏放，醞釀不深，而晉卿深詆竹山粗鄙。牴牾又一年，予始薄竹山，然終不能好少游也。其後，晉卿遠在中州，予客受吳淞，弟子田生端學為詞，因欲次第古人之作，辨其是非，與二張、董氏各存崖略，

〔註49〕〔清〕謝章鋌撰：《賭棋山莊詞話續編》，收錄於唐圭璋《詞話叢編》，冊4，續編一，頁3486。

〔註50〕〔清〕蔣敦復撰：《芬陀利室詞話》，收錄於唐圭璋《詞話叢編》，冊4，卷1，頁3633～3634。

〔註51〕〔清〕周濟撰：《介存齋論詞雜著》，收錄於唐圭璋《詞話叢編》，冊2，頁1630。

〔註52〕同上註。

庶幾他日有所觀省。〔註53〕

周濟客居吳淞時，為教授門下弟子學詞而纂輯《詞辨》，就此序可窺見周濟早期詞學觀，及與董晉卿互有討論。董士錫（1782～1831），字晉卿、損甫，武進（今江蘇）人。為張惠言外甥，後為女婿，工詩、賦，亦善於填詞。就此序可知，周濟曾受董氏啟迪，評價甚高，兩人詞學觀亦多有轉變。嘉慶九年甲子年（1804），兩人相識，嘉慶十三年（1808）周氏客居吳淞，討論格外密切，周濟對周邦彥、蔣捷之褒貶，多有變化。至嘉慶十七年（1812）撰寫《詞辨·自序》列舉唐宋以來九家詞人，視為正聲，其言云：「自溫庭筠、韋莊、歐陽脩、秦觀、周邦彥、周密、吳文英、王沂孫、張炎之流，莫不蘊藉深厚，而才豔思力，各騁一途，以極其致。」〔註54〕可見至此觀點已有兩變，但未論及蘇、辛。另交代《詞辨》擇取標準云：

> 夫人感物而動，與之所托，未必咸本莊雅，要在諷誦紬繹，歸諸中正。辭不害志，人不廢言，雖乖謬庸劣，纖微委瑣，苟可馳喻比類，翼聲究實，吾皆樂取，無苛責焉。後世之樂，去詩遠矣，詞最近之，是故入人為深，感人為遠。……南唐後主以下雖駿快馳騖，豪宕感激，稍稍漓矣，然猶皆委曲以致其情，未有亢厲剽悍之習，抑亦正聲之次也。〔註55〕

周氏此論顯然承繼張惠言觀點，另有修正。肯定詞體溫柔敦厚、感人至深，輯選標準放寬，不再視「莊雅」為單一衡量標準。評論李煜以來詞家，隱然具有正、變觀。清·蔣兆蘭《詞說》評之曰：「周止庵窮正變，分家數，為學人導先路，而詞學始有統系、有歸宿。」〔註56〕謝章鋌跋亦云：「持論創而確，大可開拓眼力，其選錄大意，則本於皋文。張氏皋文之論詞，以有懷抱、有寄託為歸，將以力挽淫豔猥瑣、虛枵叫囂之末習，其用意遠矣。」〔註57〕評價甚高。

　　另有潘曾瑋序云：「友人承子久儀部好為詞，嘗與余上下其議論，自三

〔註53〕〔清〕周濟撰：《詞辨·自序》，收錄於施蟄存《詞籍序跋萃編》，卷9，頁781。

〔註54〕同上註。

〔註55〕〔清〕周濟撰：《詞辨·自序》，收錄於施蟄存《詞籍序跋萃編》，卷9，頁782。

〔註56〕〔清〕蔣兆蘭撰：《詞說》，收錄於唐圭璋《詞話叢編》，冊5，頁4637。

〔註57〕〔清〕謝章鋌撰：《賭棋山莊詞話續編》，收錄於唐圭璋《詞話叢編》，冊4，續編一，頁3486。

唐、二宋迄於元之季世，條分縷析，未嘗不以余言為然，蓋子久與余皆取法張氏。暇出所錄介存周氏《詞辨》二卷，屬為審訂。……原本總十卷，不戒於水，存止二卷。今刊本，子久所錄也。」〔註58〕此選為教授門下弟子學詞而編此書，該書原有十卷，書稿未刊載便落於水中，僅存前兩卷。對照目錄觀之，卷一為正體，列溫庭筠為首；卷二為變體，標舉南唐李煜。

第三節　清代末期：道光至宣統朝

　　此期雖遭逢國事凌遲、內憂外患之紛擾，詞壇卻是生氣蓬勃，選本數量最為繁多，常州詞派持續發揮影響力。自清代中期張惠言編纂《詞選》，被視為宗主，其後有董毅、周濟、莊棫、譚獻、陳廷焯、宋翔鳳、蔣敦復、劉熙載、馮煦等人持續發展深化；晚清四大家王鵬運、朱祖謀、鄭文焯、況周頤繼起，雖源出常州詞派而有所變化。〔註59〕本小節討論對象有《宋四家詞選》、《歷代詞腴》、《閩詞鈔》、《閩詞徵》、《蓼園詞選》、《詞則》、《湘綺樓詞選》、《宋六十一家詞選》、《微雲榭詞選》、《復堂詞錄》、《藝衡館詞選》。此時期詞選亦屬常州詞派居多，逐一探析如次：

一、通代詞選
《歷代詞腴》、《微雲榭詞選》、《復堂詞錄》、《蓼園詞選》、《詞則》、《湘綺樓詞選》、《藝衡館詞選》

（一）黃承勛《歷代詞腴》

　　黃承勛（？～1835），字紀之，仁和（今浙江）人。編《歷代詞腴》二卷，此書依詞調長短，依次編排，收錄唐宋元明詞，共 176 首。書前無作

〔註58〕〔清〕潘曾瑋撰：《詞辨・跋》，收錄於施蟄存《詞籍序跋萃編》，卷9，頁783。

〔註59〕對於常州詞派代表人物的界定，學界多所討論，如龍榆生《論常州詞派》云：「常州派繼浙派而興，倡導於武進張皋文（惠言）、翰風（琦）兄弟，發揚於荊溪周止庵（濟，字保緒）氏，而極其致於清季臨桂王半塘（鵬運，字幼霞），歸安朱彊村……」、姚蓉《明清詞派史論》云：「圍繞在張惠言周圍，還有一批常州詞人，如張琦、惲敬、錢季重、丁履恒、陸繼輅、左輔、李兆洛等，他們是前期常州詞派的中堅力量。」本文以孫克強著《清代詞學》一書為主。參見孫克強《清代詞學》（北京：中國社會科學出版社，2004年7月），頁251～270。

者自序，金啟華收錄朱綬序，云：

> 填詞之學，於文章為小技，而工之極難。世士墮《草堂》雲霧者
> 數百年。國初朱竹垞氏，稍後厲樊榭氏，始標南宋為準的，一洗
> 叫呶之習。而厲氏尤尚雅令，不為脂粉穠麗語，一時倚聲家多宗
> 之，至於今日，風流未沫。姜、吳、周、張之集漸播寰宇，而江
> 浙間操觚之士類能辨陰陽清濁、九宮八十一調之異同，非詞學最
> 盛之際哉！顧選詞自張臬文氏外，卒少善本。而張氏入選者甚少，
> 讀者或猶有餘憾。若夏氏、許氏所選，今所行於通都大邑者，雅
> 鄭雜陳，識者病焉。
>
> 仁和黃君樸存郵示《詞腴》上下卷，所采較張氏稍廣而持擇之意
> 甚謹，有涉粗豪靡曼者，雖其詞為古今所稱，概置不錄，其用心
> 美矣。樸存為樊榭鄉人，寓居揚州，又樊榭舊游地，宜其於詞學
> 深有所得而所造一出於正也。是選之出，不知時士之論較張氏得
> 失何如？而要不如《草堂》雲霧之所掩，是可信爾。道光十四年
> 三月小盡日元和朱綬撰序。〔註60〕

朱綬（1789～1840），字仲懷，號酉生，昆山（今江蘇）人，為吳中七子之
一。就此序可知與黃承勛多有來往。首段針對明代以來至浙西詞派興起前，
皆籠罩於《草堂詩餘》遺風之下，就「墮」字可見評價。並細數浙西詞派
宗風，標舉厲鶚。第二段交代《歷代詞腴》之擇選標準，不收「粗豪靡曼」
之詞，因編者與厲鶚同鄉，難免多有推崇。實際查考擇選數量，以選錄南
宋詞為主，尤喜張炎。

（二）樊增祥《微雲榭詞選》

樊增祥（1846～1931），字嘉父，號雲門，一號樊山，別署天琴老人，
恩施（今湖北）人。曾受業於張之洞、李慈銘門下，為同光派的重要詩人。
詩風艷俗，有「樊美人」之稱，死後遺詩三萬餘首；並著有大量駢文，皆
收錄於《樊山全集》。篇首自序云：

> 今張氏不薄蘇、辛，而繫夢窗於黃、柳之次，錄其甄藻，豈可謂
> 平！又醇雅如清真，清峭如白石，其所甄錄，不過數闋；梅溪、

〔註60〕〔清〕朱綬撰：《歷代詞腴・序》，收錄於金啟華：《唐宋詞集序跋匯編》，
頁432。

玉田，僅嘗一臠。顧於希真《樵歌》，亟登五首，論其去取，豈可
謂公！〔註61〕

又云：「意在補宛陵之闕遺，作詞林之南董，無俾箏琶之響，揉乎正始之音。
已見《詞選》者不錄，錄其未收者，自唐及元，凡一百四十三家，都四百
二十九首。間加詮注，密勘丹黃。」〔註62〕就此可見擇取數量，對照目錄
觀之，卷一收唐五代詞，卷二、三、四收兩宋詞，卷五收金元詞；始自溫
庭筠，終於邵亨貞。另可見針對張惠言《詞選》進行補充之意，批評該選
擇取周邦彥、姜夔、史達祖、張炎、朱敦儒詞篇過少。

（三）譚獻《復堂詞錄》

譚獻（1832～1901），初名廷獻，字仲修，號復堂，仁和（今浙江）人。
同治六年（1867）中舉，後淡薄仕進，潛心著述，為同治、光緒詞壇名家。
有《篋中詞》五卷，續編一卷、《復堂詞》二卷；另編有《復堂詞錄》十卷，
並未刊刻稿本，存於中國國家圖書館。施蟄存收自序一篇，可知錄三百四
十餘人，詞1047首。序中述學詞歷程云：

> 獻十有五而學詩，二十二旅病會稽，乃始為詞，未嘗深觀之也。
> 然喜尋其旨於人事，論作者之世，思作者之人。三十而後，審其
> 流別，乃復得先正諸言以相啟發。年逾四十，益明於古樂之似在
> 樂府，樂府之餘在詞。……年至五十，其見始定。先是，寫本朝
> 人詞五卷以相證明，復就二十二歲以來審定由唐至明之詞，始多
> 所棄，中多所取，……前集一卷，正集七卷，後集兩卷。其間字
> 句不同，名氏互異，皆有據依，殊於流俗。其大意則折衷古今名
> 人之論，而非敢逞一人之私言。〔註63〕

就此可見譚獻學詞經歷數十寒暑，初不甚留心，後由知人論詞，審其流別
而漸趨深入，且有同好者相切磋、啟發。編纂詞選先擇清詞，再逐一瀏覽
汰選，幾經思量，編成《復堂詞錄》。而論詞不敢師心自用，故取法古今名
人見解，另附有《詞論》一卷。其序對詞體特質，亦多關注，所謂：

〔註61〕〔清〕樊增祥撰：《微雲榭詞選・序》，收錄於施蟄存《詞籍序跋萃編》，卷
　　　9，頁810。

〔註62〕同前註。

〔註63〕〔清〕譚獻撰：《復堂詞錄・序》，收錄於施蟄存《詞籍序跋萃編》，卷9，
　　　頁787。

詞為詩餘，非徒詩之餘，而樂府之餘也。……夫音有抗墜，故句
有長短，聲有抑揚，故韻有促緩，生今日而求樂之似，不得不有
取於詞矣。……愚謂詞不必無頌，而大旨近雅，於雅不能大，然
亦非小，殆雅之變者與。其感人也尤捷，無有遠近幽深，風之使
來，是故比興之義，升降之故，視詩較著。……且作者之用心未
必然，而讀者之用心何必不然，言思擬議之窮，而喜怒哀樂之相
發，向之未有得於詩者，今遂有得於詞。〔註64〕

譚獻認為律呂廢除，聲音衰息，風俗隨之遷改，故樂府官廢而四始、六義
亦泯。故就音節、句式、聲調、韻律細加考察，視詞體為樂府遺緒，有意
提升詞體地位。而「作者之用心未必然，而讀者之用心何必不然」，作者因
當下遭遇，心生感慨，訴諸筆墨，聊以排遣，成就多少佳篇。此言述讀詞
有感，觀點與西方接受理論多有相近。

（四）黃蘇《蓼園詞選》

　　黃蘇（生卒年不詳），原名道溥，號蓼園，臨桂（今廣西）人，著有《蓼
園詞選》。曾論詞體之本質云：「詞之為道，貴乎有性情、有襟抱。」〔註65〕
足見黃氏認為詞體應有個人性情及懷抱，方能顯其珍貴。詞選編纂目的在
於擇取佳作，便於後學師法，故對詞篇亦進行細膩評點。黃蘇編纂《蓼園
詞選》未分卷，各詞之下先擇名家詞話作箋，再以按語對詞家生平、詞本
事及詞旨大要進行評述。今未見黃蘇自序，僅見況周頤序一篇，藉此或可
略窺其梗概，序云：

近人操觚為詞，輒曰吾學五代，學北宋，學南宋；近十數年學清
真、夢窗者尤多。以是自刻繩，自表襮，認筌執象，非知人之言
也。詞之為道，貴乎有性情，有襟抱。涉世少，讀書多，平日求
詞，詞外臨時取境，題外尺素寸心，八極萬仞，恢之彌廣，斯按
之逾深。返象外於寰中，出自然於追琢，率吾性之新近，眇眾慮
而為言。乃至詣精造微，庶幾神明與古人通，奚必迹象與古人合？
翔乎於眾古人中而斷斷合一古人也。惟是，致力之始，門徑不可
不知。晚近輕佻、纖巧、餖飣、噭囂諸失，皆門徑之誤。中之舍

〔註64〕〔清〕譚獻撰：《復堂詞錄·序》，收錄於施蟄存《詞籍序跋萃編》，卷9，
　　　　頁787。
〔註65〕〔清〕黃蘇撰：《蓼園詞評》，收錄於唐圭璋《詞話叢編》，冊4，頁3023。

步趨古人末，縣辨識門徑，擷羣賢之菁華，詔徠斅以津逮。

綜觀宋以前諸選本，《花間》未易遽學，《花庵》間涉標榜，弁陽翁《絕妙好詞》泰半同時儕輩之作，往往以詞存人，或此人別有佳構，翁未及見而遂闕如，烏在其為黃絹幼婦也？唯《草堂詩餘》、《樂府雅詞》、《陽春白雪》較為醇雅。以格調氣息言，似乎《草堂》尤勝。中間十之一二，近俳近俚，為大醇之小疵。自餘名章俊語，撰錄精審，清疏朗潤，最便初學。學之雖不能至，即亦絕無流弊；於性情，於襟抱不無裨益，不失其為取法乎上也。

黃蘇屬桂北詞人群體，透過選本標舉詞學思想，最為特出。況氏此序近千言，首段先述詞壇概況，明言「學清真、夢窗者尤多」，顯然針對當世詞壇而發。反省諸家選本之弊，黃蘇以明人顧從敬、沈際飛評箋《草堂詩餘正集》為底本，選錄唐五代及兩宋詞人 85 家，詞 213 首。序又云：

《蓼園詞選》者，取材於《草堂》而汰其近俳近俚諸作者也。每闋綴以小箋，意在引掖初學。蓼園先生姓黃氏，吾姊夫籲卿比部之曾大父。姊氏名桂珊，字月芬，明慧能為小詩。楷書眆歐陽，率更絕秀勁。嘗手寫《爾雅》授余讀。曩歲壬申，余年十二，先未嘗知詞，偶往省姊氏，得是書案頭。假歸雒誦，詫為鴻寶，縣是遂學為詞，蓋余詞之導師也。曩撰詞話有云：讀詞之法，取前人名句意境絕佳者，將此意境締構於吾想望中，然後澄思眇慮，以吾身入乎其中，而涵詠玩索之，吾性靈於相浹而俱化，乃真實為吾有，而外物不能奪。所謂前人名句意境絕佳者，皆載在是編者也。晚臥滄江，學殖荒落，茲事亦復衰退。涉世雖少而讀書不多，不能詣精造微，負吾導師，愧矣！

黃蘇肯定《草堂詩餘》，故編選多所參酌；《草堂詩餘》不乏俚俗俳諧之作，向有玉石混雜之譏，《蓼園詞選》去其纖豔俚俗，專取清雅朗潤之作。清·況周頤《蕙風詞話》稱揚云：「取材於《草堂》，而汰其近俳近俚者也……所謂前人名句，意境絕佳者，皆載在是編也」〔註 66〕況周頤並將此選列為詞學必備五大參考書之一，足見評價之高。又云：

叔雍公子微尚清遠，早飲香茗。其於倚聲之學，尤能研精覃思，發前人所未發，非近人操觚為詞者比。其性情襟抱，與予尤有沆

〔註 66〕〔清〕況周頤撰：《蕙風詞話》，收錄於唐圭璋《詞話叢編》，冊 5。

澄之合。十年已來，得漚尹同聲之雅為吾師，得叔雍後來之秀為吾友，斯道為之不孤，抑又幸矣。叔雍從余假觀是書，謀付排印，以廣其傳，以為初學周行之示，屬序於余，為識其崖略如此。庚申季春月幾望，臨桂況周頤蘷生書於秀庵。

趙尊嶽（1895～1965），原名汝樂，字叔雍，號珍重、高梧、高梧主人，武進（今江蘇）人。書齋名高梧軒、珍重閣，精通詞學，有《珍重閣詞》、《詞總集考》、《填詞叢話》、《珠玉集選評》、《玉田生謳歌要旨八首解箋》，曾輯《惜陰堂彙刻明詞》。趙尊嶽早年師從況周頤，「漚尹」為朱祖謀，就此序可知，況周頤與兩人多有來往，相知甚深。而趙尊嶽曾向況氏借觀《蓼園詞選》，並予重刊印行。

（五）陳廷焯《詞則》

陳廷焯（1853～1892），字亦峰，又字耀先，原名世琨，江蘇丹徒（今江蘇）人。為晚清常州詞派後勁，所撰《白雨齋詞話》十卷，五易其稿，生前未刊，後由父陳鐵峰審定、刪減為八卷後梓行。另輯《詞則》二十四卷，共選470餘家，詞2360餘首，採用圈、點、眉批、註等多元形式，進行評點，可窺見其詞學觀點所在。《詞則・自序》論及編選要旨云：

> 風雅既息，樂府代興。自五七言盛行於唐，長短句無所依，詞於是作焉。詞也者，樂府之變調，風騷之流派也。溫韋發其端，兩宋名賢暢其緒，風雅正宗，於斯不墜。金元而後，競尚新聲，眾喙爭鳴，古調絕響。操選政者，率昧正始之義，媸妍不分，雅鄭并奏，後之為詞者，茫乎不知其所從。卓哉臬文，《詞選》一編，宗風賴以不滅，可謂獨具隻眼矣。惜篇幅狹隘，不足以見諸賢之面目，而去取未當者，十亦有二三。夫風會既衰，不必無一篇之偶合，而求之諸古作者，又不少靡曼之詞。衡鑒不精，貽誤匪淺。

此序首先論及詞體流變，概述歷代詞壇特質，肯定宋詞為風雅正宗，並明言糾舉金元以後詞體弊病。其次，針對前代編選「媸妍不分，雅鄭并奏」多有不滿，顯然針對明詞選及浙西詞派而發。陳廷焯稱揚張惠言《詞選》慧眼獨具，《白雨齋詞話》亦云：「求之《詞選》，以探其本；博之《詞綜》，以廣其才；按之《詞律》，以合其法。」〔註67〕認為《詞選》可探本溯源，

〔註67〕〔清〕陳廷焯撰、屈興國校注：《白雨齋詞話足本校注》（濟南：齊魯書社，1983年11月）。

《詞綜》廣博，《詞律》有助詞法，並論三選，推崇之意甚明，惜為篇幅狹隘所囿，去取未精，選目失當，故難以全面掌握前賢佳作。但整體而言，對《詞選》仍是褒多於貶，「宗風賴以不滅」，更窺見其影響力。又云：

> 余竊不自揣，自唐迄今，擇其尤雅者五百餘闋，匯為一集，名曰
> 〈大雅〉。長吟短諷，覺南薰雅化，湘漢騷音，至今猶在人間也。
> 顧境以地遷，才有偏至，執是以尋源，不能執是以窮變。〈大雅〉
> 而外，爰取縱橫排奡、感激豪宕之作四百餘闋為一集，名曰〈放
> 歌〉。取盡態極妍哀感頑艷之作，六百餘闋為一集，名曰〈閑情〉。
> 其一切清圓柔脆急奇鬥巧之作，別錄一集，得六百餘闋，名曰〈別
> 調〉。〈大雅〉為正，三集副之，而總名之曰《詞則》。求諸〈大雅〉
> 固有餘師，即遁而之他，亦即可於〈放歌〉、〈閑情〉、〈別調〉中
> 求大雅，不至入於歧趨。古樂雖亡，流風未闋，好古之士，庶幾
> 得所宗焉！〔註68〕

陳廷焯早年編選《雲韶集》，序明言以《詞綜》為準，並推崇浙西詞派後勁所編；後期編選《詞則》，將《雲韶集》重新刪選，轉而推崇張惠言《詞選》。《白雨齋詞話》云：「皋文《詞選》，精於竹垞《詞綜》十倍，去取雖不免稍刻，而輪扶大雅，卓乎不可磨滅。古今選本，以此為最。」〔註69〕據此可見推崇備至，承繼張氏詞體觀，欲發揮風、騷精神，探討詞體源流、正變，各集皆有擇錄旨要。《雲韶集》依作者時代先後排序，並綜述各時代作品；《詞則》依作品分類，分為〈大雅集〉、〈放歌〉、〈閑情〉、〈別調〉等四部份，合稱《詞則》。〈大雅集序〉云：

> 太白詩云：「大雅久不作，吾衰竟誰陳？」然詩教雖衰，而談詩者
> 猶得所祖禰。詞至兩宋而後，幾成絕響。古之為詞者，志有所屬
> 而故鬱其辭，情有所感而或隱其義，而要皆本諸風騷，歸於忠厚。
> 自新聲競作，懷才之士皆不免為風氣所囿，務取悅人，不復求本
> 原所在。迦陵以豪放為蘇辛，而失其沉鬱；竹垞以清新為姜史，
> 而昧厥旨歸，下此者更無論矣。無往不復。皋文溯其源，蒿庵引
> 其緒，兩宋宗風，一燈不滅。斯編之錄，猶是志也，錄《大雅集》。

〔註68〕〔清〕陳廷焯輯：《詞則》（上海：上海古籍出版社，1984 年 5 月），頁 1
～2。
〔註69〕〔清〕陳廷焯撰、屈興國校注：《白雨齋詞話足本校注》，卷 5。

丹徒亦峰陳廷焯識。〔註70〕

此序篇首引李白〈古風〉詩，論詩教衰微，但作詩仍有可依循。實際查考〈大雅集〉凡六卷，收錄唐五代至清共 128 家 571 首詞，收宋代 47 家 298 首，其中以王沂孫居冠，張炎 33 首居次，姜夔、秦觀分別以 23 首及 20 首，位居第三。標舉「風騷」、「忠厚」，肯定詞體深蘊情感，與詩教關係密切。陳廷焯以此為最高標準，若無法達成，可參考其他三集。

〈放歌集序〉云：「若瑰奇磊落之士，鬱鬱不得志，情有所激，不能一軌於正，而胥於詞發之。風雷之在天，虎豹之在山，蛟龍之在淵，恣其意之所向，而不可以繩尺求。酒酣耳熱，臨風浩歌，亦人生肆志之一端也。杜詩云：「放歌破愁絕」，誠慨乎其言矣。」〔註71〕該集擇選專錄「縱橫排戛」、「感激豪宕」之作；〈別調集序〉云：「人情不能無所寄，而又不能使天下同出一途；大雅不多見，而繁聲於是乎作矣。猛起奮末，誠蘇、辛之罪人；盡態逞妍，亦周、姜之變調。外此則嘯傲風月，歌詠江山，規極物類，情有感而不深，義有托而不理。直抒所事而比興之義亡，侈陳其感而怨慕之情失，辭極其工，意極其巧，而不可語於大雅，而亦不能盡廢也。」〔註72〕〈別調集〉六卷，收唐五代至清代 257 家 685 首詞，收詞以清圓柔脆、急奇鬥巧為主，感情較為直接。錄北宋詞 82 家 207 首，以賀鑄詞 15 首居冠，其次為李清照 11 首，蘇軾 8 首，歐陽脩、張先及周邦彥各 5 首，秦觀詞僅錄 4 首，名列第五名。

〈閑情集序〉云：「《閑情》一賦，白璧微瑕，昭明誤會其旨矣。淵明以名臣之後，際易代之時，欲言難言，時時寄托。閑情云者，閑其情使不得逸也。是以歷寫諸願，而終以所願必違，其不仕劉宋之心，言外可見。淺見者膠柱鼓瑟，致使美人香草之遺意，等諸桑間濮上之淫聲，此昭明之道也。茲編之選，綺說邪思，皆所不免，然夫子刪詩，並存鄭衛，志所懲勸，於意何傷？名以《閑情》，欲學者情有所閑而求合於正，亦聖人思無邪旨也」〔註73〕，篇首提及陶淵明〈閑情賦〉，昭明太子序云：「白璧微瑕，惟在〈閑情〉一賦」，歷來對此多有討論，陳廷焯亦為之推波。觀夫〈閑情集〉所錄之詞，多為盡態極妍、哀感頑艷之作。就收錄數量觀之，錄北宋

〔註70〕〔清〕陳廷焯輯：《詞則》（上海：上海古籍出版社，1984 年 5 月），頁 7。

〔註71〕〔清〕陳廷焯輯：《詞則》（上海：上海古籍出版社，1984 年 5 月），頁 283。

〔註72〕〔清〕陳廷焯輯：《詞則》（上海：上海古籍出版社，1984 年 5 月），頁 531。

〔註73〕〔清〕陳廷焯輯：《詞則》（上海：上海古籍出版社，1984 年 5 月），頁 841。

詞人 55 家 148 首，以晏幾道詞 30 首居冠，歐陽脩 7 首次之，周邦彥、晏殊、張先各 5 首位居第三，秦觀 4 首名列第四。陳廷焯以〈大雅集〉為正，其餘三集為副。就序可知，已然兼顧時代、風格，編選體例甚特殊。

（六）王闓運《湘綺樓詞選》

王闓運（1833～1916），字壬秋，號湘綺，有「學澹才高，一時無偶」之譽。畢生著作甚豐，門人輯為《湘綺樓全書》，其中有詞選三卷，擇詞觀點，可就《湘綺樓詞選序》見之：

> 周官教禮，不屏野舞縵樂，人心既正，要必有閒情逸致，游思別
> 趣。如徒端坐正襟，茅塞其心，以為誠正，此迂儒枯禪之所為，
> 豈知道哉。……既作東洲，日短得長，六時中更無所為，爰取
> 《詞綜》覽之，所選乃無可觀，姑就其本，更加點定。餘暇又自
> 錄精華名篇，以示諸從學詩文者，俾知小道可觀，致遠不泥之道
> 云。〔註74〕

王闓運充分肯定詞體價值所在，選錄五代至南宋詞人 55 家，共 76 首，其中以姜夔 5 首、蘇軾 4 首、李煜 3 首名列前茅，而秦觀、周邦彥、李清照、辛棄疾詞各錄 2 首，可見王闓運婉約、豪放二派兼收。此詞選篇幅短小，詞人名下不附小傳，詞牌下不列詞題、詞序，更可窺見其編纂目的，乃在貽養性情、自我娛樂，雖未見系統，但詞下偶有評語，亦可窺見王闓運擇選標準及審美愛好。

（七）梁令嫻《藝蘅館詞選》

梁令嫻（1893～1966），原名思順，字令嫻，為梁啟超長女，家學淵源深厚。「藝蘅館」為梁令嫻書房，由梁啟超命名。梁令嫻身為女子，雅好詞章，曾手抄各家詞兩千餘首，後刪訂而成《藝蘅館詞選》。梁令嫻衡量於浙西詞派《詞綜》及常州詞派《詞選》之間，成書共計五卷，序云：

> 令嫻校課之暇，每嗜音樂，喜吟詠，間伊優學為倚聲。家大人謂
> 是性情所寄，弗之禁也。既而麥蛻弇世東游，主吾家者數月，
> 旦夕奉手從受業。丈既授以中外史乘掌故之概，暇輒從問文學源
> 流正變，丈諄諄誨不倦。令嫻家中頗有藏書，比年以來，盡讀所
> 有詞家專集，若選本、手鈔資諷誦，殆二千首，乞丈更為甄別去

〔註74〕〔清〕王闓運撰：《湘綺樓詞選序》，收錄於《詞話叢編》，冊 5，頁 4281。

取，得如干首。同學數輩展轉乞傳鈔，不勝其擾，乃付剞劂，聊用自娛。夫選家之業，自古為難，稚齒謭學如令嫻，安敢率爾從事。顧詞之為道，自唐迄今千餘年，在本國文學界中，幾於以附庸蔚為大國，作者無慮數千家。

專集固不可得悉讀，選本則自《花間集》、《樂府雅詞》、《陽春白雪》、《絕妙好詞》、《草堂詩餘》等，皆斷代取材，未由盡正變之軌。近世朱竹垞氏網羅百代，泐為《詞綜》，王德甫氏繼之，可謂極茲事之偉觀。然苦於浩瀚，使學子有望洋之嘆。若張皋文氏之《詞選》，周止奄氏之《宋四家詞選》，精粹蓋前無古人。然引繩批根，或病太嚴；主奴之見，諒所不免。

令嫻此編，斟酌於繁簡之間，麥丈謂以校朱、王、張、周四氏，蓋有一節之長云。抑令嫻聞諸家大人曰：凡詩歌之文學，以能入樂為貴。在吾國古代有然，在泰西諸國亦靡不然。以入樂論，則長短句最便，故吾國韻文，由四言而五七言，由五七言而長短句，實進化之軌轍使然也。詩與樂離，蓋數百年矣，近今西風沾被，樂之一科，漸復佔教育界一重要之位置，而國樂獨立之一問題，士夫間莫或厝意。後有作者，就詞曲而改良之，斯其選也。然則茲編之作，其亦可以免玩物喪志之誚歟！戊申八月新會梁令嫻。〔註75〕

此序首段自述性喜詞體，父梁啟超弗禁，家中藏書豐富，遍讀詞集，師事麥夢華（1875～1915），字儒博，號蛻庵，廣東人，乃康有為弟子。特延請為之甄別去取，擇選佳篇。其次，評述歷代詞選，五本宋編詞選皆為斷代，所見有限，無法窺見正、變軌跡。終乃標舉清編宋詞選，浙西詞派領袖朱彝尊《詞綜》，常州詞派張惠言《詞選》、周濟《宋四家詞選》，雖各有長處，卻難免缺失。梁令嫻之編選，即衡量兩派之間。末段述此選編纂「斟酌於繁簡之間」，有意跳脫詞派成見拘限，並引梁啟超言論，強調詞體入樂特質及韻文進化情況。足見閨閣女子亦編纂詞選，作為學習揣摩之用，藉由此序可一探女子之思，並可知成書有賴麥夢華之力，並參酌梁啟超之觀點。晚清民國之際，女子從事詞選編纂者有限，此編得以問世流傳，實屬難得。

〔註75〕〔清〕梁令嫻編：《藝蘅館詞選》（臺北：中華書局，1970年10月），頁1。

二、斷代詞選
《宋四家詞選》、《宋七家詞選》、《宋六十一家詞選》

　　清人所編斷代詞選凡六部，分別為周濟《宋四家詞選》、戈載《宋七家詞選》、馮煦《宋六十一家詞選》、端木埰《宋詞十九首》、朱祖謀《宋詞三百首》等。除戈載所編，餘皆屬常州詞派。此中《宋詞三百首》、《宋詞十九首》，未見編者自序，僅以附論方式呈現，餘三選析論如次：

（一）周濟《宋四家詞選》

　　周濟晚年編有《宋四家詞選》，象徵其詞學思想之成熟。《宋四家詞選・序論》云：「清真，集大成者也。稼軒斂雄心，抗高調，變溫婉，成悲涼。碧山饜心切理，言近旨遠，聲容調度，一一可循。夢窗奇思壯采，騰天潛淵，返南宋之清泚，為北宋之穠摯，是為四家，領袖一代。」〔註76〕是知此選標舉周邦彥、辛棄疾、王沂孫、吳文英等人，四家之下附錄諸人，納兩宋詞為四派，採流派分類為首創之舉，後世學者評價兩極。收周邦彥詞26首居冠，其下列有晏幾道、柳永、秦觀詞各10首，名列第二。就周氏前期所編《詞辨》，已可窺見其詞學觀點之變化，《宋四家詞選・序論》詳述四家要旨及填詞門徑，末結更集中呈現其學詞歷程云：

> 文人卑填詞為小道，未有以全力注之者，其實專精一兩年，便可卓然成家。……余少嗜此，中更三變，年逾五十，始識康莊。自悼冥行之難，遂慮問津之誤，不揣淺陋，為槳槳言。退蘇進辛，糾彈姜張……皆足駭世〔註77〕

此論必須結合《詞辨・自序》觀之，前此對詞之嗜好，已經兩變，當時未提及蘇軾、辛棄疾、姜夔。至道光二十年（1832）周濟五十歲，「退蘇進辛，糾彈姜張」再一變，以辛棄疾為宋四家之一，蘇軾附屬其下，晉升為領袖地位。可見周濟數十年學詞生涯中，詞學觀點屢有變化。而周濟詞論多集中於《介存齋論詞雜著》，明言學詞途徑，如「學詞先以用心為主，遇一事，見一物，即能沈思獨往，冥然終日，出手自然不平」〔註78〕此論肯定詞非

〔註76〕〔清〕周濟撰：《宋四家詞選・序論》，收錄於《續修四庫全書》，集部，冊1732，頁592。

〔註77〕同前註。

〔註78〕〔清〕周濟撰：《介存齋論詞雜著》，收錄於唐圭璋《詞話叢編》，冊2，頁1630。

小道，必須用心為之。而《宋四家詞選・序》亦可見其詞學觀，所謂：

> 夫詞非寄託不入，專寄託不出。一物一事，引而伸之，觸類旁通，
> 驅心若游絲之縈飛英，含毫如郢斤之斲蠅翼，以無厚入有間。既
> 習已，意感偶生，假類畢達，閱載千百，譬欲弗違，斯入矣。賦
> 情獨深，逐境必寤，醞釀日久，冥發妄中，雖鋪敘平淡，摹績淺
> 近，而萬感叢集，五中無主。讀其篇者，臨淵窺魚，意為魴鯉；
> 中宵驚電，罔識東西。赤子隨母笑，啼鄉人緣劇喜怒，抑可謂能
> 出矣。〔註79〕

《介存齋論詞雜著》主張初學詞求空，空則靈氣往來；既成格調求實，實
則精力彌滿。初學詞求有寄託，有寄託則表裏相宣，斐然成章。既成格調，
求無寄託，無寄託則指事類情，仁者見仁，智者見智。」此論指明學詞途徑
有二：一為求空、求實，空、實之間各有所長；二為求有寄託入、求無寄
託出，二論皆為周濟論詞的核心思考。周濟論詞作法重視情感與景物之結
合，構思巧妙，可經由作者之藝術筆法加以呈現，而形成特有之意境。

　　潘祖蔭所作序，另可窺見此集刊刻流傳情況：此集編選後未立即刊
刻，周濟弟子符南樵手鈔一本，與潘曾瑋、潘祖蔭素有來往。叔父潘曾瑋
將此向潘祖蔭展示，後所居園子遭逢祝融，以為此書難以倖免，卻於檢書
時意外得之，遂付梓刊行。〔註80〕潘祖蔭（1830～1890），字伯寅，又字東
鏞、鳳笙，號鄭盦，又號龜盦、龍威洞天主，為清代著名藏書家，有藏書
室名八囍齋、功順堂、滂喜齋、漢學居、攀古樓、八求精舍、芬陀利室、
龍威洞天、二十鐘山房，撰《滂喜齋藏書記》。潘氏序又云：「張氏《詞選》
稱極善，止庵《詞辨》亦懲時俗猖狂雕琢之習，與董晉卿輩同期復古，意
仍張氏，言不苟同，季玉叔父曾序而刊之。」〔註81〕足見周濟《詞辨》、《宋
四家詞選》，幸蒙潘姓叔姪青眼，分別刊刻，方得以流傳於世。

（二）戈載《宋七家詞選》

　　戈載（1786～1856），字弢甫，號順卿、弢翁，吳縣（今江蘇）人，為

〔註79〕〔清〕周濟撰：《宋四家詞選・序論》，收錄於《續修四庫全書》，集部，冊
　　　　1732，頁592。

〔註80〕〔清〕潘祖蔭撰：《宋四家詞選・序》，收錄於施蟄存《詞籍序跋萃編》，卷
　　　　9，頁801。

〔註81〕同前註。

吳中七子之一。精審音律，著有《詞林正韻》，另編有《宋七家詞選》，〈題
辭〉云：

> 詞學至宋盛矣！然純駁不一，優劣迥殊，欲求正軌以合雅音，惟
> 清真、史梅谿、姜白石、吳夢窗、周草窗、王碧山、張玉田七人，
> 允無遺憾。暇日擇其句意全美，律韻兼精者，各為一卷，名曰《七
> 家詞選》，譜〈湘月〉一解以弁之。〔註82〕

《宋七家詞選》擇宋詞家七人，北宋僅周邦彥，其餘皆南宋時人。卷一擇
錄周邦彥詞59闋、卷二史達祖詞42闋、卷三姜夔詞53闋、卷四吳文英詞
115闋、卷五周密詞69闋、卷六王沂孫詞41闋、卷七張炎詞101闋，總計
480闋。卷中多見評點詞篇之語，各卷篇末專論詞家風格、師承淵源等。戈
載另填〈湘月〉一闋：

> 樂章舊譜，論源流本是，騷雅遺意。紫韻紅腔，但賦得、秋月春
> 花情思。玉尺難尋，金鍼莫度，渺矣宮商理。茫茫煙海，古音誰
> 探芸笥。　　多少白雪陽春，靈芬尚在，把吟魂呼起。作者登壇，
> 算廿載、一瓣心香惟此。調協笙簧，律精銖黍，始許稱能事。詞
> 林傳播，正聲常在天地。

就此可見戈載視詞體原是騷雅之遺，內容則為寫景賦情之作，並慨嘆律調
難尋，認為韻律兼精者方為詞林正聲。另有道光十六年（1836）王敬之跋，
先述當代詞家「無不思以前人雅音為法」，卻僅略舉而不能詳，因此填詞多
有「止工琢句，按諸四聲而調不協」、「徒求合律，誦至終篇而義未圐」，主
張「填詞之不工，由於填詞之無法；填詞之無法，由於選詞之未精」，並細
數歷來朱彝尊《詞綜》、萬樹《詞律》之優劣得失，藉此凸顯戈載精擅詞體，
並評其所選七家詞篇云：

> 今所選七家詞，蓋雅音之極則也，律不乖迕，韻不龐雜，句擇精
> 工，篇取完善，學者之由此而求之，漸至神明乎。規矩或可免於
> 放與拘之失……〔註83〕

顯見多有推崇之意。光緒十一年（1885）金吳瀾、臚青甫〈杜小舫方伯校
注戈選宋七家詞序〉云：「世之工倚聲者，輒謂南宋人之詞筆情跌宕，不如

〔註82〕〔清〕戈載輯、杜文瀾校注：《宋七家詞選》（臺北：河洛圖書，1978年），
　　　　頁1。
〔註83〕〔清〕王敬之撰：〈宋七家詞選跋〉，收錄於戈載：《宋七家詞選》（臺北：
　　　　河洛圖書出版社，1978年）。

北宋之渾雅，而學其渾雅而不可得，遂復趨於纖屑淫曼一派，⋯⋯我朝名家操選政者如竹垞之《詞綜》可稱美備而略於聲韻，紅友守律太嚴而詞旨又失之不暢，音與律差池，學者愈不知雅音之所在宜乎。⋯⋯（戈載詞選）有校正《詞律》之意。」〔註84〕光緒丁丑（1877）杜文瀾亦推崇云：「宋詞選本極多清空穠摯，各取雅音而求其律細韻嚴，則惟戈載此選為善本。」〔註85〕俱可見諸家推崇戈載所選乃雅音之極、律細韻嚴之本。而戈載為何僅選七家，可配合七篇專論掌握之，如〈清真詞跋〉云：

> 清真詞凡有三本：一曰《美成長短句》，一曰《清真集》，一曰《片玉集》。《片玉》為晉陽強煥所輯，搜羅最富，汲古又補遺十餘首，可為完璧矣。然子晉刻時，欠校讎之功，譌謬頗多，幸其詞散見於各集，余因將《花庵詞選》、《樂府雅詞》、《陽春白雪》、《樂府指迷》、《詞源》、《草堂詩餘》、《花草粹編》、《歷代詩餘》、《詞綜》、《詞潔》、《詩餘圖譜》、《詞律》、《詞苑》詞話諸書，參互考訂，擇其善者從之，各詞下俱未注出，以省繁重。⋯⋯清真之詞，其意淡遠，其氣渾厚，其音節又復清妍和雅，最為詞家之正宗，所選更極精粹無憾，故列為七家之首焉。〔註86〕

先交代周邦彥詞集版本情況，並明言毛晉汲古閣本缺失，藉此亦可知戈載詳參當時可見詞選、詞譜，擇善從之，亦可見視之為七家之首。卷二〈梅溪詞跋〉云：「周清真善運化唐人詩句，最為詞中神妙之境。而梅溪亦擅其長，筆意更為相近。予嘗謂梅溪乃清真之附庸，若仿張為作詞家主客圖，周為主，史為客，未始非定論也。」〔註87〕仍是推崇周邦彥之論，而史達祖則為附庸；卷三〈白石道人歌曲跋〉則標榜姜夔詞「清氣盤空，如野雲孤飛，去留無迹，其高遠峭拔之致，前無古人，後無來者，真詞中之聖也。」〔註88〕卷四〈夢窗詞後記〉云：「夢窗從吳履齋諸公游，晚年好填詞。以綿麗為尚，運意深遠，用筆幽邃，鍊字鍊句，迥不猶人。貌觀之雕繢滿眼，

〔註84〕〔清〕金吳瀾、臚青甫撰：〈杜小舫方伯校注戈選宋七家詞序〉，收錄於戈載：《宋七家詞選》（臺北：河洛圖書出版社，1978年）。

〔註85〕〔清〕杜文瀾撰：《宋七家詞選・目錄》，收錄於戈載：《宋七家詞選》（臺北：河洛圖書出版社，1978年）。

〔註86〕〔清〕戈載撰：〈清真詞跋〉，收錄於《宋七家詞選》，卷1，頁22。

〔註87〕〔清〕戈載撰：〈梅溪詞跋〉，收錄於《宋七家詞選》，卷2，頁15～16。

〔註88〕〔清〕戈載撰：〈白石道人歌曲跋〉，收錄於《宋七家詞選》，卷3，頁20。

而實有靈氣行乎其間，細心吟繹，覺味美於回，引人入勝。既不病其晦澀，亦不見其堆垛。此與清真、梅溪、白石并為詞學之正宗，一脈真傳，特稍變其面目耳。猶之玉溪生之詩，藻采組織而神韻流轉，旨趣永長，未可妄譏其獺祭也。自來填詞家得其門者或寡矣，近惟吾友朱西生善學之。予則有志未逮而極愛其詞，故所選較多。」〔註89〕卷五〈草窗詞後記〉云：「其詞盡洗靡曼，獨標清麗，有韶倩之色，有綿渺之思，與夢窗旨趣相侔。二窗并稱，允矣無忝。其於律亦極嚴謹，蓋交游甚廣，深得切劘之益。」〔註90〕卷六〈碧山樂府跋〉云：「其詞運筆高遠，吐韻妍和。其氣清，故無沾滯之音；其筆超，故有宕往之趣。是真白石之入室弟子也。」〔註91〕卷七〈玉田詞跋〉云：「是真詞家之正宗。填詞者必由此入手，方為雅音。」〔註92〕藉此可知戈載對諸位詞家之推崇觀點，及師承關係。

（三）馮煦《宋六十一家詞選》

馮煦（1844～1927），原名熙，字夢華，號蒿盦、蒿叟，金壇（今江蘇）人。少時秉姿英特，於書無所不覽。後遊覽楚、蜀諸地，學識見地越富；晚年將平生所著，合為《蒿盦類稿》。論詞承常州遺緒，輯有《唐五代詞選》、《宋六十家詞選》等；另撰有論詞絕句、論詞長短句。而馮煦《宋六十一家詞選・序》云：

> 余年十五，從寶應喬笙巢先生游。先生嗜倚聲，日手毛氏《宋六十一家詞》一編，顧謂余曰：「詞至北宋而大，至南宋而深，是刻實其淵叢，小子識之。」予時弱不知詞，然知尊先生之言，而是刻之可寶也。十七、八少少學為詞，先生已前卒，無可是正。友學南朔求是刻，亦竟不得。乙酉，有徐州之役，道宿邳，過王氏池東書庫，則是刻在焉。服先生之教，懷之幾三十年，始獲一見，驚喜欲狂，因從果亭假得之。長夏無俚，粗得卒業。諸家所詣，其短長高下，周疏不盡同，而皆巋然有以自見。先生所云大且深者，比比而在。讀之凡三月，未嘗去手。且念赭寇之亂，是刻或為煨燼，以予得之之難，而海內傳本不數數覯也。乃別其尤者，

〔註89〕〔清〕戈載撰：〈夢窗詞後記〉，收錄於《宋七家詞選》，卷4，頁38。
〔註90〕〔清〕戈載撰：〈草窗詞後記〉，收錄於《宋七家詞選》，卷5，頁25。
〔註91〕〔清〕戈載撰：〈碧山樂府跋〉，收錄於《宋七家詞選》，卷6，頁18。
〔註92〕〔清〕戈載撰：〈玉田詞跋〉，收錄於《宋七家詞選》，卷7，頁39。

寫為一編，復郵成子漱泉審正之。再寫而後定，遂壽之木以質同好，刊偽糾缺，一漱泉力也。嗟乎！往予與先仲兄事先生於吾園，先生愛予甚，嘗賦七絕句書扇畀予，首章云：「自昔名聞大小馮，而今鵲起又江東。世家科第尋常事，難得清才鳳噦桐。」其六章今不復記憶矣。酒酣耳熱，執卷嗚嗚，為予際原流正變甚悉。既報講，則與兄各述所聞相上下。而宿草一萋，墜簡再逸，先仲兄之歿，忽忽且十歲矣。是刻竟，既悼先生不復作，又重予人琴之戚也。光緒丁亥九月既望，金壇馮煦。〔註93〕

馮煦少時求學寶應，從成孺治經史、習天算，並向喬守敬學詞，喬氏有〈紅藤館詞〉。據此序可知，以明人毛晉《宋六十名家詞》為底本，觀點多承喬氏，幾經輾轉，刊偽糾缺，多有用心。書成撰序懷想故人，分外傷感。對比毛晉版本，篇帙不及原書十之二三，所收詞家皆同，但數量不同，且未圈點及評注。以擇北宋詞人計之，晏幾道87首、周邦彥64首、蘇軾51首分居前三名，秦觀則以38首，名列第四。馮煦選詞並不落入窠臼，而採「就各家本色，擷精舍粗」〔註94〕之旨，對宋詞諸家特色予以尊重，與常州詞派一系皆力圖釐清詞體正、變，標舉比興寄託有所差異，更與當時選本開立宗派，尊南、北宋以標舉學詞門徑之法，大不相同。

　　另朱祖謀《宋詞三百首》，三易其稿而成，依時代先後排列人物，選詞以「渾成」為旨，入選周邦彥22首及吳文英25首最多，充分體現朱祖謀留意詞法，明辨格律之取向。未見編者自序，今僅見況周頤《宋詞三百首‧序》〔註95〕，多為稱揚之語，無從窺見此選特質。而端木埰編《宋詞十九首》（原名《宋詞賞心錄》），命名取古詩十九首寓意。端木埰，字子疇，江寧（今南京）人。仕途順遂，官至內閣侍讀，王鵬運曾入門下習詞。《宋詞十九首》選錄宋詞家17人共19首詞，蘇軾、姜夔兩人皆入選2首，其餘詞人皆1首，秦詞入選〈滿庭芳〉（山抹微雲）一首。就其所選19首詞可知端木埰對沉摯悲涼、慷慨任氣的感懷之作，最為推崇。因此書卷末有「幼霞仁棣清玩　端木埰題識」之語，王兆鵬認為此選原為端木氏手鈔贈與王

〔註93〕〔清〕馮煦撰：《宋六十一家詞選‧序》，收錄於施蟄存《詞籍序跋萃編》，卷9，頁821。

〔註94〕〔清〕馮煦撰：《蒿庵論詞》，收錄於唐圭璋《詞話叢編》，冊4，頁3599。

〔註95〕〔清〕況周頤撰《宋詞三百首‧序》，收錄於金啟華：《唐宋詞集序跋匯編》，頁463。

鵬運賞玩之本，後有影本傳世。端木埰曾為《詞選》批注，論詞雖重視比興寄託，卻反對張惠言穿鑿附會、胡牽妄擄。

朱祖謀《宋詞三百首》、《宋詞十九首》二集皆未見編者自序，無從考察編纂大要，故暫且不論。常州詞派所編詞選，除馮煦《宋六十一家詞選》擇錄 1251 首外，其餘數量皆在千首之內，較之浙西詞派詞選，篇幅較為精簡，擇取意圖更加鮮明。就編選範圍論之，常州詞派標舉宋詞為典範，所編以宋為主之斷代詞選四部，誠屬特殊。

三、郡邑詞選

郡邑詞選，又可稱為地域詞選，兩者名異實同，編纂目的皆以彰顯地方風尚為主，具有高度自覺意識。如顧有孝《松陵絕妙詞選・序》云：「詞學之盛，莫逾今日，而今日之以詞著，半萃東南。吾郡雖褊小，然溯勝國以迄今，茲其學為南唐者有之，其學為北宋者有之，其秦、黃、蘇、辛者，亦無體不具。」〔註96〕標舉鄉郡詞人名家，推重當時松陵詞學。今可掌握者，有葉申薌《閩詞鈔》、朱祖謀《湖州詞徵》，後者未見作者自序，僅存例言，暫不討論。

葉申薌（1780〜1842），字維彧，一字萁園，號小庚，為嘉慶年間進士，纂述甚豐，編有《小庚詞存》、《天籟軒詞韻》、《天籟軒詞譜》、《本事詞》、《閩詞鈔》等。性情疏狂，又好書酒，自號「詞顛」。葉申薌自序云：

> 閩中詩人自唐薛令之、歐陽詹見推當時，厥後操觚之士，代不乏人。誠可謂家擅西崑、戶傳麟角者矣。其彙選閩中詩者，《四庫》所收有《閩中十子詩》、《晉安風雅》、《閩南唐音》諸編，亦咸有纂述。詞為詩之餘，編輯者何獨闕歟？詞之學興於唐，盛於宋，迄於元。當宋之時，吾閩詞人以專集傳者，梁溪、友古、蘆川、後村而外，指不勝屈；而柳耆卿《樂章集》、康伯可《順庵集》尤著。蓋兩家兼精音律，恒自製腔，雖其詞體近俗，然皆能歌詠其時承平景象，久為識者所許。迺詞選諸家至不知其為閩人，此所不能不為之表白也。〔註97〕

〔註96〕〔清〕顧有孝撰：《松陵絕妙詞選・序》，收錄於施蟄存：《詞籍序跋萃編》，卷9，頁817。

〔註97〕〔清〕葉申薌編：《閩詞鈔》（福建：福建人民文學出版社，2014年12月），頁6。

就序可見編者用心良苦，福建地處東南，自古文風鼎盛，學術昌熾，閩詩早已為世人所賞，《四庫》亦有專選彙編。相較之下，詞學發展甚早，可與江、浙並提，名家輩出，如柳永、黃裳、李綱、張元幹、劉克莊等，卻罕為人知。葉氏由故家舊籍，苦心搜遺摭佚，輯錄宋元閩籍詞人 61 家，詞篇 1141 首，竭數十年心力而成，論及閩詞者必參酌此書。足見葉氏滿懷鄉邦意識，深憂閩中詞學瀕臨失傳，遂挺身而出，苦心蒐羅，竭盡數十年心力輯成，並附詞人小傳，可證宋元時期閩詞之盛行。

結語

孫克強《清代詞學批評史論》云：「清代各詞派不僅都編選有體現本派成員成就、聲勢和特色的當代詞選本，而且特意在編選古人詞選上大作文章，把詞選本作為闡明本派的詞學主張的工具。」〔註98〕清代人文薈萃，學風特盛，詞體發展，直承兩宋，詞派多具有鮮明觀點，如雲間詞派崇尚婉麗，陽羨詞派心慕雄健，浙西詞派風格醇雅，常州詞派倡言寄託。而為使相近之審美主張及理論觀點有所彰顯，往往透過編纂詞選以為依歸。清編宋詞選序跋作者，多為當代名士，專擅詞篇者甚多；此外，尚有文學家、經學家、戲曲家參與其中，所論自是不同凡響。今查考清編宋詞選序跋，可歸納其特質如次：

其一、窺知編纂體例，探得擇選目的：就序可掌握編排體例，清代詞選編纂，除譜體詞選大為風行外，編選者多有延續明代小令、中調、長調三分之法者，如趙式《古今別腸詞選》、夏秉衡《清綺軒詞選》；另有依字數嚴格區分者，相較於分調編排，更為嚴格，如《御選歷代詩餘》、《同情集詞選》等。而擇詞目的代有變異，初為娛賓遣興，多為便歌而作，多採分類編排；後有分調而作，意在備調存詞，或方便初學填作。此外，清人承繼宋詞選體例，如《花庵詞選》於詞人名下繫小傳、列總評，具有詞史價值，相較於明人疏於考證，覽者茫然，就此可見清詞壇重視知人論詞。而清代詞集選本，主要有序及發凡、目錄、作品、評點、跋語等部分，較之他朝所選，特顯完備。清代詞派紛呈，大致以浙西、常州兩大詞派影響最為卓著，步趨者甚繁。詞選類型多元，除通代、斷代、專題、詞

〔註98〕孫克強撰：《清代詞學批評史論》（北京：中國社會科學出版社，2008 年 11 月），頁 238。

譜為前代已有，另出現郡邑及女性等類型之詞選，選域特殊，輯選者別有懷抱。

其二、明言擇錄標準，掌握詞派理論：龍榆生〈選詞標準論〉云：「浙、常二派出，而詞學遂號中興；風氣轉移，乃在一二選本之力。」〔註99〕浙西詞派推崇朱彝尊，以其所編《詞綜》為主。浙派後勁另行編選補遺、續編，如陶梁《詞綜補遺》，王昶《明詞綜》、《國朝詞綜》等，以「綜」字為名之選，皆於序明言擇取標準。清人編選體例多依循前朝，但選詞為宣揚詞派理論，則最為特殊，如浙西詞派《詞綜》大張「醇雅」、瓣香南宋；張氏兄弟《詞選》標舉「比興寄託」，為常州派論詞要旨，後有周濟、陳廷焯等，各有遵循、修正。

其三、交代成書經過、詞人交遊情況：凡詞選編纂、刊刻至問世流傳，絕非一人之力可成，從編選者交遊討論、切磋詰問，皆具體呈現群體合作之特質。就時間跨度觀之，以唐宋迄清代之通代詞選，選域甚廣，有賴群策群力，集思廣益而成。清人編選詞集，確立擇錄標準，提出詞學見解為要事，另可就序跋，窺見成書經過、詞人交遊之情況。大抵可分有兩類：一為替人撰序，如尤侗為周銘編選之《林下詞選》撰序；吳中七子朱綬為黃承勛《詞腴》作序；又如況周頤為朱祖謀《宋詞三百首》撰序。一為詳載於序跋文字中，如先著《詞潔》序提及亡友嚴克宏，能別識詞體源流、體製，論詞多受啟發，後與程洪於廣陵相會，皆好詞篇，故合編《詞潔》。或如周濟《詞辨》自序提及己身學詞三階段，與董士錫互有討論，觀點多有變化。或馮煦序載授業於喬守敬門下，詞體觀多有所承。藉此可窺見清人論詞、編輯詞選，多有交流、切磋，而詞人群體數量亦為歷朝之冠。

其四、掌握詞壇風氣、詞派論點鮮明：就序跋觀之，可具體掌握以下面向：

一、尊體意識鮮明：清代詞選編纂，多為彰顯詞派理論而服務，出現諸多以宋詞為主之斷代詞選，而通代詞選入選宋詞數量，他朝罕見，可見清人欲直承兩宋詞之心緒。而清人推尊詞體意識鮮明，除明言詞非小道外，多於序跋話語可見思考，方式甚為多元：（一）遠溯風騷精神：如張惠言《詞

〔註99〕龍榆生撰：〈選詞標準論〉，收錄於《詞學季刊》第 1 卷第 2 號（1933 年 8 月），頁 15。

選》、陳廷焯《詞則》，即是其例；（二）關注詞體內容：自宋詞選以「雅」為擇選標準，清人多承此風，如《御選歷代詩餘》、浙西詞人群體所編；常州詞派則關注內容，認為詞篇意涵深刻，不可輕忽視之。

二、糾舉前人弊端：詞選擇取主觀意識強烈，具體呈現於選取標準及糾舉各家之弊上。明人選詞以市場需求為標準，多不必費心苦思、去取傷神，且互有承繼，風格相近。清人輯選申明詞派理論、格律標準，不僅要求體例，更強調審美觀點，故序常見感慨之語。嚴沆《見山亭古今詞選·序》云：「詞雖小技，匪惟作者之難，而選之者猶不易也。」〔註100〕周銘《林下詞選·序》云：「選詞之難，十倍於詩。蓋詩之途廣，易求佳；詞則拘於腔調，作者既少，求其協律者尤不可多得。」〔註101〕自我要求尚且如此，故見弊端，更是直言糾舉。如力矯明代以來之《草堂》餘習，明人追步《花間》、《草堂》風氣盛行，淫靡綺豔、模仿因襲之弊特甚，清初陳維嵩編選《今詞選》，已有糾舉。而浙西詞派朱彝尊文字批判最為激切，編選《詞綜》，於自序、發凡明言矯正；而清代中期，浙西後學漸有缺失，常州詞派張惠言編《詞選》，金應珪撰寫《詞選·後序》，提出當代詞壇「三弊」，批判力道亦十足。而張惠言《詞選》一出，周濟、陳廷焯及後繼者旋多修正、闡發。各詞派便是在此情況下，不斷消長、茁壯，造就清詞壇欣欣向榮之趨勢。

〔註100〕〔清〕嚴沆撰：《見山亭古今詞選·序》。

〔註101〕〔清〕周銘：《林下詞選·凡例》，收錄於《續修四庫全書》（上海：上海古籍出版社，2002年3月），集部，冊1729，頁556。

第六章　明清詞集叢編序跋析論

　　王兆鵬《詞學史料學》云：「按傳統的分類方法，詞集一般分為別集和總集兩大類。別集只收錄一人的作品，總集則收錄眾多詞人的作品。總集又包括詞選集（如《樂府雅詞》）和全編（如《全宋詞》）兩類。如將若干種詞別集或總集匯集成編，則稱叢編。如叢編為刻印本，或稱叢刻；如叢編為手鈔本，則稱叢鈔。」〔註1〕詞集隨著宋詞發展趨於繁榮，以別集、總集、叢編方式流傳，因唐宋時期詞集單行本數量有限，因此選集、詞集匯刊叢編便為重要形式。詞集叢編起源甚早，就現存文獻可考知，當起於南宋書坊所輯。編選目的不一，就叢編名稱往往可先窺見編選方式或目的，如《百家詞》、《六十家詞》，凸顯所選數量之多寡；《典雅詞》、《琴趣外編》等，標舉選詞衡量之標準。詞集叢編起源於南宋，現可考知者為南宋寧宗嘉定年間長沙劉氏書坊輯刻《百家詞》，臨安陳氏書棚所刻《典雅詞》，閩中書肆輯刻《琴趣外篇》，及宋末元初《六十家詞》等四種，可見南宋時書坊已有匯集多種詞集刊刻出版，迎合市場需求之舉。上述四本詞集叢編雖已久佚難尋，然諸多宋詞人別集賴此以存，深具詞學史料價值。書佚跋存，如朱彝尊〈跋典雅詞〉，或可據此略窺其梗概。夏承燾〈天鳳閣叢書序〉論詞集叢刊價值曰：

　　　　明季毛晉以後，叢刻漸興，讀者稱便。諸如《宋六十家詞》、《四
　　　　印齋所刻詞》、陶湘《景印宋金元明本詞》、江標《宋元名家詞》、

〔註 1〕王兆鵬依循楊成凱《唐宋詞學典籍》將唐宋詞集區分為別集、總集、合集
　　　　（即叢編）三大類之說。王兆鵬《詞學史料學》（北京：中華書局，2004
　　　　年 5 月），頁 101。

朱祖謀輯刻《彊村叢書》，號稱五大叢刻。搜采既廣，辨審多精，
至今賴之。〔註2〕

目前尚未見元人輯刻之詞集叢編，匯刻宋元舊本詞集，明代漸啟風氣，就
陶子珍《明代四種詞集叢編研究》〔註3〕已列舉十六種，能獲見者僅四種，
其餘皮藏於大陸圖書館或出處不明，甚是可惜！清詞創作蔚為鼎盛，詞體
派別紛立，理論觀點鮮明，詞選數量遠勝前代，詞集叢編數量更如雨後春
筍，繁盛至極，故本章以夏承燾所列明代毛晉、王鵬運《四印齋所刻詞》、
陶湘《景印宋金元明本詞》、江標《宋元名家詞》、朱祖謀輯刻《彊村叢書》
等五大詞集叢刻進行檢索，僅毛晉、王鵬運、陶湘、朱祖謀四家數量達十
篇以上，再增入趙萬里《校輯宋金元人詞》為討論對象。

詞集叢編題跋大抵可區分為三大類：一為詞集編纂者親撰，交代編纂
情況，如毛晉為宋名詞集撰序69篇、王鵬運撰30篇、朱祖謀撰32篇、陶
湘撰18篇、趙萬里撰49篇皆帶有獨到觀點；二為他人針對詞集叢刊所
撰，如曹元忠、沈修各撰〈彊村叢書序〉一篇；三為詞集本存題跋，或為
詞人自撰，或為編刻者、重刻者、收藏家所撰，多賴詞集叢編留存，但不
再本文討論之列，本章將以前兩類為主，逐一探析詞集叢編者所撰序跋特
質如次。

第一節　明代毛晉汲古閣《宋六十名家詞》所撰宋詞集題跋

宋代以前，私家藏書者有限，至兩宋雕版印刷發展，文風特甚，私家
藏書遂成風氣。清・葉昌熾所撰《藏書紀事詩》，已收錄108家，但就潘美
月《宋代藏書家考》、方建新《宋代私家藏書補錄》、劉漢忠《宋代私家藏
書拾遺》、周少川《藏書與文化》等書考據，人數已多達三百餘人，其中不
乏名儒大家，如司馬光、趙明誠夫婦、葉夢得、陸游等人；而晁公武、尤
袤、陳振孫等更編有藏書目錄。清・葉德輝《郋園讀書志・後序》云：「私
家之書，今惟晁公武《郡齋讀書志》、陳振孫《直齋書錄解題》。其例首載

〔註2〕夏承燾撰：〈天鳳閣叢書序〉，收錄於《夏承燾集》（杭州：浙江古籍出版社，
　　　出版年月不詳）。
〔註3〕陶子珍撰：《明代四種詞集叢編研究》（臺北：秀威資訊科技股份有限公司，
　　　2006年4月）。

作者姓名、籍貫仕履及著書大略，非今日題跋之類也。」〔註4〕據此可見宋代典籍流傳情況，但撰寫題跋，未成風氣。馮惠民等編選《明代書目題跋叢刊》，指出私藏書目，見於文獻記載者，唐代僅有二、三種，且未流傳；宋代存佚併計，不到十種；而明代現存者尚有十多種，與圖書事業發達，私人藏書風氣盛行關係至密。宋人詞集能傳播至明代，藏書家致力購存、傳鈔、刊刻，貢獻卓著，且大量編寫藏書目錄，可窺見書籍流傳之情況。本文就馮惠民等編選《明代書目題跋叢刊》上、下冊逐一翻覽蒐羅，發現諸家皆僅列書目，未撰題跋，僅毛晉《隱湖題跋》載錄詞集題跋，再配合毛氏所刊《宋六十名家詞》、《詞苑英華》兩大詞集叢編，亦輯得諸多題跋，明代私家書坊林立，尤以蘇州、常州、杭州、徽州、建陽及南北二京之地，至明朝萬曆年間後，藏書風氣特盛，可知者已有趙琦美「脈望館」、祁承㸁「澹生堂」、毛晉「汲古閣」，其中又以毛氏最受關注，故本節以毛晉為主要研究對象。

　　毛晉（1599～1659），原名鳳苞，字子久、子晉，號潛在，晚號隱湖，別號汲古閣主人、篤素居士、寶月主人、閑閑道人、戊戌生，常熟（今江蘇）人。生於明神宗萬曆二十七年（1599），祖、父以農事起家，家境富足，毛晉自幼敏而好學，為人孝友恭謹，知交滿天下，子毛褒〈先府君行實〉載：「髫歲喜讀《離騷》，慕陶靖節之為人。」曾受業於錢謙益，後屢試不第，遂隱居不出，遊覽湖光山色，雅好藏書。錢氏撰〈隱湖毛君墓誌銘〉云：「子晉奮起為儒，通明好古，強記博覽，壯從余遊，益深知學問之旨，……蓋世之好學者有矣」又云：「故於經史全書，勘讎流布，務使學者窮其源流，審其津涉。其他訪佚典、搜祕文，皆用以裨輔其正學。」〔註5〕於書無所不窺，聞奇書必致力購求，不惜重資。清‧葉德輝《書林清話》載云：「性嗜卷軸，榜於門曰：『有以宋槧本至者，門內主人計葉酬錢，每葉出二百；有以舊鈔本至者，每葉出四十；有以時下善本至者，別家出一千，主人出一千兩百。』於是湖州書舶雲集於七星橋毛氏之門矣。邑中為之諺曰：『三百六十行生意，不如鬻書於毛氏』」〔註6〕足見毛氏以宋槧為佳，

〔註4〕韋力編：《古書題跋叢編》（北京：學苑出版社，2009年6月），頁499。

〔註5〕〔清〕錢謙益撰：〈隱湖毛君墓誌銘〉，收錄於《牧齋有學記》（上海：上海古籍出版社，1966年9月），下冊，頁1141。

〔註6〕〔清〕葉德輝撰：《書林清話》（臺北：世界書局，1974年11月），卷7，頁192。

兼收舊鈔、時下善本。汲古閣有樓九間，多收精善本，常見之校本、刊本
及鈔本則存放於「目耕樓」。毛晉不僅醉心蒐羅、珍藏，更致力校讎、刊
刻，清‧葉德輝《書林清話》又云：

> 明季藏書家以常熟汲古閣為最著者，當時曾遍刻《十三經》、《十
> 七史》、《津逮祕書》、唐宋元人別集。以至道藏、詞曲，無不搜刻
> 傳之。〔註7〕

藏書多達八萬四千餘冊，所刻多於版心題「汲古閣」，或「綠君亭」。據李
穀統計，毛晉自甲子（1624）年至癸酉（1633），共校刻經史子集、唐宋元
名人詩詞凡二百餘種。〔註8〕毛晉數十年如一日，除親自讎校、補闕外，藏
諸他家之珍奇善本，則選善手以上等紙墨影鈔之，在影印技術發明前，此
法可留舊本之真，為汲古閣首創之法。而所刻多為善本，聘名家校勘及書
寫版樣，所印紙墨精良，裝潢多有考究，對於詞集之整理亦不遺餘力。毛
晉卒於清順治十六年（1659），有子五人，其中毛扆克紹箕裘，多有發明，
但晚年家道中落，軼聞流傳當時病中無錢買藥，遂取家藏《鐵網珊瑚稿》
典當二十四兩金，後陸續出售舊時藏本，甚是無奈。更有不肖子孫，竟披
書板作薪煮茶，汲古閣所藏亦逐日流散，殊覺可惜！

　　宋代詞篇多未入全集，流存不易，如南宋長沙本《百家詞》、陳氏書棚
刻《典雅詞》、閩中書肆刻《琴趣外編》；宋末元初《六十家詞》等詞集叢
刊，至明多散佚無存，或殘闕不全。在此環境下，汲古閣刊刻詞集，多採
類編、叢刊方式，有助詞集文獻留存，以《宋六十名家詞》、《詞苑英華》
最為知名。《宋六十名家詞》匯集宋人別集，現存版本，陶子珍統計、比較
其異同，甚為詳細縝密，計有「明末（崇禎）虞山毛氏汲古閣刊本」，分九
十一卷二十八冊，九十卷二十八冊及二十六冊，八十九卷二十八冊三種；「清
紅椒書屋綠格鈔巾箱本」（簡稱「巾箱本」），有八十二卷四十八冊；「清德
宗光緒十四年（1888）錢塘汪氏據毛晉汲古閣本重校刊本」（簡稱「重刊
本」）；「民國十年（1921）上海博古齋景印毛氏汲古閣本」（簡稱「博古齋
本」），三十二冊；「據貝葉山房張氏藏版汲古閣刊本排印」（簡稱「貝葉山

〔註7〕〔清〕葉德輝撰：《書林清話》（臺北：世界書局，1974 年 11 月），卷7，
　　　　頁 192。

〔註8〕〔明〕李穀撰：〈隱湖題跋敘〉，收錄於馮惠民、李萬健等選編：《明代書目
　　　　題跋叢刊》，下冊，頁 1975。

房本」)。〔註9〕《詞苑英華》以輯錄詞選刊本為主,又分四十五卷、四十三卷本。

明‧王象晉評毛晉云:「必手自讎校,親為題評,無憾於心而始行於世。」〔註10〕清‧陶湘亦云:「竊惟毛氏雕工精審,無書不校,既校必跋,紙張潔煉,裝式宏雅,如唐宋人詩詞及叢書、雜俎等刊,均可證明其良善。」毛晉致力蒐羅、彙刊詞集,雖未有總序,卻於各類詞集後撰有題跋,對此更是大力提倡,收二十位宋人所撰題跋於《津逮祕書》中。毛晉在友人鼓勵下,自撰《隱湖題跋》〔註11〕,其中詞集題跋數量多達三分之一,今可掌握《宋六十名家詞》題跋數量 63 篇(毛晉收 61 家,陳亮、吳文英詞題跋各有兩篇),《詞苑英華》題跋 6 篇(已於詞選序跋討論),共計 69 篇,藉此可窺毛氏之詞學觀,茲臚列表格並探析特質如次:

附表:毛晉所撰宋詞集題跋一覽表

序　　號	篇　　　　目	出　　　　處
01	珠玉詞跋	冊 1719,頁 25
02	六一詞跋	冊 1719,頁 52
03	樂章集跋	冊 1719,頁 93
04	東坡詞跋	冊 1719,頁 147
05	山谷詞跋	冊 1719,頁 177
06	淮海詞跋	冊 1719,頁 193
07	小山詞跋	冊 1719,頁 232
08	東堂詞跋	冊 1719,頁 264
09	放翁詞跋	冊 1719,頁 286

〔註 9〕參見陶子珍撰:〈明代詞集叢編——毛晉《宋六十名家詞》析論〉,收錄於《高雄師大學報》,2005 年第十九期,頁 56～60。

〔註10〕〔明〕王象晉撰:《隱湖題跋‧引》,收錄於馮惠民、李萬健等選編:《明代書目題跋叢刊》(北京:書目文獻出版社,1994 年 1 月),下冊,頁 1976。

〔註11〕〔明〕胡震亨撰:《毛子晉諸刻題跋‧引》云:「子晉既刻其所藏書若干種,各為之題辭行世矣。友人愛其書,尤愛其題辭,勸子晉盡單行之,於是又有題辭之刻。」收錄於馮惠民、李萬健等選編:《明代書目題跋叢刊》,下冊,頁 1977。

10	稼軒詞跋	冊 1719，頁 388
11	片玉詞跋	冊 1719，頁 434
12	梅溪詞跋	冊 1719，頁 459
13	白石詞跋	冊 1719，頁 468
14	石林詞跋	冊 1719，頁 487
15	酒邊詞跋	冊 1719，頁 518
16	溪堂詞跋	冊 1719，頁 530
17	樵隱詞跋	冊 1719，頁 540
18	竹山詞跋	冊 1719，頁 561
19	書舟詞跋	冊 1719，頁 587
20	坦菴詞跋	冊 1719，頁 613
21	惜香樂府跋	冊 1719，頁 678
22	西樵語業跋	冊 1720，頁 8
23	竹屋癡語跋	冊 1720，頁 27
24	夢窗詞跋（2篇）	冊 1720，頁 104
25	近體樂府	冊 1720，頁 107
26	竹齋詩餘跋	冊 1720，頁 125
27	金谷遺音跋	冊 1720，頁 149
28	散花菴詞跋	冊 1720，頁 158
29	和清真詞跋	冊 1720，頁 177
30	後村別調跋	冊 1720，頁 204
31	蘆川詞跋	冊 1720，頁 237
32	于湖詞跋	冊 1720，頁 244
33	洺水詞跋	冊 1720，頁 276
34	歸愚詞跋	冊 1720，頁 285
35	龍洲詞跋	冊 1720，頁 296
36	初寮詞跋	冊 1720，頁 306
37	龍川詞跋（2篇）	冊 1720，頁 314

38	姑溪詞跋	冊 1720，頁 330
39	友古詞跋	冊 1720，頁 359
40	石屏詞跋	冊 1720，頁 366
41	海野詞跋	冊 1720，頁 384
42	逃禪詞跋	冊 1720，頁 415
43	空同詞跋	冊 1720，頁 419
44	介庵詞跋	冊 1720，頁 444
45	平齋詞跋	冊 1720，頁 453
46	文溪詞跋	冊 1720，頁 460
47	丹陽詞跋	冊 1720，頁 474
48	孏窟詞跋	冊 1720，頁 490
49	克齋詞跋	冊 1720，頁 499
50	芸窗詞跋	冊 1720，頁 511
51	竹坡詞跋	冊 1720，頁 538
52	聖求詞跋	冊 1720，頁 563
53	壽域詞跋	冊 1720，頁 579
54	審齋詞跋	冊 1720，頁 593
55	東浦詞跋	冊 1720，頁 599
56	知稼翁詞跋	冊 1720，頁 607
57	無住詞跋	冊 1720，頁 610
58	後山詞跋	冊 1720，頁 620
59	蒲江詞跋	冊 1720，頁 627
60	琴趣外篇跋	冊 1720，頁 658
61	烘堂詞跋	冊 1720，頁 670

一、篤心汲古，保留詞集文獻

　　明・胡震亨〈宋詞二集敘〉云：「宋人詞多不入正集，好事者間為總集，如曾氏及今代汝南陳氏者亦無幾，以此失傳最多。虞山子晉毛兄，懼其久而滅湮也，命盡取諸家詞刻之。先是已行晏元獻以下十家詞矣，至是周美

成以下十家復成帙，日有益而未已。」〔註12〕毛晉用心蒐羅，題跋亦多言得祕本付梓之情況，如毛并《樵隱詩餘》一卷、程珌《洺水集》難得，前者由楊夢羽祕藏《宋元名家詞鈔本》二十七種輯出詩餘一卷，23調42首詞；後者由秦淮購得二十六卷本，有詞21調。又如〈竹齋詩餘跋〉云：

> 《草堂詩餘》若干卷，向來豔驚人目，每祕一冊，便稱詞林大觀，不知抹倒幾許騷人。即如次仲、幾叔輩，不乏寵柳嬌花，燕昵鶯啼等語，何愧大晟上座耶？《草堂集》竟不載一篇，真堪太息。余隨得本之先後，次第付梨，幾經商緯羽之士，幸兼擷焉。
> 〔註13〕

《草堂詩餘》不載石孝友、黃機之詞，毛晉多有感慨，就此跋可知毛晉刊刻詞集未嚴格區分時間先後，而以得本先後，旋得旋刻，意在留存。又如《夢窗詞》分甲乙丙丁四稿，毛氏先得丙丁付梓，再刻甲乙，並未依序排列。而四庫館臣對此亦云：「其次序先後，以得詞付雕為準，未嘗差以時代；且隨得隨雕，亦未嘗有所去取。故此外如王安石《半山老人詞》、張先《子野詞》、賀鑄《東山寓聲》以暨范成大《石湖詞》、楊萬里《誠齋樂府》、王沂孫《碧山樂府》、張炎《玉田詞》之類，雖尚有傳本，而均未載入。蓋以次開雕，適先成此六集，遂以六十家詞傳，非謂宋詞止於此也。」〔註14〕足見毛晉並未特意遴選，且毛扆編《汲古閣珍藏祕本書目》載「宋詞一百家」項提及本欲刻百家，已刻者六十家，未刻者四十家。且據陶子珍統計，收北宋詞人十四家，南宋四十七家，雖以南宋詞集較多，但非刻意為之，足見毛晉對刊刻詞集並無特定標準，而以保留文獻、促進流通為要。又如〈近體樂府跋〉云：

> 南渡而下，詩之富實唯放翁，文之富實唯益公，先輩爭仰為大家，與歐、蘇并稱。但卷帙浩繁，我明尚未付棗。余於寅卯間，已鐫放翁詩文一百三十卷有奇行世。而益公省齋諸稿二百卷，僅得一抄本，句錯字清，未敢妄就剞劂。倘海內同志或宋刻或名家

〔註12〕〔明〕胡震亨撰：〈宋詞二集敘〉，收錄於《四庫全書存目叢書・宋名家詞》（臺南：莊嚴文化事業公司，1997年6月），冊422，頁711。

〔註13〕〔明〕毛晉撰：〈竹齋詩餘跋〉，收錄於《續修四庫全書・宋名家詞》，集部，冊1719，頁678。

〔註14〕〔清〕永瑢、紀昀等撰：《四庫全書總目》（臺北：臺灣商務印書館，1983年10月），卷200，頁2819。

訂本，肯不惜荊州之借，俾平園叟與渭南伯共成雙璧，真藝林大
盛事也。茲《近體樂府》數闋，特公剩技耳，先梓之以當相徵
券。〔註15〕

此題跋提及南渡文壇風氣，陸游詩、周必大文被標舉為大家，更交代兩人
詩文集刊刻情況。周必大文稿僅得鈔本，「句錯字淆，未敢妄就剞劂」更可
見毛氏刻書甚是講究，無善本寧可放棄。末兩句提及《近體樂府》為「剩
技」，乃有意凸顯詩文出色，並非輕視詞體，藉此題跋亦可窺見毛晉欲借書
刊刻，共成雙璧之美意。

　　毛晉又從他處得秘本，請善手影寫，除校刊經史，亦包含大量詞集文
獻之蒐羅整理，據楊曼《汲古閣整理詞曲文獻考》一書統計，詞集除去重
複者，共計158種，刊刻71種，抄校134種，收藏珍本15種，詞選12種。
〔註16〕汲古閣整理、刊刻詞集，使善本、珍本得以留存，此外，如趙長卿
《惜香樂府》、楊炎正《西樵語業》、葛勝仲《丹陽詞》、王安中《初寮詞》，
皆僅見毛晉跋語，至清四庫館臣撰提要多有依循，而毛晉刊刻不使湮沒失
傳，厥功甚偉。

二、知人論世，記載生平事蹟

　　毛晉所撰題跋，論述條理井然，各篇介紹人物字號、爵里、家世背景
及著作卷數，先述詩文集，再論詞篇特質；題跋大量徵引史料、筆記、野
史、詞話、評點，關注諸多課題。如《文溪詞》作者身分，題跋云：

　　《花庵詞選》云：李俊明，名昴英，號文溪。升庵《詞品》云：
　　李公昴名昴英，資州盤石人。余家藏《文溪詞》，又云名公昴，字
　　俊明，番禺人。未知孰是。〔註17〕

引黃昇《花庵詞選》之人物小傳作、楊慎《詞品》，並取家藏《文溪詞》比
對，三者歧異。又如論程珌生平功業，詳覽《宋史》；〈竹坡詞跋〉提及閱
讀《宣城志·文苑傳》，瞭解周紫芝生平。並翻閱詞選查核，尤以《花庵詞

〔註15〕〔明〕毛晉撰：〈近體樂府跋〉，收錄於《續修四庫全書·宋名家詞》，集部，
　　　　冊1720，頁128。
〔註16〕楊曼撰：《汲古閣整理詞曲文獻考》，河北大學：碩士學位論文，2008年5
　　　　月，頁14～15。
〔註17〕〔明〕毛晉撰：〈文溪詞跋〉，收錄於《續修四庫全書·宋名家詞》，集部，
　　　　冊1720，頁460。

選》，最受關注，如〈蒲江詞跋〉云：「黃叔暘謂其樂府甚工，字字可入律呂，浙人皆唱之，《中興集》中幾盡採錄。或病其偶句太多，未足驚目。」〔註18〕此係援引黃昇詞評之證。

　　毛晉刊刻詞集隨得隨刻，亦不忽視小詞家，題跋多有介紹。如〈壽域詞跋〉提及不知杜安世何許人，故援引陳振孫《直齋書錄解題》之說；又如〈平齋詞跋〉介紹洪咨夔云：「舜俞，於潛人，其功烈載在史冊。如毀鄧艾祠，更祠諸葛武侯，告其民曰：『毋事仇讎而忘父母。』尤為當時稱嘆。迨卒時，御筆批其鯁亮忠愨，令抄所著兩漢詔暨詩文行世。」〔註19〕洪咨夔（1176～1236），字舜俞，號平齋，於潛（今浙江）人，《宋史》卷 406 有傳，毛晉直接截取之，題跋所言「史冊」，當為《宋史》無誤。藉此可知毛晉撰寫題跋前，多涉獵史料，講求證據。另多援引蘇軾、晁補之、楊用修、洪邁等宋人言論，更貼近詞人時代。唯間有疏誤，如〈淮海詞跋〉云：「晁氏云：『今代詞手，惟秦七、黃九』」〔註20〕據筆者考證，此語出於宋・陳師道《後山詩話》：「退之以文為詩，子瞻以詩為詞，如教坊雷大使之舞，雖極天下之工，要非本色。今代詞手，惟秦七、黃九爾，唐諸人不逮也。」〔註21〕毛晉誤為晁補之言，顯然錯謬，不可不察。

　　而毛晉題跋另關注詞人性格、交遊情況，並交代交代詞集來源、命名緣由，且留心詞壇軼事，茲分述如次：

（一）凸顯人物性格、交遊情況

　　毛晉題跋除詳考人物生平事蹟外，亦多涉及評論人物性格，頗值玩味，此部分較少受到研究者關注。如〈珠玉詞跋〉評晏殊云：「賦性剛峻，遇人以誠，一生自奉如寒士」；〈樵隱詞跋〉評毛幵「負才玩世」；〈介庵詞跋〉評趙彥端「度量宏博」。〔註22〕「賦性剛峻」一詞，亦被四庫館臣及況

〔註18〕〔明〕毛晉撰：〈蒲江詞跋〉，收錄於《續修四庫全書・宋名家詞》，集部，冊 1720，頁 626。

〔註19〕〔明〕毛晉撰：〈壽域詞跋〉、〈平齋詞跋〉，收錄於《續修四庫全書・宋名家詞》，集部，冊 1720，頁 453。

〔註20〕〔明〕毛晉撰：〈淮海詞跋〉，收錄於《續修四庫全書・宋名家詞》，集部，冊 1719，頁 193。

〔註21〕〔宋〕陳師道撰：《後山詩話》，收錄於鄧子勉《宋金元詞話全編》，上冊，頁 213。

〔註22〕〔明〕毛晉撰：〈珠玉詞跋〉、〈樵隱詞跋〉，收錄於《續修四庫全書・宋名家詞》，集部，冊 1719，頁 25、540。

周頤接受，多有承繼，此題跋讓讀者感受到晏殊、毛幵、趙彥端之性格，更顯親切。而〈稼軒詞跋〉評辛棄疾云：

> 但詞家爭鬥穠纖，而稼軒率多撫時感事之作，磊砢英多，絕不作妮子態。宋人以東坡為詞詩，稼軒為詞論，善評也。〔註23〕

「穠纖」一詞，乃針對詞體風格而論，顯然歸屬於婉約一派。而辛棄疾身處國事頹唐，主戰、主和派角力之際，幾度落職閒居，滿懷愛國情志，忠憤無處傾訴，遂將悲歌慷慨、抑鬱無聊之氣，寄之於詞。清‧吳衡照《蓮子居詞話》云：「辛稼軒別開天地，橫絕古今，論、孟、詩小序、左氏春秋、南華、離騷、史、漢、世說、選學、李、杜詩，拉雜運用，彌見其筆力之峭。」〔註24〕辛棄疾填詞抒發身世遭遇，擅長鎔鑄經典，驅遣故實，尤以《世說新語》最為繁多，據統計多達二十七門類〔註25〕。而毛晉認為辛棄疾詞篇「磊砢英多，絕不作妮子態」，並引宋人評價辛詞「為詞論」之說，皆頗能掌握辛詞特質。此外，如〈東浦詞跋〉記載韓玉與康順庵、辛棄疾諸家酬唱；又如〈蕓窗詞跋〉述及張榘與魏了翁相善，藉此可窺見詞人交遊情況。

（二）交代詞集來源、命名緣由

　　毛晉亦頗關心詞集來源，及命名之所由。如〈西樵語業跋〉云：「止濟翁，廬陵人也。西樵乃清海府西山名，相去數百里，或曰曾流寓於此，因以名集」、〈東浦詞跋〉云：「韓溫甫家於東浦，因以名其詞。」兩者皆因地理環境因素而命名。又如〈惜香樂府跋〉云：

> 長卿自號仙源居士，蓋南宋宗室也，不棲志紛華，獨安心風雅，每遇花間鶯外，輒觸詠自娛耶！鄉貢進士劉澤集其樂府，以春景、夏景、秋景、冬景及總詞、賀生辰、補遺類編，釐為十卷，雖未敢與南唐二主相伯仲，方之徽宗，則響出雲霄矣。〔註26〕

〔註23〕〔明〕毛晉撰：〈稼軒詞跋〉，收錄於《續修四庫全書‧宋名家詞》，集部，冊1719，頁388。

〔註24〕〔清〕吳衡照撰：《蓮子居詞話》，收錄於唐圭璋《詞話叢編》（北京：中華書局，1986年11月），冊3，卷1，頁2408。

〔註25〕據張海鷗、郭幸妮：〈稼軒詞與《世說新語》〉，收錄於馬興榮、鄧喬彬、方智範等主編：《詞學》（上海：華東師範大學出版社，2005年12月），第十六輯，頁87。

〔註26〕〔明〕毛晉撰：〈惜香樂府跋〉，收錄於《續修四庫全書‧宋名家詞》，集部，冊1719，頁678。

足見此集得來不易，非作者自編，而是劉澤匯集而成，並介紹分類情況。末結帶有評論意味，以南唐二主、宋徽宗為評比對象，標準為何，毛晉並未細說分明，留予後人臆測空間。

（三）援引筆記趣聞、人物軼事

宋詞壇軼聞瑣事甚為繁多，多載錄於筆記、詞話中，毛晉對此亦多有關注。如〈樂章集跋〉云：

> 一日，東坡問一優人曰：「吾詞何如柳耆卿？」對曰：「柳屯田宜十七、十八女郎，按紅牙拍，唱『楊柳岸曉風殘月』。學士詞須銅將軍、鐵綽板，唱『大江東去』言外褒彈，優人固是解人。」
> 〔註27〕

柳永〈雨霖鈴〉（寒蟬淒切）〔註28〕名聞當代，據宋・俞文豹《吹劍續錄》所載：「東坡在玉堂日，有幕士善謳，因問：『我詞何如柳詞？』對曰：『柳郎中詞，只好十七八女孩兒，執紅牙拍板，唱「楊柳外、曉風殘月」；學士詞，須關西大漢執鐵板，唱「大江東去」。』公為之絕倒。」〔註29〕柳永、蘇軾詞篇風格迥異，蘇詞豪氣盈懷，氣概卓犖；柳詞情意繾綣，含蓄婉轉，融情入景暗陳別意，為婉約詞佳構。因宋人筆記記載，此說遂廣為流傳。毛晉亦予以吸收，所述場合與對象雖略有不同，卻可展現柳永、蘇軾詞風特色。又云：

> 魯直少時使酒玩世，喜造纖淫之句，法秀道人誡云：筆墨勸淫，應墮犁舌地獄。魯直答曰：空中語耳。晚年來亦間作小詞，往往借題棒喝，拈示後人，如效寶寧勇禪師〈漁家傲〉幾闋。〔註30〕

可知黃庭堅少時偶作艷歌小詞，俚俗粗鄙，風格輕薄浮艷。黃庭堅〈小山

〔註27〕〔明〕毛晉撰：〈樂章集跋〉，收錄於《續修四庫全書・宋名家詞》，集部，冊1719，頁93。

〔註28〕〔宋〕柳永〈雨霖鈴〉（寒蟬淒切）：「寒蟬淒切。對長亭晚，驟雨初歇。都門帳飲無緒，留戀處、蘭舟催發。執手相看淚眼，竟無語凝噎。念去去、千里煙波，暮靄沉沉楚天闊。　多情自古傷離別。更那堪、冷落清秋節。今宵酒醒何處，楊柳岸、曉風殘月。此去經年，應是良辰好景虛設。便縱有、千種風情，更與何人說。」《全宋詞》，冊1，頁21。

〔註29〕〔宋〕俞文豹：《吹劍續錄》，引自〔元〕陶宗儀：《說郛三種》（上海：上海古籍出版社，1988年10月），頁429。

〔註30〕〔明〕毛晉撰：〈山谷詞跋〉，收錄於《續修四庫全書・宋名家詞》，集部，冊1719，頁177。

集序〉云：「余少時間作樂府，以使酒玩世，道人法秀獨罪余以筆墨勸淫，於我法中，當下犁舌之獄。」〔註31〕「犁舌」之典，自宋流傳至清，甚為廣泛，宋・釋惠洪《冷齋夜話》亦載：「法雲秀關西，鐵面嚴冷，能以理折人。魯直名重天下，詩詞一出，人爭傳之。師嘗謂魯直曰：「詩，多作無害；豔歌小詞，可罷之。」魯直笑曰：「空中語耳。非殺非偷，終不至坐此墮惡道。」師曰：「若以邪言蕩人淫心，使彼逾禮越禁，為罪惡之由。吾恐非止墮惡道而已！」魯直領之，自是不復作詞曲。」〔註32〕後來黃氏詞風轉變，曾作〈漁家傲・戲效寶甯勇禪師作古漁家傲〉四首，就內容而言，實係演繹南嶽臨濟宗福州靈雲志勤和尚故事，此事最早見於五代靜、筠二僧所撰之《祖堂集》，言其偶睹春天繁花，頓悟欣喜之情，足見宋人生活之雅趣，與佛學禪意關係至密。

三、刪削有則，詳加校讎考證

兩宋刻書精美仔細，備受重視，歷代藏書家最為青睞。而明代書肆林立，書賈交易熱絡，刊刻出版事業趨於鼎盛，卻難免為謀求利益，加工偽造。清・顧炎武《日知錄・改書》曾批判云：「萬曆間，人多好改竄古書。人心亦邪，風氣之變，自此而始。」〔註33〕清・葉德輝《書林清話》亦云：「明人刻書有一種惡習，往往刻一書而改頭換面，節刪易名。」〔註34〕足見恣意妄改古書，任意刪削，而使明版書向來負評不斷。想必毛晉對此風氣亦多有思考，遂重金購求，力尋可靠版本，且日日卷帙縱橫，丹黃紛雜，力求完備，目視筆耕不輟，孜孜矻矻三十餘年，蒐羅校錄，多所講究，茲分述如次：

（一）網羅眾本，比對異同

清代藏書大家黃丕烈曾讚賞毛晉云：「汲古閣刻書富矣！每見所藏底本極精。」〔註35〕汲古閣版本來源大抵為購得、商借、獲贈三類，毛晉題跋

〔註31〕〔宋〕黃庭堅撰：〈小山集序〉，《豫章黃先生文集》，卷16，頁163。

〔註32〕〔宋〕釋惠洪：《冷齋夜話》，收錄於吳文治主編：《宋詩話全編》（南京：江蘇古籍出版社，1998年12月），冊4，卷10，頁2469。

〔註33〕〔清〕顧炎武著、黃汝成集釋、秦克誠點校：《日知錄集釋》（長沙：岳麓書社，1996年2月），頁672。

〔註34〕〔清〕葉德輝著：《書林清話》（臺北：世界書局，1974年11月），頁182。

〔註35〕〔清〕黃丕烈撰、潘祖蔭輯：《士禮居讀書跋記》（北京：學苑出版社，2009年），卷2。

亦多見明言記載藏本來源，如〈花間集跋〉、〈龍川詞跋〉註明「家藏宋刻」；或直接採用名家珍藏本，如〈樵隱詞跋〉，強調得楊夢羽秘藏本，足見底本擇選，確實多有講究。〈片玉詞跋〉云：「余家藏凡三本，一名《清真集》，一名《美成長短句》，皆不滿百闋。最後得宋刻《片玉集》二卷，計百八十有奇，晉陽強煥為敘。余見評注龐雜，一一削去，釐其訛謬，間有茲集不載，錯見《清真》諸本者，附補遺一卷，美成庶無遺憾云。」〔註36〕足見毛晉手中有三種版本，名稱各異，細加比對，刪去龐雜訛謬處，方予付梓。

（二）辨偽糾謬，補佚存疑

汲古閣藏書刊刻、印行廣泛，又留心校讎，明・陳繼儒〈隱湖題跋敘〉稱云：「手自鈔寫，糾訛謬，補遺亡，即蛛絲鼠壤，風雨潤濕之所糜敗者，一一整頓之。」〔註37〕宋詞集流傳至明，幾經時空輾轉，影響因素複雜多元，魯魚亥豕之病難免，故毛晉藏書、刊刻，首重校讎。毛晉題跋辨別詞作真偽之言，甚為繁多，舉例如次：

> 廬陵舊刻三卷，且載樂語於首，今刪樂語匯為一卷。凡他稿誤入，如〈清商怨〉類，一一削去。誤入他稿，如〈歸自謠〉類，一一注明。然集中更有浮艷傷雅，不似公筆者，先輩云疑，以傳疑可也。（〈六一詞跋〉）〔註38〕

> 東坡詩文不啻千億刻，獨長短句罕見。近有金陵本子，人爭喜其詳備，多混入歐、黃、秦、柳作，今悉刪去。（〈東坡詞跋〉）〔註39〕

> 吳門鈔本多〈花心動〉一闋……疑是贗筆，不敢混入。（〈溪堂詞跋〉）〔註40〕

〔註36〕〔明〕毛晉撰：〈片玉詞跋〉，收錄於《續修四庫全書・宋名家詞》，集部，冊1719，頁434。

〔註37〕〔明〕陳繼儒撰：〈隱湖題跋敘〉，收錄於馮惠民、李萬健等選編：《明代書目題跋叢刊》，下冊，頁1975。

〔註38〕〔明〕毛晉撰：〈六一詞跋〉，收錄於《續修四庫全書・宋名家詞》，集部，冊1719，頁52。

〔註39〕〔明〕毛晉撰：〈東坡詞跋〉，收錄於《續修四庫全書・宋名家詞》，集部，冊1719，頁147。

〔註40〕〔明〕毛晉撰：〈溪堂詞跋〉，收錄於《續修四庫全書・宋名家詞》，集部，冊1719，頁530。

毛晉辨別贋筆自有標準，如「浮艷傷雅，不似公筆者」，係採風格判定；又指東坡詞誤混入歐陽脩、黃庭堅、秦觀、柳永之作，顯見毛氏勤讀翻覽，比對查核之功。但亦有因襲成說而不自知之弊，如〈書舟詞跋〉云：

> 正伯與子瞻中表兄弟也，故集中多混蘇作，如〈意難忘〉、〈一剪梅〉之類，今悉刪正。〔註41〕

題跋認為蘇軾與程垓為中表兄弟，故詞篇多有相混，此說極為簡略篤定，後世學者多沿用不查。按：程垓（生卒年不詳），字正伯，號書舟，眉山（今四川）人。明·楊慎《詞品》述及程垓云：「東坡之中表也」。〔註42〕毛晉題跋多見承繼楊慎之說，此處應是襲用不察，而四庫館臣提要亦承此說。對此清·況周頤《蕙風詞話》卷四曾詳辨之，云：「楊升庵《詞品》云：程正伯，東坡中表之戚也。毛子晉〈書舟詞跋〉云：正伯與子瞻中表兄弟也。二家之說於它書未經見據。王季平〈書舟詞序〉，季平實與正伯同時，東坡卒於建中靖國元年辛巳（1101）；季平〈書舟詞序〉作於紹熙五年甲寅（1194）。上距東坡之卒，凡九十三年，正伯與東坡安得為中表兄弟乎。……子晉不考，遂沿其訛，其不曰中表之戚而曰中表兄弟，又未知別有所據否矣。升庵述舊之言本屬不盡可信，此其跲戾之尤者。」〔註43〕足見毛晉之說，顯有錯謬，後人讀之不可不慎。又如〈琴趣外編跋〉云：

> 所為詩文凡七十卷，自名《雞肋集》，唯詩餘不入集中，故云外篇。昔年見吳門鈔本，混入趙文寶諸詞，亦名《琴趣外篇》，蓋書賈射利，眩人耳目耳，最為可恨。余已釐正，《介庵詞》辨之詳矣。〔註44〕

宋人自編文集多有講究，王嵐《宋人文集編刻流傳叢考》云：「宋人有一個

〔註41〕〔明〕毛晉撰：〈書舟詞跋〉，收錄於《續修四庫全書·宋名家詞》，集部，冊1719，頁587。
〔註42〕〔明〕楊慎撰：《詞品》，收錄於張璋、職承讓等編《歷代詞話》，上冊，頁264。
〔註43〕〔清〕況周頤撰：《蕙風詞話》詳考云：「考東坡詩集〈送表弟程六之楚州〉一首，施元之注云東坡母成國太夫人程氏眉山著姓。其侄之才，字正輔；第二之元，字德孺；第六即楚州之邵，字懿叔；第七正伯之字與懿叔約略近似，殆即中表之戚之說所由來歟。」收錄於唐圭璋《詞話叢編》，冊4，卷4，頁4500～4501。
〔註44〕〔明〕毛晉撰：〈琴趣外編跋〉，收錄於《續修四庫全書·宋名家詞》，集部，冊1720，頁658。

根深蒂固的觀念就是以文章傳後世之名，所以他們對自己的詩文並非雜然濫收，而往往是經過一再篩選剔擇，將自己不滿意的作品毫不吝惜地棄去或焚毀，如黃庭堅中年時燒掉了以前三分之二的詩文，只留下三分之一，編成一部文集，起名為『焦尾』，意為焚燒之餘燼。」〔註45〕晁補之詞亦不入正集，別為外篇，實為宋人風氣。而明代書坊翻刻宋版書籍，蔚為流行，而歪風不少，毛晉亦多有糾舉。又如〈逃禪詞跋〉，亦糾舉「坊本無據」云：

> 補之，清江人。世所傳江西墨梅，即其人也。其詩文亦不多見，向有《補之詞》行世，或謂是晁補之，謬矣。無論字句之舛偽，章次之顛倒，即調名如〈一斛珠〉誤作〈品令〉，〈相見歡〉誤作〈烏夜啼〉之類，亦不可條舉。今悉一一釐正。但散花庵詞客一無選錄，豈謂其多獻壽之章，無麗情之句耶？《草堂集》止載痴牛呆女一調，又逸其名，後人妄注毛東堂，可恨坊本無據，反今人疑《香奩》之或凝、或偓云。〔註46〕

《逃禪詞》作者為揚無咎〔註47〕（1097～1171），字補之，自號逃禪老人、清夷長者、紫陽居士。清江（今江西）人。《宋史翼》卷36有傳，身兼詞人、畫家，從李公麟習得水墨人物畫，尤擅長墨梅。高宗時不願依附奸臣秦檜，遂隱居而終，人品甚高，所畫墨梅，歷代寶重。因晁補之亦字「補之」，兩人名與字皆同，遂有傳寫、混淆之弊，毛晉留心於此，題跋明言糾舉之。而此集「字句舛偽」、「章次顛倒」及調名錯謬，毛晉一一考據訂正。題跋末結指出《草堂集》僅錄「痴牛呆女」一調，毛晉當日未註明詞調，經查索應為〈洞仙歌〉（痴牛呆女），誤作毛澤民之作。又如〈壽域詞跋〉指出〈折紅梅〉一詞名篇互淆之弊，顯見毛晉校刊詞集確實多有講究。

　　毛晉除細心比對諸多版本，閱讀詞話、筆記外，亦勤於翻查詞選，尤以黃昇《唐宋諸賢絕妙詞選》、《中興以來絕妙詞選》（合稱《花庵詞選》），

〔註45〕王嵐撰：《宋人文集編刻流傳叢考》（南京：江蘇古籍出版社，2003年5月），頁3。

〔註46〕毛晉撰：〈逃禪詞跋〉，收錄於《續修四庫全書‧宋名家詞》，集部，冊1720，頁415。

〔註47〕針對揚無咎之名，《四庫全書總目‧逃禪詞提要》主張：「按《圖繪寶鑑》稱：『無咎祖漢子雲，其字從扌不從木，則作楊，誤也』」本文依從四庫館臣之說。〔清〕永瑢、紀昀等撰：《四庫全書總目》，頁2791。

最受毛晉關注。且多據此輯得佚詞，如〈白石詞跋〉云：「白石詞盛行於世，多逸『五湖舊約』及『燕雁無心』諸調。前人云：花庵極愛白石，選錄無遺。既讀《絕妙詞選》，果一一具載，真完璧也。」〔註48〕〈夢窗詞跋〉亦云：「或云《夢窗詞》一卷，或云凡四卷，以甲、乙、丙、丁釐目，或又云，四明吳君，特從吳履齋諸公游，晚年好填詞，謝世后，同游集其丙丁兩年稿若干篇，釐為二卷，末有〈鶯啼序〉，遺缺甚多，蓋絕筆也，與余家藏本合符。既閱花庵諸刻，又得逸篇九闋，附存卷尾。」〔註49〕姜夔「五湖舊約」一詞，調寄〈念奴嬌〉；「燕雁無心」，調寄〈點絳唇〉，毛晉俱未標明。而兩篇題跋，交代毛晉輯補佚詞之數，前者收得兩篇，後者多達九篇，對於留存文獻，甚有貢獻。而毛晉對於無法掌握確切證據者，仍語帶保留，如〈淮海詞跋〉云：「余既訂訛搜逸，共得八十七調，集為一卷，亦未敢曰無闕遺也。」〔註50〕毛晉所撰宋詞集題跋，篇幅短小，言簡意賅，且刊刻多有準則，重視比勘對校，以一己之力，校讎、考證、補遺，實屬不易。

四、評價正面，跳脫世俗成見

　　毛晉題跋亦多呈現個人觀點，不為通說、成見所囿，實屬難得。評論詞家多屬正面之論，如〈壽域詞〉云：「儕輩嗤其詞不工，余初讀其〈訴衷情〉……語纖致巧，未嘗不工。」〔註51〕又如〈龍洲詞跋〉云：

　　　花庵謂其詞學辛幼安。如別妾〈天仙子〉、詠畫眉〈小桃紅〉諸

　　　闋，稼軒集中能有此纖秀語耶？〔註52〕

劉過（1154～1206），字改之，自號龍洲道人，泰和（今江西）人。宋南渡後以詩俠名聞湖海間，陳亮、陸游、辛棄疾世稱人豪，皆折氣岸，與之往

〔註48〕〔明〕毛晉撰：〈白石詞跋〉，收錄於《續修四庫全書·宋名家詞》，集部，冊1719，頁468。

〔註49〕〔明〕毛晉撰：〈夢窗詞跋〉，收錄於《續修四庫全書·宋名家詞》，集部，冊1720，頁67。

〔註50〕〔明〕毛晉撰：〈淮海詞跋〉，收錄於《續修四庫全書·宋名家詞》，集部，冊1719，頁193。

〔註51〕〔明〕毛晉撰：〈壽域詞跋〉，收錄於《續修四庫全書·宋名家詞》，集部，冊1720，頁578。

〔註52〕〔明〕毛晉撰：〈龍川詞跋〉，收錄於《續修四庫全書·宋名家詞》，集部，冊1720，頁297。

來。為人尚氣節，長於談兵，出言豪縱，〈六州歌頭‧吊武穆鄂王忠烈廟〉、〈沁園春‧寄辛承旨，時承旨招，不赴〉、〈念奴嬌‧留別辛稼軒〉、〈水調歌頭〉等皆為名篇，氣勢鏗鏘，大量用典，以古鑑今，滿懷壯志難酬之悲憤，傾洩而出，故世人論劉過詞多以豪逸視之。而毛晉提及〈天仙子〉、〈小桃紅〉兩詞，前者詞題為「初赴省別妾於三十里頭」，後者詞題為「在襄州作」，兩者非為豪氣干雲、憂思家國之作，尤以後者細膩繪寫女子樣態，旖旎繾綣，展現詞人多情之面向。毛晉以「纖秀」評之，顯然能關注劉過其他風格，跳脫傳統思維，甚是難得！

五、鑑賞人物，關注詞篇特質

　　夏樹芳《刻宋名家詞‧序》云：「茲刻《宋名家詞》，凡十人。挼摭俊異，各具本色。余得而上下之，轆轤酣暢，若同叔之玄超，小山之流媚，柳屯田之翻空廣調，六一居士之清遠多風，幾最按拍。加以坡翁之卓絕，山谷之蕭疏，淮海之搴芳，東堂之振藻，亟為引商。至於幼安之風襟豪上，睥睨無前；放翁之不倫不理，乾坤莽蕩，又勃勃焉欲搴裳濡足以游。」〔註53〕夏氏肯定毛晉篤心汲古之功，藏書甚豐，刻《宋名家詞》錄晏殊、晏幾道、柳永、歐陽脩、蘇軾、黃庭堅、秦觀、辛棄疾、陸游等人詞篇，各家確實各有風采。毛晉彙集所得詞集刊刻，撰寫題跋之際，對各家詞作，亦多有評論，藉此可窺見其好惡及詞學觀，而推崇之情，亦時有流露，如〈梅溪詞跋〉云：「余幼讀〈雙雙燕〉，便心醉梅溪。」〔註54〕而關注詞家風格之論，最為繁多，如〈樂章集跋〉云：「所製樂章，音調諧婉，尤工於羈旅悲怨之辭，閨幃淫媟之語。」〔註55〕毛晉題跋多見評論詞人風格之語，如論柳永「工於羈旅悲怨之辭，閨幃淫媟之語」，就以柳永名篇〈雨霖鈴〉查考之，該篇成於作者離開汴京，途經湖南欲前往浙江之時，通篇圍繞「傷離別」，詞調篇幅較長，聲情哀怨，詞人借景抒情，意致纏綿。而宋‧吳曾《能改齋漫錄》云：「進士柳三變好為淫冶謳歌之曲，傳播四方」

〔註53〕〔明〕夏樹芳撰：《刻宋名家詞序》，收錄於施蟄存《詞籍序跋萃編》，頁715。
〔註54〕〔明〕毛晉撰：〈梅溪詞跋〉，收錄於《續修四庫全書‧宋名家詞》，集部，冊1719，頁458。
〔註55〕〔明〕毛晉撰：〈樂章詞跋〉，收錄於《續修四庫全書‧宋名家詞》，集部，冊1719，頁93。

〔註56〕為世俗通說，毛晉亦頗認同。此外，亦留心詞人填詞手法，如〈蘆川詞跋〉評張元幹云：

> 凡用字，多有出處。如「灑窗間惟糭雪」云云，見毛詩疏：「糭雪，霰也。形如米粒，能穿窗透瓦。」今本改作「霰雪」。又如「薄劣東風，天斜飛絮」云云，見白香山詩「錢塘蘇小小，人道最天斜。」自注：「天，音歪。」時刻改作「顛斜」，便無韻味。姑記之，以為妄改古人字句之戒云。〔註57〕

毛晉關注張元幹詞用字，多有來歷。舉〈夜遊宮〉「半吐寒梅未折」一詞，下片首句用毛詩典故；〈踏莎行・別意草堂別選〉「芳草平沙」一詞，下片首二句用白居易詩。又如〈烘堂詞跋〉云：「詞中喜用僻字，如祥瀮皴皵援子之類。異花幽草，雖屬小品，亦自可人。共六十餘調，長於描寫，令人生畫思。……一時賞識家，謂詩中有畫。若烘堂可謂詞中有畫矣。」〔註58〕《烘堂詞》作者盧炳（生卒年不詳），字叔陽，號丑齋。為人兇狠奸貪，世俗評價不高，填詞喜用僻字，擅長詠物，毛晉關注盧氏詞，肯定其特色，顯然不以人廢詞。

此外，毛晉鑑賞諸家詞篇，題跋多有記載，大抵區分為三大類型，分述如次：

其一、以精簡詞語評騭之：如〈小山詞跋〉評晏幾道詞「字字娉娉嫋嫋」、〈文溪詞跋〉稱李昂英為「詞家射雕手」、評李之儀〈卜算子〉（我住長江頭）「直是古樂府俊語」、評《溪堂詞》「輕倩可人」。所評話語或針對作品風格，或評價地位，文字精簡，卻頗能掌握要點。

其二、以宋詞大家類比之：以此類最為繁多，如〈金谷遺音跋〉：「余初閱《蔣竹山集》，至「人影窗紗」一調，喜謂周、秦復生」、〈竹屋詞跋〉：「其妙處，少游、美成亦未及也」、〈書舟詞跋〉：「〈酷相思〉、〈四代好〉、〈折紅英〉諸闋，詞家皆極欣賞，謂秦七、黃九莫及也」、〈姑溪詞跋〉：「即置之片玉、漱玉集中，莫能伯仲」、〈蘆川詞跋〉評張元幹：「及讀《花庵》、《草

〔註56〕〔宋〕吳曾撰：《能改齋漫錄》，收錄於唐圭璋《詞話叢編》，冊 1，卷 1，頁 135。
〔註57〕〔明〕毛晉撰：〈蘆川詞跋〉，收錄於《續修四庫全書・宋名家詞》，集部，冊 1720，頁 236。
〔註58〕〔明〕毛晉撰：〈烘堂詞跋〉，收錄於《續修四庫全書・宋名家詞》，集部，冊 1720，頁 670。

堂》所選，又極嫵秀之致，真堪與片玉、白石并垂不朽。」足見毛晉頗能
掌握詞家風格，尤以秦觀、周邦彥最受青睞，而黃庭堅、姜夔亦頗受關注。
此外，亦頗留心父子皆為詞人者，以李璟和李煜為評比標準，如〈小山詞
跋〉評晏殊和晏幾道：「獨《小山集》直逼《花間》，晏氏父子俱足追配李
氏父子云」、〈丹陽詞跋〉評葛勝仲和葛立方云：「魯卿、常之，雖不逮李氏、
晏氏父子，每填一詞，輒流傳絲竹」、〈惜香樂府跋〉評趙長卿云：「雖未敢
與南唐二主相伯仲，方之徽宗，則響出雲霄矣。」

　　又如〈克齋詞跋〉評沈端節：「今讀克齋詞，風致亦甚相類，獨長於詠
物寫景，又不墮鄭衛惡習，殆梅溪、竹屋之流歟？」〈坦庵詞跋〉評趙師俠：
「故其詞亦多富貴氣象。或病其能作淺淡語，不能作綺艷語，余正謂諸家
頌酒賡色，已極濫觴，存一淡妝以愧濃抹，亦初集中放翁一流也。」〈放翁
詞跋〉評陸游「予謂超爽處更似稼軒耳」、〈後村別調跋〉評劉克莊：「所撰
《別調》一卷，大率與辛稼軒相類」足見南宋詞家中，以辛棄疾、陸游、
高觀國、史達祖為標準，

　　其三、援引詞句書陳感觸：如〈薲窗詞跋〉評張榘云：「余偶得《薲窗
詞》全帙，如『正挑燈共聽夜雨』，幽韻不減陸放翁。如『小樓燕子話春
寒』，艷麗不減史邦卿。至如『秋在黃花羞澀處』，又『苦被流鶯蹴翻花影，
一欄紅露』等語，復可與秦七、黃九相雄長。或病其饒貧寒氣，毋乃太貶
乎！」毛晉引張榘〈摸魚兒〉、〈浪淘沙〉、〈青玉案〉、〈水龍吟〉等詞中語
句，與宋詞家陸游、史達祖、秦觀、黃庭堅相較。另於〈蒲江詞跋〉評盧
祖皋云：「余喜其『柳色津頭泫綠，桃花渡口啼紅』，較之秦七『鶯嘴啄花
紅溜，燕尾點波綠皺』，不更鮮秀耶？又『玉簫吹未徹，窗影梅花月。無語
只低眉，閑拈雙荔枝』，直可步趨南唐『孤枕夢回雞塞遠，小樓吹徹玉笙寒』
矣。」足見毛晉校勘之際，亦頗留心詞篇，細膩研讀作品，抒發個人體會
及愛好，卻能精準掌握宋詞壇發展概況，關注小詞人，評析冷僻詞句，確
實難能可貴！

第二節　清代王鵬運《四印齋所刻詞》所撰宋詞集題跋

　　王鵬運（1849～1904），號幼霞（一作佑遐），自號半塘老人，晚號鶩

翁，臨桂（今廣西）人。同治九年（1870）舉人，官任禮科掌印給事中，
光緒二十八（1902）年請歸，寓居揚州，書齋名為四印齋、校夢龕、鶩遝
軒。師從端木埰，與況周頤同出臨桂，為清詞壇名家，生平事蹟可見馬興
榮編〈王鵬運年譜〉〔註59〕。清·徐世昌《晚晴簃詩匯》評之云：

> 半塘懷才負奇，數抗疏論事，為時所忌。庚子後挂冠浪游，歿於
> 江南。詞為同光來一大家，主持詞壇，時推祭酒，集校宋元人詞
> 為四印齋叢刻。後朱彊邨侍郎繼之，廣搜罕見之本至數十家。吳
> 伯宛舍人復專影刊名槧精鈔，大開風氣皆由半塘倡之。詩無專集，
> 偶存吉光片羽，光氣自不可掩〔註60〕

王氏生逢國勢衰頹，外侮頻仍之際，滿心期待改革，參與康有為主辦之「強
學社」，卻屢遭當權者打壓，時運不濟，無法一展長才。畢生投注心力精研
詞學，卒後遺書盡歸朱祖謀，詞作數量繁多，〔註61〕組織詞社，與況周頤、
朱祖謀、鄭廷焯諸家往來甚密。

　　清·葉恭綽曾譽之云：「幼遐先生於詞學獨探本原，兼窮蘊奧，轉移
風會，領袖時流。」〔註62〕清·蔣兆蘭《詞說》亦肯定其提倡推衍之功。
〔註63〕王氏蒐羅善本之餘，究心校勘，今就題跋所載時間可知，最早始於
光緒七年（1881），至光緒三十年（1904）辭世，長達二十餘載，致力輯刻
詞集，計有《四印齋所刻詞》、《四印齋匯刻宋元三十一家詞》等叢編；吳

〔註59〕馬興榮撰：〈王鵬運年譜〉（上），收錄於《詞學》第十六、（上海：華東師
　　　　範大學出版社，2005 年 12 月）；〈王鵬運年譜〉（下），收錄於《詞學》第
　　　　十八輯，2007 年 10 月。

〔註60〕〔清〕徐世昌撰：《晚晴簃詩匯》（上海：上海古籍出版社，2002 年）。

〔註61〕針對王鵬運詞集，林玫儀〈王鵬運詞集考述〉云：「王氏詞作數量甚多，除
　　　　了學界熟悉之《半塘定稿》、《半塘賸稿》外，別集有《梁苑集》、《四印齋
　　　　詞卷》、《半塘乙稿》（袖墨集、蟲秋集）、《半塘丙稿》（味梨集）、《半塘丁
　　　　稿》（鶩翁集）、《半塘戊稿》（蜩知集）、《半塘己稿》（校夢龕集）、《半塘辛
　　　　稿》（南潛集）。與友朋酬唱之作，則收入《薇省同聲集》、《庚子秋詞》、《春
　　　　蟄吟》諸集以及與龍繼棟唱和之手稿六頁中。此外尚有《和珠玉詞》及《子
　　　　芯詞鈔》，是與況周頤、鄭文焯、張祥齡聯句之作。」收錄於《中國文哲研
　　　　究通訊》第十九卷第四期，頁 141～142。

〔註62〕〔清〕葉恭綽：《廣篋中詞》，收錄於《歷代詩史長編》（臺北：鼎文書局，
　　　　1971 年 9 月），頁 188。

〔註63〕〔清〕蔣兆蘭：《詞說·自序》云：「逮乎晚清，詞家極盛，……在南則有
　　　　復堂譚氏，在北則有半塘王氏，其推衍提倡之功，不可沒也。」收錄於唐
　　　　圭璋《詞話叢編》，冊 5，頁 4625。

文英《夢窗詞》、朱敦儒《樵歌》、周密《草窗詞》等單家詞集，及合刻之作。各撰有跋語、題記。茲臚列編年表格，並析論其特質如次：

附表：王鵬運所撰宋詞集題跋一覽表

名　　　　稱	所依底本	時　　間
漱玉詞跋	以曾慥《樂府雅詞》為主所錄二十首為主，復旁搜宋人選本，都為一集	光緒七年辛巳（1881）
自跋雙白詞刊本〔註64〕	江都陸鍾輝本	光緒七年辛巳（1881）
山中白雲詞跋	金陵故人家抄本	光緒七年辛巳（1881）
山中白雲詞跋	未詳述	光緒十三年丁亥（1887）
校刻稼軒詞記	從楊鳳阿假年假元大德信州書院十二卷本，校毛刻	光緒十三年丁亥（1887）
花外集跋	鮑廷博刻本	光緒十四年戊子（1888）
東坡樂府跋	延祐雲間本	光緒十四年戊子（1888）
山中白雲詞跋	未詳述	光緒十四年戊子（1888）
東山詞跋	毛晉汲古閣本、侯文燦《十家詞》本	光緒十五年己丑（1889）
梅溪詞跋	未詳述	光緒十五年己丑（1889）
漱玉詞補遺題記	未詳述	光緒十五年己丑（1889）
東山寓聲樂府補鈔跋	王氏惠庵輯本	光緒十八年壬辰（1892）
南宋四名臣詞跋	況周頤、李慈銘抄本	光緒十八年壬辰（1892）
東溪詞跋	未詳述	光緒十九年癸巳（1893）
碎錦詞跋（兩篇）	據《詞綜補遺》	光緒十九年癸巳（1893）
宣卿詞跋	未詳述	光緒十九年癸巳（1893）
樵歌拾遺跋	照曠閣藏本傳錄、自知聖道齋所傳汲古閣未刻詞本	光緒十九年癸巳（1893）
清真詞跋	影元巾箱本	光緒二十二年丙申（1896）

〔註64〕此跋名稱《唐宋詞集序跋匯編》稱「自跋雙白詞刊本」；《詞籍序跋萃編》稱「白石道人詞集跋」，今就內容觀之，當從《唐宋詞集序跋》之說，定為「自跋雙白詞刊本」為佳。

梅溪詞跋	未詳述	光緒二十五年己亥（1899）
夢窗詞稿跋	未詳述	光緒二十五年己亥（1899）
樵歌跋	長洲吳小匏鈔校本	光緒二十六年庚子（1900）
輯校草窗詞跋	鮑廷博刻本	光緒二十六年庚子（1900）
歐良編撫掌詞後記	未詳述	未詳述
雙溪詩餘跋	未詳述	未詳述
潛齋詞跋	未詳述	未詳述
漱玉詞補遺跋	未詳述	未詳述
校刊稼軒詞成率成三絕於後	未詳述	未詳述
校刊稼軒詞成再記	辛啟泰編刻本	未詳述

　　王氏所撰宋詞集題跋總計三十篇〔註65〕，針對李清照《漱玉詞》、辛棄疾《稼軒詞》、張炎《山中白雲詞》各撰跋三篇；另就賀鑄《東山詞》及《東山寓聲樂府》、朱敦儒《樵歌》、吳文英《夢窗詞》、李好古《碎錦詞》、史達祖《梅溪詞》撰跋兩篇，可見所關注者多有集中。茲就王氏題跋內容及特質析論如次：

一、苦心蒐羅，自陳輯校懷抱

　　毛晉汲古閣刻印詞集數量龐大，終難全面，殆非完璧，王氏得汲古閣未刻宋元詞稿，編《四印齋所刻詞》；更多方徵訪，亦蒙友人持贈，持志增補宋元詞集，其《四印齋匯刻宋元三十一家詞》跋語自述懷抱云：

> 余性嗜倚聲，尤喜搜集宋元人詞集。朋好知余癖嗜，多出所藏相示。十餘年來，集錄殆逾百本。竊思聚之之難，且寫本流傳，字多訛闕，終恐仍歸湮沒。爰竭一己之力，先擇世不經見，及刊本久亡之篇幅畸零者，斠讎詮次，付諸手民，見於汲古諸刻者皆不錄，不獨為學者博識之助，亦藉以抱殘守闕，存十一於千百。〔註66〕

就所收可知，王氏特輯毛晉未錄者，自宋潘閬以下得二十四家，元劉秉忠

〔註65〕《唐宋詞集序跋匯編》、《詞籍序跋萃編》所收數量多有參差，前者多細分撰寫年代，如《漱玉詞》以三篇視之；後者合算為一；但前者未盡收《四印齋匯刻宋元三十一家詞》，故筆者匯合兩家所收，統計得三十篇。

〔註66〕〔清〕王鵬運撰：〈四印齋匯刻宋元三十一家詞跋〉，收錄於施蟄存編：《詞籍序跋萃編》，卷8，頁722。

以下七家，多為稀見珍本，逐一校訂訛字，且恐詞集湮沒不傳，致力校讎刊刻，意在存詞。《四印齋所刻詞》收二十一種詞集，刻印時間、地點不一，據《中國叢書知見錄》可知，前後歷時十餘年，共計五次，旁搜博採，唐圭璋盛譽云：「雖虞山毛氏弗逮。」然王氏深知蒐羅不易，故於題跋多述及得見之因，詳載持贈者，以表感謝之情，並交代刊刻過程及說明合刻詞集之思考，藉此頗能掌握其懷抱。

王鵬運合刊詞集，可謂創舉，於光緒七年（1881），將姜夔《白石道人詞集》、張炎《山中白雲詞》合為《雙白詞集》；光緒十四年（1888）璧合黃丕烈舊藏元刻本蘇、辛詞集；光緒十八年（1892），合趙鼎、李光、李綱、胡銓四人詞集為《南宋四名臣詞集》；及女詞人李清照、朱淑真詞集。實則帶有特殊思考，如〈山中白雲詞跋〉云：

> 樂笑翁淵源家學，究心律呂，且值銅駝荊棘之時，弔古傷今，長歌當哭，《山中白雲詞》直與白石老仙方駕。論者謂詞之姜、張，詩之李、杜，不誣也。

> 嘗欲合白石、白雲為《雙白詞》之刻，顧白石道人詞集傳本尚夥，《山中白雲》雖一刻於龔（翔麟），再刻於曹（炳曾），皆迄未之見。客臘端木子疇年丈從金陵故人家覓得抄本二卷，與《四庫全書總目》及《三朝詞綜》所云卷數皆不合，雖首尾完善，而序跋闕如，不知據何本迻抄，中間字句以近今選本校之，亦多歧異，或亦舊傳之別本也。抄本為詞一百五十首，復廣為搜輯，又得詞一百七首，為補錄二卷附後，不知於足本何如，然視《白石詞》則三倍之矣。至訂訛補缺，當再覓全集校讎，特欲為倚聲家先覩之快，故不辭疏漏，遂付剞劂云。辛巳寒食日臨桂王鵬運吟畟識。〔註67〕

王鵬運欲合刻姜夔、張炎詞集，跋語言「顧白石道人詞集傳本尚夥」，就王氏〈自跋雙白詞刊本〉〔註68〕，詳述四大可見版本，顯然已有掌握，而張

〔註67〕〔清〕王鵬運撰：〈山中白雲詞跋〉，收錄於施蟄存編：《詞籍序跋萃編》，卷4，頁317。

〔註68〕〔清〕王鵬運撰〈自跋雙白詞刊本〉云：「《白石道人集》，余所見凡四：汲古閣六十家詞本，裒輯最略；洪氏及陸氏二本，皆詩詞合刻；陸氏以陶南村寫本付梓，獨稱完善，即為祠堂本所從出。辛巳歲首，合刻《雙白詞集》，此詞即遵用陸本，而去其鐃歌、琴曲，以意主刻詞，固非與陸異也。三月

炎詞集卻少有流傳。張炎（1248〜1320？），字叔夏，號玉田，別號樂笑翁，臨安（今浙江）人，著《山中白雲詞》及《詞源》，堪稱宋元之際最知名之詞人及詞論家。填詞宗法姜夔、史達祖、吳文英，主張「詞要清空，不要質實，清空則古雅峭拔，質實則凝澀晦昧」〔註69〕，論詞主「清空騷雅」，且對「意趣」、「律調」、「句法」、「字面」有所講求，並充分肯定詞體用於陶寫性情。王鵬運標舉張炎「究心律呂」，就《詞源》云：「詞以協音為先。音者何？譜是也。古人按律製譜，以詞定聲，此正聲依永律和聲之遺意。」〔註70〕確實可見多所講究；另採用《晉書・索靖傳》「銅駝荊棘」典故，強調張炎身處亂世，山河破碎，心緒悲涼；再與姜夔並論，以李、杜喻之，特意凸顯其詞壇地位。次段交代合刻姜夔、張炎詞集之思，並述及龔翔麟（1658〜1733，字天石，號蘅圃，又號稼村，晚號田居）玉玲瓏閣刻本、曹炳曾（生卒年不詳，字為章，號巢南，上海人）城書室刻本，二人皆曾刊刻《山中白雲》，俱存序。此本為朱彝尊據錢中諧藏本傳錄，李符與龔氏取他本對校，增入字句互異、題目迥別者兩存。〔註71〕龔氏與朱彝尊、李良年、沈皞日、李符、沈岸登並稱浙西六大家，師法姜夔、張炎。就此可知，朱彝尊、龔翔麟、李符三家整理張炎詞集，確實與詞學批評之傾向相合。而曹炳曾認為「討論古今樂府詩餘，必推玉田張叔夏」〔註72〕，故有校訂刊刻之舉。上述兩版本，流傳甚廣，但王鵬運均未能寓目。幸賴端木埰覓得抄本，王氏取《四庫全書總目》及《三朝詞綜》核對卷數，並以選本校對字句，皆多有參差。故就王氏跋語可知並非不明此版本之錯謬缺失，實意存詞以傳。又於〈山中白雲詞續補跋〉云：

> 自余《雙白詞》刻出，仁和許君邁孫以此詞尚非足本，為重翻龔刻，南中書賈復得曹氏舊板，整比印行。余刻最劣下，藉以訂譌補缺，復為完書，特顛倒凌雜，殊失舊觀耳。原本八卷，詞二百九十六闋，《雙白詞》所刻少四十闋，為續補附後。編次既失龔氏

既望，刻工就竣，識其校勘之略如右。臨桂王鵬運書於四印齋」。參見《唐宋詞集序跋匯編》，頁219。
〔註69〕〔宋〕張炎：《詞源》，收錄於唐圭璋編《詞話叢編》，冊1，卷下，頁259。
〔註70〕同前註，頁255〜256。
〔註71〕〔清〕李符撰：〈山中白雲詞序〉云：「竹垞釐卷為八，與諸同志辨正魚魯，緘寄白門，予復與龔主事蘅圃取他本較對，或字句互異，題目迥別，則增入兩存之，鋟棗以傳，可稱善本。」參見《唐宋詞集序跋匯編》，頁309。
〔註72〕〔清〕曹炳曾撰：〈山中白雲詞序〉，收錄於《唐宋詞集序跋匯編》，頁310。

之舊，鉛槧復遜許氏之精。然二本之出，實余刻為之嚆矢，雖率
爾操觚，未始無功於樂笑翁也。陸氏《詞旨》，淵源具在，龔氏集
序，考證為詳，併為附入，以資觀覽云。光緒丁亥冬日臨桂王鵬
運誌。〔註73〕

《雙白詞》初刻於光緒七年辛巳（1881），至十三年丁亥（1887）王氏再撰
一跋。先留心許增（1824～1903，字益齋、邁孫，為知名書法家、藏書家），
曾據龔氏刻本重新校刊，是為《榆園叢刻》本；另提及曹炳曾刻本，詳考
曹氏跋語可知此集據陸簡兮手錄，刊刻於康熙六十一年三月，此本現可見
曹炳曾、曹一士跋，另有杜詔序一篇，詳述版本流傳情況，可知雍正四年
（1726）重刊〔註74〕，此跋述及書坊整理曹炳曾舊版印行，顯見此版本深
受歡迎，並與龔本、許氏本相較，他本各有所長，故對校續補詞篇四十闋，
併入《詞旨》與龔序。

　　王鵬運於光緒十四年戊子（1888）再撰一跋，交代據吳衡照《蓮子居
詞話》及錢良祐〈詞源跋〉增補詞篇。〔註75〕可知王氏另從詞選、詞話中
輯出佚詞，吳衡照《蓮子居詞話》所載，以意境二字作為判別準則，或許
流於主觀臆斷；但據錢良祐〈詞源跋〉蒐詞，則較翔實可信。錢氏與張炎
為舊識，且境遇相似，一日友人設茗具饌，張炎填〈臺城路·詠歸航〉「當
時不信江湖老」（王鵬運則作〈齊天樂〉）詞。就上述三跋可知，王氏合刻
姜、張詞集，多有推崇之意，就所刻版本反省之情濃烈，持續修訂增補，
欲求完善。

〔註73〕〔清〕王鵬運撰：〈山中白雲詞續補跋〉，收錄於《詞籍序跋萃編》，卷4，
　　　　頁412。
〔註74〕針對曹炳曾城書室刻本之年代，饒宗頤《詞集考》認為：「清雍正四年上海
　　　　曹炳曾重刻龔本」（北京：中華書局，1992年10月），頁254。此說對照跋
　　　　語記載時間，曹炳曾撰於「康熙六十一年」、杜詔撰於「雍正四年春二
　　　　月」，可知饒氏之說有待商榷，筆者認為雍正四年版本應是杜詔重印曹氏城
　　　　書室本。
〔註75〕〔清〕王鵬運撰：〈山中白雲詞跋〉云：「海寧吳子律（衡照）《蓮子居詞話》
　　　　云：「張叔夏《題曾心傳藏溫日觀墨蒲萄書卷》詞」，《山中白雲》失載，曾
　　　　與叔夏交最深，集中故多寄贈之作，溫號知歸子，宋末僧也。詞云：……
　　　　係〈甘州調〉。叔夏亦工水仙，當時得趙子固瀟灑之致。按：子律此則雖未
　　　　詳詞所自出，然細審意境，實非叔夏莫辦。余曩編《白雲詞補》，曾於《詞
　　　　源》錢良祐跋得〈齊天樂〉一闋，附刊卷末，今復錄此，以殿續補，亦墨
　　　　緣快事也。戊子首夏半塘老人王鵬運再識。」收錄於《唐宋詞集序跋匯編》，
　　　　頁322。

又如〈東坡樂府跋〉云：

> 右延祐雲間本《東坡樂府》二卷。錢遵王《讀書敏求記》：「《東
> 坡樂府》二卷……」光緒戊子春，鳳阿同年聞余有縮刻稼軒長短
> 句之役，復出此冊假我，遂借鈔合刻。中間字句，間有訛奪，與
> 缺筆、敬避及不合六書字體者，悉仍其舊，略存影寫之意。……
> 蘇辛本屬並稱，而兩書蹤跡，始並見於季滄葦《延令書目》中，
> 繼復同歸黃氏士禮居、汪氏藝芸書舍，復從楊氏海源閣假刻以
> 行。三百年來，合併如故，洵乎藝林佳話。而鳳阿善與人同之
> 量，亦良卒多矣。越年刊成，志其緣起如此。臨桂王鵬運半塘
> 識。〔註76〕

蘇軾詞集向與全集本別行，版本極為複雜，王兆鵬歸納為三大系統。〔註77〕
此本為元延祐七年庚申（1320），葉曾雲間南富阜草堂刻本，葉序評蘇軾詞
作云：「樂而不淫，哀而不傷，真得六藝之體」〔註78〕故取家藏善本，再三
校正刊印。光緒十四年（1888），王鵬運欲縮刻辛棄疾詞集，認為蘇、辛二
家並稱，及詞集流傳軌跡俱同，先歸黃丕烈士禮居、汪士鐘藝芸書社，終
歸於楊氏海源閣，故心生合刻之想。

另匯刻南宋李綱、趙鼎、李光、胡銓四家詞，撰〈南宋四名臣詞跋〉
云：

> 右《南宋四名臣詞集》一卷，趙忠簡、李莊簡，忠定、胡忠簡四
> 公作也。初從夔笙舍人鈔得得全居士、梁溪、澹菴三詞，擬丐同
> 年李越縵侍御序而刊之。侍御復出其先世莊簡公詞若干闋，遂并
> 編錄，以為斯集。
>
> 嗟呼！茲四公者，夫豈非所謂魁壘閎廓，儒者其人耶。其身繫乎
> 長消安危，其人又繫乎用與不用，用之而不終用之也，於是則悲
> 天運、憫人窮。當變風之時，自托乎小雅之才，而詞作焉。其思
> 若怨悱，而情彌哀，籲號幽明，剖通精誠，又不欲以為名也。於
> 是則摧剛藏棱，蔽遏掩抑，所謂整頓締造之意，而送之以馨香芬

〔註76〕〔清〕王鵬運撰：〈東坡樂府跋〉，收錄於《詞籍序跋萃編》，卷2，頁64。

〔註77〕王兆鵬歸納今傳東坡詞集為三大系統：一為宋代曾慥輯刻本，二為元代延
祐刻本，三為傅幹《注坡詞》。參見《詞學史料學》（北京：中華書局，2004
年5月），頁172～174。

〔註78〕〔清〕葉曾撰：〈東坡樂府跋〉，收錄於《詞籍序跋萃編》，卷2，頁61。

芳之言與激昂怨慕不能自殊之音。蓋至今使人讀焉而悲，繹焉而
慨。伉真洞然大人也，故其詞深微渾雄，而情獨多。鵬運竊嘗持
此旨以盱衡今古之詞人，如四公者，亦出而唱嘆於其間，則必非
闈襜屑越小可者所得偃托，故校刊四公詞，都為一編，後有方雅
君子之好之者，意可無疑於諷一而勸百，致與縟華流蕩同類，而
交譏鄙人之區區也。光緒十八年九月，臨桂王鵬運跋。〔註79〕

此跋首段交代四家詞集先後得之於況周頤、李慈銘之手，延請李慈銘（1830
～1895，字悉伯，號蓴客，會稽人）序而刊之。就王氏跋語已可見品評人
格操守、詞篇風格之論；細讀李慈銘序亦可窺見兩人顯然就匯刻四家詞集，
早有共識，序云：「嗚呼！王子之用心，何其至哉！詞之為道，儒者所不屑
言。然宋時名公巨人，如韓、范、歐陽，無不為之。降至南宋，其學益盛。
四公者，居南北宋之間，未嘗以詞名。所為文章，忠義奮發，振厲一世，
而其立論，皆和平中正，字字近情。與朋友言，尤往復三嘆，不勝其氣下
而詞斂。間為長短句，皆曲折如志，務盡其所欲言。……」〔註80〕此說標
舉四家詞篇特出，又云：

> 知人論世，學者之責。王子之刻《四名臣詞》，故欲廉貪立懦，使
> 人興起。尤以見臨安一隅，歌舞湖山。後人讀南宋諸家之詞，賢
> 者當知其譎諫主文，感傷時事；不賢者當知其導諛亡國，陷溺君
> 心，與觀羣怨之旨，庶有在焉。夫四公所傳，固不在詞，此編摭
> 拾散亡，尤不過百一，而有關於南宋國，是之大序而傳之，此王
> 子之志也夫。

南宋初年四位名臣力主抗金而屢受打擊，常以詞篇抒發感慨、流露憂國之
思，王鵬運對此評價極高，似與其平生遭遇多有契合。王鵬運同治九年
（1870）中舉，歷任內閣中書、內閣侍讀、江西道監察御史，清‧徐珂論
其為人云：「幼霞天性和易，而多憂戚。……既任京秩久，而入諫垣，抗疏
言事，直聲震內外，然卒以不得志去位。……其鬱伊無聊之概，一於詞陶
寫之。」〔註81〕遭逢庚子之變，八國聯軍外侮，沉痛世運陵夷，曾多次上

〔註79〕〔清〕王鵬運撰：〈南宋四名臣詞跋〉，收錄於《唐宋詞集序跋匯編》，頁
444。

〔註80〕〔清〕李慈銘撰：〈南宋四名臣詞序〉，收錄於《唐宋詞集序跋匯編》，頁
443。以下所引俱同，不再贅注。

〔註81〕〔清〕徐珂撰：《近詞叢話》，收錄於唐圭璋《詞話叢編》，冊5，頁4227。

書彈劾慈禧及權要，言語激切，大聲疾呼變革維新卻不可得償夙願，故填詞多有寄託；跋語標舉詞人品格，匯刻四家詞集不徒以存詞、流傳為要，實乃有意藉此凸顯賢臣氣概及己身懷抱。

二、校讎比對，致力蒐羅輯佚

　　詞集叢編編者毛晉帶領風氣，廣蒐博取，旋到旋刻，故詞集僅存毛氏題跋者甚繁。毛氏之後，代有詞集叢編問世。王鵬運首開清人大量匯刻詞集風氣，工程浩大，曠日費時，版本來源甚繁，除友朋抄錄持贈，亦多有賴己身致力訪求。王氏雖不以藏書名家，卻坐擁百城，庋藏豐富，所編《宋元三十一家詞》多存稀見古籍珍本，向為前人忽視，如李好古《碎錦詞》、歐良《撫掌詞》、高登《東溪詞》、何夢桂《潛齋詞》，皆僅存王鵬運題跋；《雙溪詩餘》除王炎自序外，亦僅存王氏題跋，便可見一斑。可見王氏頗留心小詞家，如〈碎錦詞跋〉兩篇云：

> 李好古《碎錦詞》未見著錄。宋以來選本亦無隻字。近陶亮香侍郎纂《詞綜補遺》，始登數闋，蓋塵埋數百年矣。鄉貫仕履皆無可考，陌宋樓所藏二本，其一題云鄉貢免解進士，豈終於場屋者耶？亦白石老仙之亞也。癸巳四月四日，校畢記。是日沈霧，欲雨始雷。半塘老人。〔註82〕

> 亮香《詞綜補遺》錄《碎錦詞》，在卷十二，其卷十五又載：李好古，字敏中，〈謁金門〉詞云：「花過雨，又是一番紅素。燕子歸來愁不語，舊巢無覓處。誰在玉關勞苦？誰在玉樓歌舞？若使胡塵吹得去，東風侯萬戶。」按云：李好古有《碎錦詞》一卷，自署鄉貢免解進士。今集中此詞不載，當別是一人，附錄於此。俟博識者考訂之。半塘再記。〔註83〕

此題跋末可知此集刊於光緒十九年癸巳（1893），前此李好古《碎錦詞》未見著錄，亦不入宋詞選本中。王氏關注此集，就浙派後勁陶梁所編《詞綜補遺》輯得數首，援引陸心源藏本之說，並據此考索詞人生平事蹟。實際查考陸氏《陌宋樓藏書志》卷一百二十，所收為「汲古閣影宋」、「舊鈔」兩版本，前者題云「鄉貢免解進士」，後者無，確實啟人疑竇。此外，〈謁

〔註82〕〔清〕王鵬運撰：〈碎錦詞跋〉，收錄於《詞籍序跋萃編》，卷4，頁427。
〔註83〕同前註。

金門〉一詞之作者，饒宗儀據《貴耳集》判定為衛元卿詞〔註84〕，故可知《詞綜補遺》誤錄，據此似可解王鵬運之疑。

　　或如李清照《漱玉詞》，雖見於《宋史・藝文志》、《直齋書錄解題》，至清已無傳本，王鵬運連撰三篇跋語，甚是關注云：

> ……古虞毛氏刻之《詩詞雜俎》中者，僅詞十七首，《四庫》所收，即是本也。此刻以宋曾端伯《樂府雅詞》所錄二十三首為主，復旁搜宋人選本、說部，又得二十七首，都為一集，而以俞理初孝廉《易安居士事輯》附焉。……獨是聞見無多，蒐羅恐尚未備。然即此五十首中，假托污衊之作，亦已屢見。昔端伯錄六一翁詞，凡屬偽造者，皆從刊削，為六一存真。此則金沙雜糅，使人自得於披揀之下，固理初之心，亦猶之端伯之心云。光緒辛巳燕九日，……〔註85〕

據此可知毛晉汲古閣刻《詩詞雜俎》本《漱玉詞》十七首，四庫所收依循此本。而王鵬運交代輯佚來源，依據宋曾慥所編《樂府雅詞》另輯二十三首，另廣蒐宋詞選及說部，共計五十首，另附《易安居士事輯》，俾便讀者知其生平事蹟。清人蒐佚多半立足於校勘過程中，拾遺補闕，斟酌比對，涉及作者身分、甄別佚文真偽為要事，故與辨偽關係至密。歐陽脩詞曾有偽作，曾慥《樂府雅詞》詳加考辨，去蕪存菁；王鵬運留心李清照詞亦多有假托污衊之作，但蒐羅不易，意在存詞，故未加刪減，但仍牽掛於此。另於〈漱玉詞補遺跋〉辨別毛鈔本所錄〈鷓鴣天〉（枝上流鶯）與〈青玉案〉（一年春事）兩闋詞為何人所作。王氏引毛注云《草堂》作少游、永叔，而秦、歐集無，判定此二闋別本無作李詞者，當是秦、歐之作，且膾炙人口，故未附錄。〔註86〕王氏一再補遺，又於〈漱玉詞補遺題記〉感慨「所據之書無多，疏漏久知不免」〔註87〕，後雖受趙萬里認定毛晉、王鵬運輯佚之詞，有真贋雜出之弊〔註88〕，然能用心於此，奠定後人接續研究之基

〔註84〕饒宗頤撰：《詞籍考》（北京：中華書局，1992年10月），頁235。

〔註85〕〔清〕王鵬運撰：〈漱玉詞跋〉，收錄於《唐宋詞集序跋匯編》，頁111。

〔註86〕〔清〕王鵬運撰：〈漱玉詞補遺跋〉，收錄於《唐宋詞集序跋匯編》，頁112。

〔註87〕〔清〕王鵬運撰：〈漱玉詞補遺題記〉，收錄於《唐宋詞集序跋匯編》，頁112。

〔註88〕〔清〕趙萬里輯：《校輯宋金元人詞・漱玉詞》（北京：國家圖書館出版社，2013年8月），上冊，頁290。

礎，已屬難得。

　　王鵬運輯校詞集，所用版本多元，既有金元舊槧，亦多見藏家抄本、輯本，故題跋除交代蒐羅、取得來源外，亦多見判別異同之論，如〈清真詞跋〉云：

　　　右影元巾箱本《清真集》二卷，附《集外詞》一卷。案美成詞傳
　　　世者，以汲古毛氏《片玉詞》為最著，近仁和丁氏《西泠詞萃》
　　　所刻，即汲古本。此本二卷，百二十七闋，為余家所藏，末有盟
　　　鷗主人誌語，蓋明鈔元本也。編次體例與《片玉詞》迥別，而調
　　　名字句亦多不同。陳振孫《書錄解題》云：「《清真集》二卷，《後
　　　集》一卷。」又毛子晉〈片玉詞跋〉：「《美成詞》一名《清真集》，
　　　一名《美成長短句》，皆不滿百闋」與此均不合。久欲刊行，以
　　　舊抄剝蝕過甚，無本可校而止。去年從孫駕航京兆丈假得元刻盧
　　　陵陳元龍《片玉詞》注本，編次體例與抄本正同，特分卷與題號
　　　異耳。爰據陳注校訂，依式影寫，付諸手民。其集中所無，而見
　　　於毛刻者，共五十四闋，為《集外詞》一卷附後。毛本強序，陳
　　　注劉序，抄本不載，今皆補入。《美成集》又名《片玉詞》，據
　　　序即劉必欽改題也。光緒丙申春三月十有三日，臨桂王鵬運鶩翁
　　　記。〔註89〕

此跋撰於光緒丙申二十二年（1896），為王氏晚年手筆。篇首交代版本源流，細心查考陳振孫《直齋書錄解題》及毛晉跋語，藉此比對版本異同。而王氏家中所藏明抄本缺損，後得孫駕航元刻本，細心校對付梓。又如〈花外集跋〉云：

　　　右玉笥山人《花外集》，一名《碧山樂府》，一卷。碧山詞頡頏雙
　　　白，揖讓二窗，實為南宋之杰。顧其集傳本絕少，諸家并錄均未
　　　之及，鮑氏《知不足齋叢書》所刊，為詞六十有五；《御選歷代詩
　　　餘》云：「《碧山樂府》二卷，則此刻似非完書。」光緒戊子春日，
　　　覆刊元本蘇、辛詞畢，復取鮑氏刻本，重加校訂，并增入戈順卿
　　　校刊數則，付諸手民，以公同志。〔註90〕

王氏開篇先述詞集名稱異同，再凸顯王沂孫詞與姜夔、張炎、吳文英、周

〔註89〕〔清〕王鵬運撰：〈清真詞跋〉，收錄於《唐宋詞集序跋匯編》，頁70。
〔註90〕〔清〕王鵬運撰：〈花外集跋〉，收錄於《唐宋詞集序跋匯編》，頁299。

密並峙南宋詞壇，不分軒輊，推崇備至。但傳本甚少，諸家目錄未詳細著錄，因《御選歷代詩餘》知非完本，遂取鮑廷博《知不足齋叢書》本重新校訂，增入戈載校記後付梓。又如〈輯校草窗詞跋〉云：

> ……初，余以杜刻《草窗詞》體例踳駁，欲取鮑氏知不足齋本校刊，而以《蘋洲漁笛譜》諸詞序附見各闋之後，並旁及草窗雜著之足與詞相發明者，概附著之。及校錄字句，亦止據《蘋洲漁笛譜》、《絕妙好詞》二書，以成周氏一家之言。商之古微，古微以草窗著籍弁陽，又詞中多吳興掌故，遂欣然從事。往復商榷，逾月而書成，案草窗雜著傳於今者，曰《齊東野語》二十卷、《癸辛雜識》四集六卷，……詞中標目訛舛，古微跋語已詳言之。……
> 〔註91〕

此跋撰於光緒二十六年庚子（1900），待王鵬運與朱祖謀合校刊行《夢窗甲乙丙丁稿》後而成。跋中詳述朱氏所以願意協助，乃周密雖著籍弁陽，卻流寓湖州，且「詞中多吳興掌故」，與朱氏另行編選《湖州詞徵》、《國朝湖州詞徵》，匯集鄉邦詞人、詞作以存之意識相合。就此跋可知，王氏對杜文瀾刊刻《草窗詞》體例多有不滿，且對明人刻詞陋習，提出批評。欲取鮑廷博《知不足齋叢書》本校刊，並以《蘋洲漁笛譜》諸詞序附見各詞之後，且旁及可與詞相發明之雜著，並詳考之；今就朱祖謀跋語可知，仿查為仁、厲鶚《絕妙好詞箋》體例，取徵本事，間載軼聞而成。就上述諸跋可知，王鵬運校勘之際，多能廣蒐善本，細心校讎，並翻檢史籍、書目、藏書志查核集名與卷帙；廣徵詞選、筆記增補輯佚，雖不免雜入贗詞，然此心力與開創風氣之功，確實有目共睹。

三、檢討疏漏，書陳研究感觸

清末校詞風氣盛行，實承乾嘉學者校定經史遺緒而發，拓展至集部。諸家校勘詞集，積學酌理，別具識見，目光多有偏重，大抵集中於校定《夢窗詞》、《清真集》、《東坡樂府》。王鵬運與朱祖謀兩人於京師合校《夢窗甲乙丙丁稿》，王氏連撰兩跋，〈夢窗詞稿記〉云：

> 今年春，與歸安朱古微學士校訂《夢窗四稿》，擬五目以為的，寫本粗定，遂述之以為例。其捄正毛、杜處，非敢有心立異，蓋恐

〔註91〕〔清〕王鵬運撰：〈輯校草窗詞跋〉，收錄於《詞籍序跋萃編》，卷4，頁381。

迷誤後來。且平心論之，有虞山之刻，然後《霜腴遺稿》不致無傳；有秀水之校，然後汲古誤書始有條理，皆不得謂非。四明功臣不佞，區區竊願附兩家為諍友，大雅宏廓，或無譏焉。然老孃迂邅，非得古微朝夕講求，析疑匡謬，終恐汗青無日，是古微又不佞之導師也。光緒己亥端陽，半塘老人王鵬運寫記。〔註92〕

〈夢窗詞稿跋〉又云：

夫校詞之難易，有與他書異者，詞最晚出，其託體也卑。又句有定字，字有定聲，不難按圖而索。但得孤證，即可據依，此其易也。然其為文也，精微要眇，往往片辭懸解，相餉在語言文字之外，有非尋行數墨所能得其端倪者。此其難也。況夢窗以空靈奇幻之筆，運沉博絕麗之才，幾如韓文杜詩，無一字無來歷。復一誤於毛之失校，再誤於杜之妄改，廬山真面，遂沉菫雲霧中，令人不可復識。

是刻與古微學士再四讎勘，倣落於己亥始春，至冬初斷手，約計一歲中無日不致力於此。其於杜氏之妄，庶乎免矣。其能免於毛氏之失與否，則非所敢知。回首丹鉛雜遝，一燈熒然，與古微相對冥搜，幾不知門外風塵，今夕何夕。蓋校書之難與思誤之適於此刻實兼得之云。臨桂王鵬運跋。〔註93〕

吳文英詞風向以幽隱密麗著稱，《四庫全書總目》認為：「詞家之有吳文英，亦如詩家之有李商隱。」〔註94〕夢窗詞講究詞藻，筆觸細膩，色彩濃豔，章法繁複，境界幽邃，王鵬運則以詞筆「空靈奇幻」、詞才「沉博絕麗」視之，更比之韓愈、杜甫，足見評價之高。當時僅毛晉汲古閣、杜文瀾曼陀羅華閣兩刻本傳世，朱祖謀於例言明言兩家弊病云：「毛刻失在不校，舛誤致不可勝乙；杜刻失在妄校，每在毛刻之不誤者而亦改之。」序言：「杜校毛本，踳駁尤多。」〔註95〕夏承燾則認為宋詞以夢窗詞最難治〔註96〕，王

〔註92〕〔清〕王鵬運撰：〈夢窗詞稿跋〉，收錄於《唐宋詞集序跋匯編》，頁272。
〔註93〕同前註。
〔註94〕〔清〕永瑢、紀昀等撰：《四庫全書總目・夢窗詞提要》，卷199。
〔註95〕〔清〕朱祖謀撰：〈夢窗詞跋〉，收錄於《彊村叢書》（上海：江蘇廣陵古籍出版社，1989年7月），下冊，頁1062。
〔註96〕夏承燾〈吳夢窗詞箋釋序〉云：「宋詞以夢窗詞為最難治。其才秀人微，行事不彰，一也；隱辭幽思，陳喻多歧，二也。」

鵬運早有此感，且毛晉、杜文瀾皆有缺失，杜刻《夢窗詞》已定校對、改補、刪複、拾遺、誤收五例，王氏踵繼之，另定正誤、校異、補脫、存疑、刪複五例，王鵬運辭世，朱祖謀持續重校，謹守五例，不敢妄有竄亂，就跋中可深切感受王、朱兩家四校《夢窗詞》之用心良苦。另就前跋末所載時間為光緒二十五年己亥（1988）可知初刻於此；後跋雖未明言，但王氏於光緒三十年（1904）曾重刊此本於揚州，藉此可推測此跋撰寫之時。

除增補《漱玉詞》、《山中白雲詞》外，《東山寓聲樂府補遺》、《樵歌》亦多有增補，皆另編補遺附錄於後，各撰跋語一篇，篇中多有省思，大抵可區分為自述校勘缺失，檢討校輯疏漏，如校輯李清照、朱敦儒詞集多有檢討；或糾舉他人弊病兩面向，如〈梅溪詞跋〉評周之琦、戈載「好臆改，以自申其說」之弊外〔註97〕；尤以毛晉多受批評，針對毛晉校刊辛棄疾詞集之弊，〈校刊稼軒詞成率成三絕於後〉其三云：「信州足本銷沉久，汲古叢編亥豕多。今日雕鐫撥雲霧，廬山真面問如何。」〔註98〕足見王鵬運針對毛本錯謬多有批評，故詳加校讎，其〈校刻稼軒詞記〉云：

> 光緒丁亥九月，從楊鳳阿同年假元大德信州書院十二卷本，校毛刻一過。按毛本實出元刻，特體例既別，又併十二卷為四，為不同耳。元本所缺三葉，毛皆漏刻，又無端奪去〈新荷葉〉、〈朝中措〉各一闋。尤可笑者，元本第六卷缺處，〈醜奴兒近〉後半適與〈洞仙歌〉「飛流萬壑」一首相接，毛遂牽連書之，幾似〈醜奴兒近〉有三疊，令人無從句讀。又〔鵲橋仙〕壽詞「長貼在兒兒額上」句，校者妄書「下兒字當作孫」，為顧澗薲、黃蕘圃所嗤，毛刻於此正改作「兒孫」，是以確知其出於此也。中間譌奪，觸處皆是。……

> 往年刻《雙白》、《漱玉詞》成，即擬續刊蘇辛二集，以無善本而止。今此本既已校正，聞鳳阿家尚有宋槧《眉山樂府》，倘再假我以畢此志，其為益為何如耶。又，《稼軒詞》向以信州十二卷者為

〔註97〕〔清〕王鵬運撰：〈梅溪詞跋〉云：「唯周氏稚圭、戈載順卿二選，輒好臆改，以自申其說。夫長調一闋不過百許言，似此意為刪潤，再經數手，廬山真面目必至不可復識。」收錄於施蟄存編：《詞籍序跋萃編》，卷3，頁267。

〔註98〕〔清〕王鵬運撰：〈校刊稼軒詞成率成三絕於後〉，收錄於《唐宋詞集序跋匯編》，頁179。

> 足本，莫子偲《經眼錄》有〈跋萬載辛氏編刻稼軒全集〉云：「詞
> 五卷，校汲古閣本增多三十六闋。」毛本雖云四卷，實併十二為
> 四，併非不足。其間缺漏，亦只校元本共少十闋，不知辛氏所補
> 云何。附誌以俟知者。先冬三日半塘老人記。〔註99〕

此跋詳述版本來源，得之於楊氏藏本，此本初為黃丕烈所有，後歸海源閣，藉此校勘毛晉汲古閣本之誤。兩版本卷帙參差，乃因毛晉併十二卷為四，改易體例，對此王鵬運多有微詞。又如〈東山詞跋〉云：「毛氏傳鈔，每變元書體例，不獨此集為然，茲改從舊名；若分卷則無由臆斷，姑從毛氏焉。」〔註100〕此跋撰於光緒十五年己丑（1889）夏日，交代此本得自毛晉汲古閣，雖據宋選本補輯，仍多有缺佚；且毛晉多有改異體例之弊，王氏一併校改，無從判斷者，亦不主觀臆測。時隔數月，刊刻成書後又得侯文燦《十家詞》本，藉此再校勘與毛本字句互異處。相較於《東山詞》，稼軒詞集更是多有舛漏，就王氏跋語可知，毛晉汲古閣本除改易體例，尚有漏刻、分篇不明、妄改、譌奪之弊，不可忽視。又〈校刊稼軒詞成再記〉云：

> 是刻既成，適同里況夔笙孝廉周儀來自蜀中，攜有萬載辛啟泰編
> 刻《稼軒全集》，其長短句四卷，悉仍毛刻，詩文四卷，詞補遺一
> 卷，則云自《永樂大典》鈔出。補詞共三十六闋，內唯〈洞仙歌〉
> 壽葉丞相一闋已見元刻。近又見明人李濂評點《稼軒詞》，為萬曆
> 間刻本，始知毛刻誤處皆沿襲於此。安得蕘圃所云毛鈔舊本一為
> 讎勘也。半塘再記。〔註101〕

清·葉德輝《書林清話》感慨云：「毛氏刻書，至今尚遍天下，亦可見當時刊布之多，印行之廣也。」〔註102〕正因毛晉勤於購求、徵訪，諸多珍貴宋版賴此以傳世，除己身致力校讎外，亦延請知名學者襄助，然所刻畢竟過於繁多龐雜，難免缺失，為後人詬病。王鵬運校刊《稼軒詞》，幾經校讎，接連糾舉毛晉刊刻之弊，每得見新版本，便據此以校，爾後得見李濂評點《稼軒詞》本，詳加對勘，方知毛本之誤乃沿襲於此。

〔註99〕〔清〕王鵬運撰：〈校刻稼軒詞記〉，收錄於《唐宋詞集序跋匯編》，頁178。
〔註100〕〔清〕王鵬運撰：〈東山詞跋〉，收錄於《詞籍序跋萃編》，卷2，頁122。
〔註101〕〔清〕王鵬運撰：〈校刊稼軒詞成再記〉，收錄於《唐宋詞集序跋匯編》，頁205。
〔註102〕〔清〕葉德輝撰：《書林清話》（上海：上海古籍出版社，2012年11月），頁156。

四、真情流露，重視知人論世

王鵬運無詞話專書，況周頤〈餐櫻詞自序〉曾云：「己丑薄游京師，與半塘共晨夕。半塘於詞夙尚體格，於余詞多有規誡；又以所刻宋元人詞，囑為斠讎，余自是得闚詞學門徑。所謂重、拙、大，所謂自然從追琢中出，積心領神會之。」〔註103〕可見王氏對詞體自有想法，況氏深有啟發。今就王氏所撰題跋，或可窺見其詞學觀點。首重知人論世，亦重視考述人物之生平事蹟，如〈潛齋詞跋〉據劉山伯〈草窗詞序〉及《蟻術詞選》推論作者生卒及年歲。亦多見對詞人、詞作多有批評鑑賞，如〈東山寓聲樂府補遺跋〉云：「方回，北宋名家，其填詞與少游、子野相上下。」〔註104〕將賀鑄詞與秦觀、張先並論，又如〈樵歌跋〉云：

> 希真詞於名理禪機，均有悟入，而憂時念亂，忠憤之致，觸感而
>
> 生，擬之於詩，前似白樂天，後似陸務觀。……〔註105〕

朱敦儒（1081～1159），字希真，號巖壑，又稱伊水老人、洛川先生，洛陽（今河南）人。與陳與義諸人並稱「洛中八俊」，朝廷屢召，皆不應之，至靖康亂起，輾轉南奔避難。為南渡初期重要詞家，早年隱居洛陽時期，詞風瀟灑輕狂；中年南渡及入仕初期，轉趨悲壯慷慨、清麗沉鬱；晚年歸隱嘉禾時期，清曠飄逸，別具特色，號為「樵歌體」。此跋強調朱詞憂國憂民之心緒，試以著名詞篇如〈相見歡〉「金陵城上西樓」〔註106〕、〈采桑子〉「扁舟去作江南客」〔註107〕兩闋詞觀之，前者上片氣象宏闊，悲愴中不乏慷慨之音，縱筆渲染悲涼氛圍；下片「中原亂。簪纓散。幾時收」連用三短句，音節急促，情緒悲切，末兩句涕淚縱橫，透顯出對故土的無限深情。後者開篇述說南遷之行，即使江南勝景，詞人筆下擇選深秋蕭瑟之景，如

〔註103〕〔清〕況周頤撰：〈餐櫻詞自序〉，收錄於馮乾編《清詞序跋彙編》（南京：鳳凰出版社，2013年12月），冊4，頁1923。

〔註104〕〔清〕王鵬運撰：〈東山寓聲樂府補遺跋〉，收錄於《唐宋詞集序跋匯編》，頁60。

〔註105〕〔清〕王鵬運撰：〈樵歌跋〉，收錄於《唐宋詞集序跋匯編》，頁120。

〔註106〕〔宋〕朱敦儒撰：〈相見歡〉「金陵城上西樓。倚清秋。萬里夕陽垂地、大江流。　中原亂。簪纓散。幾時收。試倩悲　風吹淚、過揚州。」參見《全宋詞》，冊2，頁867。

〔註107〕〔宋〕朱敦儒撰：〈采桑子〉「扁舟去作江南客，旅雁孤雲。萬裏煙塵。回首中原淚滿巾。碧山對晚汀洲冷，楓葉蘆根。日落波平。愁損辭鄉去國人。」參見《全宋詞》，冊2，頁860。

「旅雁孤雲」、「楓葉蘆根」，殘日將沉，滿目淒清，眼中盡是衰颯深沉。或如〈臨江仙〉「信取虛空無一物」詞〔註108〕，上片以佛理映照己心，欲擺脫世俗羈絆；下片體悟禪理轉書陳議論，連用《淮南子》、《戰國策》典故，批評古人無法擺脫執念，末三句凸顯己身體悟，破除世俗妄相遮蔽，方能達至善境界。朱敦儒身世遭遇多有波折，歷經隱居洛陽、南渡飄零、出仕、罷官歸隱，詞篇風格隨作者心緒多有變化，王氏跋語對此多有觀照。或如〈東溪詞跋〉云：

> 《宋名臣言行錄》云：胡銓貶新州，偶為詞云：「欲駕巾車歸去，有豺狼當轍」。張棣即迎檜意，奏銓怨望，於是送南海編管，流落幾二十年。按此詞乃〈好事近〉歇拍，載《東溪集》中。彥先亦以發策忤檜被謫，事釁略同，棣遂牽合為澹庵作。從來讒慝之口，含沙射影，伎倆大率類此，可嘆亦可笑也。去秋校刻《澹庵詞》，深以失載此詞為憾，蓋讀此方為釋然。癸巳四月，半塘老人。〔註109〕

此跋引《宋名臣言行錄》考知胡銓得罪奸佞權臣秦檜，並思及高登（？～1148），字彥先，號東溪，漳浦（今福建）人。宋徽宗宣和年間太學生，曾與陳東上書奏請斬殺蔡京、童貫等六位佞臣，重新起用李綱，不為當權者容，被斥還鄉；高宗紹興二年（1132）進士及第，力陳時政缺失，爾後反對師臣胡舜陟為秦檜父建生祠，受誣陷入獄；王氏跋語所言「彥先亦以發策忤檜被謫」，當指十四年（1144）　為潮州歸善令，因所出秋試題〈則將焉用彼相賦〉、〈直言不聞深可累論〉，觸怒秦檜。王氏因匯刻南宋李綱、趙鼎、李光、胡銓四家詞，而對胡銓身世有所了解，並辨析〈好事近〉一詞作者，以免張棣小人率意牽和，混淆讀者視聽之弊，藉此亦可窺見王氏對佞臣之鄙夷。

五、多方襄助，交遊往來頻繁

就王氏題跋觀之，多述及友朋交遊往來及協助校讎，如前述〈夢窗詞

〔註108〕〔宋〕朱敦儒撰：〈臨江仙〉「信取虛空無一物，個中著甚商量。風頤緊後白雲忙。風元無去住，雲自沒行藏。　莫聽古人閒語話，終歸失馬亡羊。自家腸肚自端詳。一齊都打碎，放出大圓光。」參見《全宋詞》，冊2，頁841。

〔註109〕〔清〕王鵬運撰：〈東溪詞跋〉，收錄於《唐宋詞集序跋匯編》，頁133。

稿跋〉、〈夢窗詞稿記〉述及與朱祖謀戮力同校周密詞集，多有感慨；或如〈南宋四名臣詞跋〉云：「擬丐同年李越縵侍御序而刊之。侍御復出其先世莊簡公詞若干闋」〔註110〕得李慈銘相助之功。此外，又以況周頤、端木埰、楊鳳阿諸家互動最為頻繁，茲探析如次：

（一）況周頤

跋語以提及況周頤者最夥，如〈東山詞跋〉、〈東山寓聲樂府補鈔跋〉、〈漱玉詞補遺題記〉、〈南宋四名臣詞跋〉、〈梅溪詞跋〉、〈校刊稼軒詞成再記〉等。況周頤（1879～1926），原名周儀，字夔笙，號蕙風，臨桂（今廣西）人。與王鵬運、鄭文焯、朱祖謀等合稱清末詞壇四大家，於清詞壇地位卓著。況氏詞學著作豐碩，有《蕙風詞》二卷，詞選《薇省詞選》、《粵西詞見》，論詞則有《蕙風詞話》五卷、《續編》二卷。《蕙風詞話》論己身詞學觀云：「填詞要天資，要學力。平日之閱歷，目前之境界，亦與有關係。無詞境，即無詞心。矯揉而彊為之，非合作也。」〔註111〕又云：「吾聽風雨，吾覽江山，常覺風雨江山外有萬不得已者在。此萬不得已者，即詞心也。而能以吾言寫吾心，即吾詞也。此萬不得已者，由吾心醞釀而出，即吾詞之真。非可強為，亦無庸強求，視吾心之醞釀何如耳！」〔註112〕況周頤強調學思涵養，更重視真實生活中的直接感受，寫景與言情合一，強調「詞心」乃醞釀而出，實與比興寄託關係密切，據《蕙風詞話》卷五云：「詞貴有寄託。所貴者流露於不自知，觸發於弗克自已。身世之感，通於性靈即性靈，即寄託，非二物相比附也。」〔註113〕足見況周頤肯定「詞心」、「詞境」，更欣賞作者情志的自然流露，重視學養則是為了確保作者的人品高潔，以保有深靜清和，以達到「以性靈語詠物，以沉著之筆達出，斯為無上上乘。」〔註114〕除了對詞境的重視外，況周頤更提出「拙、重、大」，以

〔註110〕〔清〕王鵬運撰：〈南宋四名臣詞跋〉，收錄於《唐宋詞集序跋匯編》，頁444。

〔註111〕〔清〕況周頤撰：《蕙風詞話》，收錄於唐圭璋《詞話叢編》，冊5，卷1，頁4407。

〔註112〕〔清〕況周頤撰：《蕙風詞話》，收錄於唐圭璋《詞話叢編》，冊5，卷1，頁4411。

〔註113〕〔清〕況周頤撰：《蕙風詞話》，收錄於唐圭璋《詞話叢編》，冊5，卷5，頁4526。

〔註114〕〔清〕況周頤撰：《蕙風詞話》，收錄於唐圭璋《詞話叢編》，冊5，卷5，頁4528。

矯正詞風流於纖弱之弊，足見況周頤詞學思維深刻且獨到。卻不以校詞為
要，《蕙風詞話》曾自述校詞態度云：

> 余癖詞垂五十年，唯校詞絕少。竊嘗謂昔人填詞，大多陶寫性
> 情，流連光景之作。行間句裡，一二字之不同，安在孰是為得
> 失。……蓋心為校役，訂疑思誤，丁一確二之不暇，恐讀詞之樂
> 不可得，即作詞之機亦滯也。〔註115〕

話雖如此，今就王氏題跋卻仍多見襄助校勘《四印齋所刻詞》，並曾撰寫跋
語，如〈四印齋三校本夢窗甲乙丙丁稿跋〉、〈章華詞跋〉、〈逍遙詞附記〉、
〈斷腸詞跋〉等。況氏藏書甚豐，亦勤加抄錄，任內閣中書時，與王鵬運、
端木埰多有唱酬，就王氏題跋可知於光緒十五年（1899），協助校訂《東山
詞》、《梅溪詞》；光緒十八年（1892）相助校訂《東山寓聲樂府補鈔》、《南
宋四名臣詞集》；光緒十九年（1893），再助王氏校勘四印齋彙刻《宋元三
十一家詞》，足見往來甚密，就王氏題跋觀之，多述及況氏相贈詞集之功；
而〈東山詞跋〉、〈東山寓聲樂府補抄跋〉則可掌握校讎特質。王鵬運曾云：
「彙刻兩宋名家別集二十四家、元七家為一卷，共三十一卷，……辨偽補
闕，夔笙中翰用力最勤。」〔註116〕對於況氏相助校勘《宋元三十一家詞》
之貢獻，予以肯定。

（二）端木埰

　　端木埰（1816～　，字子疇，江寧人），曾為王鵬運撰〈臨桂王公神道碑
銘〉，情誼深厚。王氏刊刻《四印齋所刻詞》亦載端木埰跋語，如〈漱玉詞
跋〉述及「吾友幼霞閎讀，家擅學林，人游藝圃，汲華劉井，擷秀謝庭。
偶繙漱玉之詞，深恫爍金之謬。將刊專集，藉雪厚誣，以僕同心，屬為弁
首」〔註117〕；王氏另撰〈山中白雲詞跋〉，提及端木埰從金陵故人家覓得抄
本二卷，與《四庫全書總目》及《三朝詞綜》卷數不合，抄本詞一百五十
首，復廣為搜輯，又得詞一百七首，為補錄二卷附後。最特別者首推〈花
外集跋〉云：

> ……張皋文云：「碧山詠物，并有君國之憂。」周止庵云：「詠物

〔註115〕〔清〕況周頤撰：《蕙風詞話》，收錄於唐圭璋《詞話叢編》，冊5，卷5，
　　　　　頁4528。
〔註116〕〔清〕王鵬運撰：《四印齋所刻詞》，頁879。
〔註117〕〔清〕端木埰撰：〈漱玉詞跋〉，收錄於《唐宋詞集序跋彙編》，頁112。

最爭托意，隸事處以意貫串，渾化無痕，碧山勝場也。」年丈端
木子疇先生釋碧山〈齊天樂・詠蟬〉云：「詳味詞意，殆亦黍離之
感」「『宮魂』字點出命意，乍咽還移，慨播遷也；『西窗』三句，
傷敵騎暫退，燕安如故；『鏡暗』二句，殘破滿眼，而修容飾貌，
側媚依然，衰世臣主，全無心肝，千古一轍也；『銅仙』三句，宗
器重室，均被遷脫，澤不下究也；『病翼』二句，更是痛哭流涕，
大聲疾呼，言海島棲流，斷不能文也；『餘音』三句，遺臣孤憤，
哀怨難論也；『謾想』二句，貴諸臣到此，尚安危利炎，視若全盛
也。」其論與張、周兩先生適合，詳錄於後，以資學者之隅反焉。
臨桂王鵬運識。〔註118〕

端木埰曾編《宋詞十九首》（原名《宋詞賞心錄》），選錄宋詞家 17 人共 19
首詞，蘇軾、姜夔兩人皆入選 2 首，其餘詞人皆 1 首，秦詞入選〈滿庭芳〉
（山抹微雲）一首。就其所選 19 首詞可知端木埰對沉摯悲涼、慷慨任氣的
感懷之作，最為推崇。清代常州詞派張惠言、周濟兩大家〔註119〕，均關注
王沂孫詠物詞之特色，端木埰則評點王沂孫〈齊天樂・詠蟬〉一詞，為王
沂孫與南宋遺民同題共作之名篇，以古老傳說起筆，興發北宋覆亡，多
有感傷之情，端木埰對字句多有闡發，王鵬運詳錄之，對其觀點想必多有
認同。

（三）楊保彝

此外，王鵬運序跋提及「楊鳳阿」，如〈校刻稼軒詞記〉云：「光緒丁
亥九月，從楊鳳阿同年假元大德信州書院十二卷本，校毛刻一過」、「往年
刻《雙白》、《漱玉詞》成，即擬續刊蘇、辛二集，以無善本而止。今此本
既已校正，聞鳳阿家尚有宋槧《眉山樂府》，倘再假我以畢此志，其為益為

〔註118〕〔清〕王鵬運撰：〈花外集跋〉，收錄於《唐宋詞集序跋匯編》，頁299。
〔註119〕孫克強《清代詞學批評史論》標舉張惠言、周濟地位云：「嘉、道間張惠
　　　　言倡「意內言外」之旨，常州詞人聞風響應，很快取浙西而代之，風靡天
　　　　下。……常州派由董晉卿、周濟達到鼎盛，經譚獻、莊棫、陳廷焯以及王
　　　　鵬運、況周頤等晚清四大家的承轉，影響幾乎整個清後期。」（上海：上
　　　　海古籍出版社，2008 年 11 月），頁 235。龍榆生《論常州詞派》云：「常
　　　　州派繼浙派而興，倡導於武進張臬文（惠言）、翰風（琦）兄弟，發揚於
　　　　荊溪周止庵（濟，字保緒）氏，而極其致於清季臨桂王半塘（鵬運，字幼
　　　　霞），歸安朱彊村……」《龍榆生詞學論文集》（上海：上海古籍出版社，
　　　　2009 年 10 月），頁 422。

何如耶。」〔註120〕可知鳳阿多有庋藏。又如〈東坡樂府跋〉云：

> 光緒戊子春，鳳阿同年聞余有縮刻稼軒長短句之役，復出此冊假
> 我（延祐雲間本《東坡樂府》），遂借抄合刻。……而兩書蹤跡，
> 始並見於季滄葦《延令書目》……余復從楊氏海源閣假刻以行。
> 三百年來，合併如故，洵為藝林佳話，而鳳阿善與人同之量，亦
> 良足多矣！〔註121〕

「鳳阿」究竟確切身分為何？筆者認為就此題跋觀之，可知必與海源閣關係至密。經查考《中國藏書家辭典》得知，楊保彝（1852～1910），字鳳阿，繼楊以增（1787～1856）、楊紹和（1832～1875）海源閣藏書家業，積貯二十餘萬書卷，手訂《海源閣宋元秘本書目》四卷，著錄善本之書四六四部，海內孤本秘集，大體與焉。〔註122〕楊保彝生平資料著錄有限，交遊往來難以考之，今就此跋可知與王鵬運多有交流。

第三節　清代朱孝臧《彊村叢書》所撰宋詞集題跋

朱祖謀（1857～1931），一名孝臧，字藿生，一字古微，號漚尹，歸安（今浙江）人，世居埭溪渚上彊山麓，又號彊村，書畫題款有上彊村民、上彊山民、上彊村人、疆村、彊村老人、彊村老民、彊村遺民、彊村居士、漚老人、漚道人、藿道人、覺諦山人等名號；書齋名為玉湖跋館、無著庵、思悲閣、禮霜堂。〔註123〕朱祖謀生逢國政混亂衰頹之際，著文排遣憂懷，寄寓感慨，有詩集《彊村棄稿》，詞集《彊村語業》、《彊村詞剩稿》及《彊村集外詞》等；另輯刊大型叢編《彊村叢書》，經三次校補印行〔註124〕，

〔註120〕〔清〕王鵬運撰：〈校刻稼軒詞記〉，收錄於《唐宋詞集序跋匯編》，頁178。
〔註121〕〔清〕王鵬運撰：〈東坡樂府跋〉，收錄於《詞籍序跋萃編》，卷2，頁64。
〔註122〕林申清：《明清著名藏書家・藏書印》（北京：北京圖書館出版社，2000年10月），頁168。
〔註123〕針對朱祖謀名號，本文參酌陳建男《朱祖謀詩詞輯校考論》之說，陳氏細檢楊廷福、楊同甫編：《清人室名別稱字號索引（增補本）》（上海：上海古籍出版社，2001年），下冊，頁127；陳玉堂編著：《中國近現代人物名號大辭典（全編增訂本）》（杭州：浙江古籍出版社，2005年），頁220；徐為民編：《中國近現代人物別名詞典》（瀋陽：瀋陽出版社，1993年），頁492；周家珍編撰：《20世紀中華人物名字號大辭典》（北京：法律出版社，2000年），頁1232。
〔註124〕朱祖謀編《彊村叢書》，大抵經歷三次校補。1917年初刻後，甚少流傳，

收唐宋金元詞集一百七十三種；選集則有《宋詞三百首》、《詞荔》、《湖州詞徵》、《國朝湖州詞徵》、《滄海遺音集》等。針對朱氏生平，馬興榮、沈文泉分別編纂〈朱孝臧年譜〉；另可參考朱德慈〈朱祖謀詞學活動徵考〉、何泳霖〈朱彊邨先生年譜及其詩詞繫年〉。朱氏致力校勘詞集，清‧張爾田〈彊村遺書序〉盛讚云：

> 先生守律則萬氏，審音則戈載，尊體則張氏，而尤大為功於詞苑者，又在校勘。前此常熟毛氏、無錫侯氏、江都秦氏，廣刊密笈，流播藝林，是謂搜佚。下逮知聖道齋彭氏、雙照樓吳氏，或精抄、或景宋，又志在傳真。雖未嘗無功於詞，而皆無當於詞學。先生則不惟搜佚也，必核其精；不惟傳真，必求其是。……是故樂府之有先生，而校讎乃有專家。〔註125〕

此序明言朱祖謀詞學根基，前有所承，尤以校勘詞集貢獻卓著。前有毛晉、侯文燦、秦恩復諸家，著重廣蒐佚詞；另有彭元瑞、吳昌綬諸家，致力留存真跡，而朱祖謀兼採特長，《彊村叢書》刻校宋金元詞集數量甚繁，前人確實難與之並轡，內容力求精審，辨析錯謬，故被推許為「校讎專家」。今可就清人曹元忠、沈修〈彊村叢書序〉、沈曾植〈彊村校詞圖序〉，得見推崇之意。〔註126〕

　　學界多關注朱氏所編《宋詞三百首》，單篇論文甚繁；而以《彊村叢書》為研究主題者，專書有唐圭璋《詞學論叢》中〈《彊村叢書》中所刻元詞補正〉〔註127〕，增補勘正叢編所收元詞；吳熊和〈《彊村叢書》與詞籍校勘〉〔註128〕，標舉朱氏校勘八大特色，凸顯其不凡價值；謝桃坊《中國詞學史》第五章〈朱祖謀校輯詞籍的成就〉〔註129〕，特意凸顯朱氏校勘詞

　　　　仍不斷校補；1921 年再行刊印，至 1922 年第三次刊印，為「壬戌十月三次校補印行」本，乃今日通行之版本。就題跋所載日期，〈東坡樂府補遺跋〉寫於 1925 年可知，後續仍多有增補校改。

〔註125〕〔清〕張爾田撰：〈彊村遺書序〉，收錄於朱祖謀輯校、夏敬觀手批評點：《彊村叢書附遺書》，冊 10，頁 7122～7123。

〔註126〕參見朱祖謀編：《彊村叢書》（上海：江蘇廣陵古籍出版社，1989 年 7 月），頁 1～3。

〔註127〕唐圭璋撰：《詞學論叢》（上海：上海古籍出版社，1986 年 2 月），頁 78～104。

〔註128〕吳熊和撰：《吳熊和詞學論集》（杭州：杭州大學出版社，1999 年 4 月），頁 143～157。

〔註129〕謝桃坊撰：《中國詞學史》（成都：巴蜀書社，2002 年 12 月），頁 383～395。

集之貢獻，並留心箋注、編年、題跋特色；鄧子勉《宋金元詞籍文獻研究》〔註130〕留心《彊村叢書》所收詞集版本，甚為詳盡。

學位論文則有施惠玲《朱孝臧與其彊村叢書研究》〔註131〕，詳述朱氏生平及詞學成就，探析《彊村叢書》之編纂體例與內容，藉此判定得失；陳建男《朱祖謀詩詞輯校考論》除詳考朱氏生平事蹟及活動外，另考述所編校詞籍之特色，更標舉《彊村叢書》具有「整理、保存詞籍文獻」、「建立詞籍校勘之規範」、「推動詞學研究之風氣」等貢獻。〔註132〕單篇論文則有蘭玲〈論《彊村叢書》對詞籍版本目錄的校勘〉及〈《彊村叢書》編纂體例研究〉，王湘華〈《彊村叢書》劄記〉〔註133〕均側重校勘體例及其得失。上述諸家研究，本文多有參酌。

就其研究內容觀之，論及題跋者寥寥，或未臻全面。據筆者統計，《彊村叢書》中朱祖謀所撰宋詞集題跋多達三十二篇（另有兩篇關於總集之序跋，合計達三十四篇），茲將所撰宋人別集序跋編年臚列表格如次：

附表：朱祖謀所撰宋詞集題跋一覽表

	詞　　集	版本出處	寫作時間及地點
01	草窗詞	鮑廷博藏本	庚子三月（1900）
02	東堂詞	吳氏璜川書屋影寫宋本	宣統大荒落之歲（1911）
03	後村長短句五卷	劉燕庭藏鈔後村大全集本	壬子（1912）九日、癸丑（1913）秋
04	稼軒詞補遺一卷	辛敬甫輯刊稼軒集本	壬子（1912）立冬後四日
05 06	石湖詞一卷、補遺一卷（兩篇跋）	王半塘校知不足齋叢書本	兩篇題跋（前兩篇為癸丑（1913）上巳、四月

〔註130〕鄧子勉撰：《宋金元詞籍文獻研究》（上海：上海古籍出版社，2008 年 12 月），頁 310～328。
〔註131〕施惠玲撰：《朱孝臧與其彊村叢書研究》，臺北：東吳大學中國文學系碩士在職專班學位論文，2011 年。
〔註132〕陳建男撰：《朱祖謀詩詞輯校考論》，臺北：臺灣大學中國文學系博士學位論文，2014 年。
〔註133〕蘭玲撰：〈論《彊村叢書》對詞籍版本目錄的校勘〉，《聊城大學學報》，2011 年第 1 期；〈《彊村叢書》編纂體例研究〉，《南陽師範大學學報》，2011 年第 2 期。王湘華撰：〈《彊村叢書》札記〉，《湘潭大學學報（哲學社會科學版）》，2011 年第 1 期。

07	竹山詞一卷	黃堯圃藏抄本	癸丑（1913）清明前一日、吳下聽楓園寓
08	白石道人歌曲六卷、補遺一卷	江研南傳錄陶南村鈔本校白石歌曲	癸丑（1913）五月、蘇州寓園
09	蒲江詞稿一卷	南昌彭氏知聖道齋藏，明鈔南詞本	癸丑（1913）仲夏
10	後村長短句五卷	劉燕庭藏鈔後村大全集本	癸丑（1913）秋
11	樂章集三卷	毛斧季據含經堂宋本及周氏、孫氏兩抄本校正	甲寅（1914）三月
12	南湖詩餘一卷	鮑氏知不足齋叢書本	甲寅（1914）四月朔辛巳
13	樵歌三卷	范聲山校舊鈔本	甲寅（1914）四月先立夏
14	東山詞跋	瞿氏鐵琴銅劍樓藏殘宋本	甲寅（1914）閏端陽、無著庵
15	澗泉詩餘一卷	錢塘丁氏善本書室藏鈔本	甲寅（1914）九月、滬北春江里行窩
16	山中白雲詞八卷	廣陵江賓谷疏證本	甲寅（1914）冬十又一月
17	日湖漁唱一卷	勞巽卿傳錄新城羅氏鈔本	丙辰（1916）夏至後二日
18	西麓繼周集一卷	何氏夢華館鈔本	丙辰（1916）端陽日
19	鄮峰真隱大曲	史氏裔孫傳錄四庫本以天一閣藏鈔進呈底本校	丁巳（1917）二月
20	介庵琴趣外編六卷	汪閬源藏舊抄本，蓋黃氏士禮居故物也	丁巳（1917）重九
21	松坡詞一卷	彭氏知聖道齋藏明抄本	己未（1919）十月
22	片玉集跋	陳元龍少章集注，汲古閣舊藏	庚申（1920）小除日，禮霜堂
23	須溪詞一卷，補遺一卷	錢塘丁氏嘉惠堂藏舊鈔	辛酉（1921）二月、禮霜堂
24	齋先生詩餘一卷、續集一卷	吾鄉姚氏邃雅堂藏舊抄本	辛酉二（1921）、禮霜堂
25	山谷琴趣外篇三卷	宋閩刊本以明刊祠堂本校	辛酉（1921）端陽、禮霜堂
26	東坡樂府三卷	無著庵校訂編年本	乙丑（1925）殘歲
27	龍洲詞二卷、補遺一卷	黃堯圃藏前遵王校本，補遺一卷為無著庵輯本	乙丑（1925）除夕

28	淮海居士長短句三卷	黃蕘圃以殘宋本校舊鈔本	丁卯歲寒（1927）
29	跋宋本兩種合印淮海居士長短句	雲間韓綠卿所藏、滂喜齋所藏宋本	庚午孟冬（1930）
30	張子野詞二卷	黃子鴻校知不足齋從書本	未明言
31	小山詞一卷	趙氏星鳳閣藏明抄本	未明言
32	夢窗詞集一卷	明萬歷中，太原張廷璋藏，今歸嘉興張氏涵芬樓	未明時間、無著庵

　　朱祖謀親手校錄宋人詞集，撰寫題跋共三十二篇，以民國二年癸丑（1913）、三年甲寅（1914）兩年最繁。辛亥革命後，改用原名「孝臧」，曾填〈浪淘沙慢・辛亥歲不盡五日作〉，當代名流多有和作〔註 134〕，不過問世事，往來湖淞之間，以遺老終。〔註 135〕夏承燾曾云：「《彊村叢書》中各詞集序跋，頗有關係詞學者，可摘之入《詞苑續談》。」〔註 136〕此論洵然！朱氏所撰題跋確實卓有見解，甚是獨特，茲就題跋特質探析如次：

一、廣求圖書，擇取底本講究

　　明代毛晉為求存詞，匯刻方式採取旋到旋刻，而其餘多視貯藏情況而定，故詞集叢編編纂目的及體例，多未能顯明。而朱祖謀校刻《彊村叢書》，致力求取善本，輯佚增補，搜求詞集自有講究，無單行者，便自全集、文集中獨立而出，版本來源甚有特色，多採藏書名家鈔校本。朱祖謀所用底本多精校善本、足本，題跋交代版本來源包含宋元刊本、舊抄本，並廣求名家珍藏本，如〈後村詞跋〉即呼籲「或發篋藏，俾成完帙，跋予望之已」〔註 137〕

〔註 134〕〔清〕朱祖謀填〈浪淘沙慢・辛亥歲不盡五日作〉，後有沈曾植〈浪淘沙慢・和彊村辛亥歲不盡五日韻〉、李岳珍〈浪淘沙慢・彊村賦此調，……愛其奇橫悲壯，效顰為此〉、洪汝仲〈浪淘沙慢・漚尹翁寫示近作感和〉、鄭文焯〈水龍吟・辛亥歲不盡五日……〉諸家唱和之作。此說參見陳建男撰：《朱祖謀詩詞輯校考論》，頁 36。

〔註 135〕〔清〕陳三立撰：〈清故光祿大夫前禮部右侍郎朱公行狀〉，收錄於朱祖謀編選、唐圭璋箋注：《宋詞三百首箋注》（臺北：漢京文化事業有限公司，1983 年 6 月二刷），頁 5～7。

〔註 136〕夏承燾撰：〈天風閣學詞日記〉，收錄於《夏承燾集》（浙江：浙江古籍出版社、浙江教育出版社，1997 年），頁 33。

〔註 137〕〔清〕朱祖謀撰：〈後村詞跋〉，收錄於《彊村叢書》（上海：江蘇廣陵古籍出版社，1989 年 7 月），下冊，頁 951。

今就朱祖謀所撰題跋可知，所據多為知名藏家收存本，如范欽天一閣、毛晉汲古閣、鮑廷博知不足齋、黃丕烈士禮居、彭元瑞知聖道齋、張金吾愛日精廬、瞿鏞鐵琴銅劍樓、丁丙善本書室、趙氏星鳳閣、王半塘校知不足齋叢書本、勞權丹鉛精舍、姚文田邃雅堂、汪閬源藏舊、何氏夢華館等。所收多為舊抄本，如《樵歌》採用范鍇舊抄本、《介庵琴趣外編》採汪閬源藏舊抄本；亦多見批校本，據鄧子勉統計多達十二種，多出自名家手筆。〔註138〕就朱氏詞集題跋可窺見，多為藏書名家所藏舊抄、舊校本，又可見疏證本、影寫本，且多有毛扆、錢曾、黃丕烈、鮑廷博、勞權等名家親手校讎，所用底本確實多所講究。故龍榆生讚之云：

> 鼎革以還，遺民流寓於津、滬間，又恆借填詞以抒其黍離麥秀之
> 感，詞心之醞釀，突過前賢，而彊村先生益務恢弘聲家之偉業，
> 網羅善本，從事校刊唐、宋、金、元人詞，以成《彊村叢書》。
> 〔註139〕

可見朱祖謀廣求善本參訂異同，紬文審律，校刊精細，後世如錢仲聯、吳熊和等人，分別擇選《彊村叢書》所收詞集為箋釋底本，可知朱氏昭示後學填詞及留存傳統文化之功，著實功不可沒。

二、耙梳遞藏，詳述版本源流

清・沈曾植〈彊村校詞圖序〉讚曰：「校詞之舉，鶩翁造其端，而彊村竟其事。」〔註140〕校勘詞集起源甚早，吳熊和認為自宋慶元間羅泌校《歐陽文忠公近體樂府》已發端，但未成專門之學，直至《彊村叢書》始臻於完善。〔註141〕朱祖謀校勘詞集首重考證版本源流，詳細查考歷代詞集版本情況，各篇題跋開頭先行交代，並詳考書目、筆記、詞話、詞選、藏書印記等，如〈樵歌跋〉云：

> 朱希真《樵歌》，《直齋書錄解題》作一卷，其本不傳。《犖經室外
> 集》：「《樵歌》三卷，錄自汲古閣舊鈔。」《愛日精廬》、《鐵琴銅
> 劍樓》、《皕宋樓藏書志》並有其目，與直齋所云「一卷」，同異殆

〔註138〕鄧子勉撰：《宋金元詞籍文獻研究》，頁322。
〔註139〕龍榆生：〈晚近詞風之轉變〉，收錄於《龍榆生詞學論文集》，頁381～382。
〔註140〕〔清〕沈曾植撰：〈彊村校詞圖序〉，朱祖謀編：《彊村叢書》，上冊，頁4。
〔註141〕參見吳熊和〈《彊村叢書》與詞集校勘〉，收錄於吳熊和撰：《吳熊和詞學論集》（杭州：杭州大學出版社，1999年4月），頁143～157。

不可考。《詞譜》:〈采桑子〉注云:「調見朱希真太平樵唱」,豈《樵歌》之異名耶?近有梅里許氏、臨桂王氏兩刊本。王刊為吳枚庵鈔校,稽錄致詳,足資參斠。往年於家冀良案頭見吾鄉范白舫(鍇)藏鈔一帙,與吳鈔舉注一作云云,十九吻合。疑此本枚庵先亦寓目,惜皆未著所出。今據范本,兼校吳本,其許本之顯屬訛誤者,不復贅及。他日倘獲直齋一卷本勘之,尤足快已。《詞綜》亦稱「樵歌三卷」,而所選〈念奴嬌〉「別離情緒」一闋,為此本及吳、許二本所不載,又不可解也。甲寅四月,先立夏三日,朱孝臧跋。〔註142〕

此跋查考南宋陳振孫《直齋書錄解題》載錄一卷本《樵歌》,而清代阮元承明代毛晉所錄俱為三卷本,朱氏另翻檢張金吾《愛日精廬》、瞿鏞《鐵琴銅劍樓》、陸心源《皕宋樓藏書志》等藏書目錄及藏書志,並留心詞集異名。另有許巨楫、王鵬運兩刊本,俱有跋語留存。許氏本為聽香仙館所刊,跋語申明愛賞之意〔註143〕,朱氏另對吳枚庵鈔校本評價甚高。詳述版本後,則取范鍇、吳枚庵、許巨楫三本互校,高下立見。又如〈蒲江詞稿跋〉云:

右《蒲江詞稿》一卷,南昌彭氏知聖道齋藏,明鈔南詞本。比毛氏汲古閣刻多七十一闋,疑即黃叔暘所謂有《蒲江詞稿》行於世者。毛刻與《花庵中興絕妙詞選》略同,而增〈好事近〉「雁外雨絲絲」一闋,《中興詞選》載之,標為「吳君特詞」。今考彭本亦無是闋,殆非申之作也。癸丑仲夏校訖并記,歸安朱孝臧。
〔註144〕

《蒲江詞稿》為盧祖皋詞集,此本為彭元瑞知聖道齋藏鈔《南詞本》,朱氏除了取毛晉本相較外,亦頗留心詞選本,遂舉黃昇《中興以來絕妙詞選》參校,該選專論南宋詞人,編排體例,頗具心思,列小傳及評論於該詞人

〔註142〕〔清〕朱祖謀撰:〈樵歌跋〉,收錄於《彊村叢書》,上冊,頁472。
〔註143〕〔清〕許巨楫:〈樵歌跋〉云:「自來樂府多綺靡,鮮有作世外人語者;惟宋秘書朱希真先生,天姿曠達,有神仙風致。所著《樵歌》三卷,世罕流傳。嘉、道間,昭文張月霄氏《愛日精廬藏書志》僅有鈔本,從照曠閣傳錄,可知此書久無刻版矣。昔余於宋、元選本中得讀數闋,思欲盡窺其全;歲壬申,薄游京師,每從市上物色之,頻年不可得」,收錄於《唐宋詞集序跋匯編》,頁103。
〔註144〕〔清〕朱祖謀撰:〈蒲江詞稿跋〉,收錄於《彊村叢書》,上冊,頁842。

名下，並就其生平事蹟詳加論述，其卷八論盧祖皋云：「樂章甚工，字字可入律呂，浙人皆唱之，有《蒲江詞稿》行於世」〔註145〕。而毛晉本實錄自《中興絕妙詞選》，故詞數略同，並辨別〈好事近〉「雁外雨絲絲」應為吳文英詞篇。亦有參酌詞話、詞選者，如〈西麓繼周集跋〉云：

> ……《蓮子居詞話》稱鮑淥飲抄本詞中有《繼周集》，彭文勤《知聖道齋宋元詞目》亦有之，吾鄉陸氏皕宋樓嘗有汲古影宋本，惜皆無由寓目，輒依何、朱兩抄本羅舉同異如右。江都秦氏刻《日湖漁唱》續補各卷，乃從《歷代詩餘》輯出，頗有臆改，不足深據。其可兩通者亦附著焉。《歷代詩餘》采此集至九十餘首之多，則康熙時必見《繼周集》可知。丁氏《善本書室藏書志》謂乾隆前罕見，亦未然也。丙辰端陽日，朱孝臧校畢記。〔註146〕

此題跋參酌清人吳衡照《蓮子居詞話》之說，並詳考藏書家彭元瑞、陸心源、丁丙書目，且考察《歷代詩餘》收錄情況，十分謹慎。或如〈履齋先生詩餘跋〉云：

> 《履齋先生詩餘》一卷，續集一卷，吾鄉姚氏邃雅堂藏舊抄本。別集二卷，南匯江韻秋茂才校錄宋本《開慶四明志》而改題者也。南昌彭氏知聖道齋南詞本與此同，而續集六首不分卷。梅禹金編《履齋遺集》，次序略異，末多〈水調歌頭·問子規〉一首，注云：見吳氏家譜，亦不分卷。梅本題下注題集者，即此本續集之六首，知遺集之名不始於禹金，特重為編定耳。吳伯宛又見舊抄《履齋遺集》，首有十二代孫吳伯敬閱梓一行，禹金之輯當是應吳氏族裔所求，而不述所據何本，然與彭本同為正續合卷，決出此本後矣。《四明志》所載，乃丙辰至己未先生守慶元時所作。原析二卷，其重見姚氏諸本者，只〈滿江紅·擬卜三椽〉一首，今據梅本及至元《嘉禾志》補，〈水調歌頭〉二首，據景定《建康志》補，〈滿江紅〉二首，附入續集，而以彭氏、梅氏兩本校姚本，別集乃江韻秋錄於甬上。韻秋意校若干學，皆確然無疑者，并錄如右。惜原書佚一頁，缺詞二首，不免俄空之嘆矣。辛酉二月社日，朱孝

〔註145〕〔宋〕黃昇撰《中興以來絕妙詞選》，收錄於唐圭璋編《唐宋人選唐宋詞》（上海：上海古籍出版社，2004年10月）。

〔註146〕〔清〕朱祖謀撰：〈西麓繼周集跋〉，收錄於《彊村叢書》，下冊，頁1225。

藏跋於禮霜堂。〔註147〕

《履齋先生詩餘》為吳潛詞集，現僅存朱祖謀題跋一篇，備顯珍貴。此本為姚文田（1758～1827，字秋農，號梅漪）藏本，與朱氏同為浙江歸安人，嘉慶四年（1799）狀元及第，《清史稿》卷374有傳，書藝精湛，著作繁多，藏書於邃雅堂。朱氏將姚氏所藏與彭元瑞知聖道齋《南詞》及明末梅鼎祚（1549～1615，字禹金，號勝樂道人）重編本比對，續集皆不分卷，但後者次序略異，朱氏再述及前人依據方志《開慶四明志》而改題。此跋先釐清各家版本異同，並詳細交代參酌吳氏家譜、《嘉禾志》、《健康志》等方志之增補過程。或如〈東堂詞跋〉云：「……原鈔經仁和勞氏收藏，有染蘭小印，甘遁謂染蘭，即巽卿姬人陳氏雙聲小字，尚欲詳考紀年，以補碎金跋尾也。」〔註148〕則留心藏書印記。

正因朱氏編選《彊村叢書》所用底本多採名家藏本，且廣蒐輔本參校，眼界自然不凡。《彊村叢書》多載錄前人序跋，諸多序跋資料賴此以存；亦載當代名家題跋，曹元忠撰〈金奩集〉、〈宋徽宗詞跋〉、〈范文正公詩餘跋〉、〈臨川先生歌曲跋〉、〈淮海居士長短句跋〉、〈龍洲詞跋〉、〈白石道人歌曲跋〉；吳昌綬撰〈天下同文跋〉、〈無住詞跋〉、〈康範詩餘跋〉、〈心泉詩餘跋〉、〈養蒙先生詞跋〉、〈道園樂府跋〉、〈鳴鶴餘音跋〉各七篇數量最夥；其餘況周頤、李之鼎各兩篇，馮煦、王樹榮、孫德謙、張爾田、吳梅等諸家題跋，亦多有見錄。而朱氏輯錄諸多題跋，恒抒發汲取觀點，如〈竹山詞跋〉云：

《竹山詞》一卷，黃堯圃藏抄本。卷端有明孫唐卿（胤嘉）記云：「乙巳春季，假錫山劍光閣本校一過。」堯圃稱嘉慶庚午得之毛意香，實吳枚庵物，《竹山詞》祖本也。毛子晉刊本似從茲出。而詞佚目存之〈謁金門〉、〈菩薩蠻〉、〈卜算子〉、〈霜天曉角〉、〈點絳脣〉十四闋，及上半闋之〈憶秦娥〉，下半闋之〈昭君怨〉，毛本并目不載。〈喜遷鶯〉，毛本二闋復十餘句，茲本并缺，而目稱一闋，或傳寫有異耶？堯圃定為元鈔，意極珍秘。往從吾鄉張石銘假錄，勘正毛本數十字。異時倘并其缺佚者補得之，是所蘄於

〔註147〕〔清〕朱祖謀撰：〈履齋先生詩餘跋〉，收錄於《彊村叢書》，下冊，頁991。

〔註148〕〔清〕朱祖謀撰：〈東堂詞跋〉，收錄於《彊村叢書》，上冊，頁310。

同志已。癸丑清明前一日，朱孝臧跋於吳下聽楓園寓。〔註149〕

《彊村叢書》所依底本為黃丕烈藏元鈔本，朱氏留意此本卷端有明人題記，再援錄黃氏題跋之語，並與毛晉刊本對照。又如〈日湖漁唱跋〉云：

> 《日湖漁唱》一卷，吳伯宛校錄何夢華藏舊抄本。考阮文達《揅經室外集》云《千頃堂書目》稱二卷，或并《西麓繼周集》計之。江都秦氏本跋稱補遺二十二首，與慢曲西湖十詠引令壽詞通為一卷，此蓋前人所為。秦輯續補遺云於諸名家詞中搜得，實皆見《繼周集》中。以補《漁唱》，殊失舊觀。惟〈瑞鶴仙〉、〈垂楊〉二首，不知據何本輯入。今依伯宛說，附此卷後，并據秦本及周公謹所選諸作校舉如右。丙辰五月夏至後二日，朱孝臧跋。〔註150〕

《彊村叢書》所收底本為吳昌綬校錄勞權抄本，朱氏留心秦恩復跋語，茲考察秦氏跋語云：「允平字君衡，號西麓，有《日湖漁唱》一卷，前列慢曲及〈西湖十詠〉三十首，後列引令三十五首，末附〈壽詞〉十九首，又有補遺二十二首，通為一卷，不知何人所集。余又於諸名家詞中，搜得長短調七十六首，為續補遺一卷，於是西麓著述綜括靡遺，與鮑丈淥飲所刻《花外集》、《蘋洲漁笛譜》可以相媲矣。」〔註151〕朱氏對此深感懷疑，認為秦氏續補之作，實皆見《繼周集》，已失其舊觀。又如〈東山詞跋〉云：

> ……半塘翁用汲古閣本版行，而校以侯刻，兼有增附，最後得吾郡陸氏皕宋樓寫惠庵本，乃掇拾所遺，別補一卷，諸刻皆遜勞抄之完善，其補遺又多不著所本，亦未逮吳輯之詳明。伯宛不欲徒襲故名，手寫三本，各自為卷，寄屬授梓。適又獲見鮑淥飲覆校本，略得據以校訂。半塘翁所謂《東山》一集，銷沉剝蝕，僅而獲存，而復帝虎焉。烏使讀者不能快然滿意者仍未盡免。他日宋本復出，庶乎一晰疑塵。寫聲之名，蓋用舊調譜詞，即摘取本詞中語，易以新名。後來《東澤綺語債》略同茲例。半塘翁以平園近體，遺山新樂府擬之，似猶未倫也。甲寅閏端陽，歸安朱孝臧跋於無著庵。〔註152〕

賀鑄詞集版本甚是複雜多歧，《彊村叢書》本賀鑄詞集有三，一為《東山詞》

〔註149〕〔清〕朱祖謀撰：〈竹山詞跋〉，收錄於《彊村叢書》，下冊，頁1240。
〔註150〕〔清〕朱祖謀撰：〈日湖漁唱跋〉，收錄於《彊村叢書》，下冊，頁1208。
〔註151〕〔清〕秦恩復撰：〈日湖漁唱跋〉，收錄於《唐宋詞集序跋匯編》，頁286。
〔註152〕〔清〕朱祖謀撰：〈東山詞跋〉，收錄於《彊村叢書》，上冊，頁365。

卷上，為瞿鏞藏宋殘本；二為《賀方回詞》，據勞權傳錄本，後又見鮑廷博覆校本，再行斠訂刪複；三為《東山詞補》，據吳昌綬輯補，朱氏對此版本頗為認同。朱氏詳考各本差異，留心王鵬運四印齋初刻《東山寓聲樂府》一卷，出自汲古閣未刻本。查考王氏跋語可知此本後為侯文燦亦園刻之，原名《東山詞》，王鵬運改異名稱，並以侯本校汲古閣未刻本，取陸心源皕宋樓藏王迪彙錄《東山寓聲樂府》增補，再刻《東山寓聲樂府補遺》。藉上述題跋可知，朱氏對於改動詞集名稱及補遺內容多有意見，並汲取吳昌綬綜合各家版本，刪複輯佚，成果顯著。

三、審慎校讎，各家版本對勘

朱祖謀輯校詞集，與當代名家素有往來，校勘過程互有商討，並能廣納諸家見解，多所改定。《彊村叢書》校勘詞集主要著重於兩面向：一為釐清詞集版本問題，如著錄及存佚情況、源流及遞藏軌跡、評比版本優劣得失等；二為審定詞集內容，如校勘文字異同，審定音律及平仄用韻，輯補佚詞等。其校勘成果清晰呈現於校記、跋語之中，茲分述如次：

（一）詳載校勘所得，留心異同

吳熊和云：「朱孝臧比勘參校，擇善而從，而且續得佳本，即據以補校，因而愈校愈精。」〔註153〕朱氏校勘詞集不遺於力，善擇底本，廣徵輔本參訂，所收詞書高達一百一十種，為其他叢書所未見〔註154〕，乃因能勤於抄錄及苦心自全集本析出，故多有難得、可貴之版本，網羅之富，非前人可及。而所收詞集若有可靠版本，必蒐求以校，比對諸多版本異同，茲就朱氏題跋可見之校讎特色析論如次：

1、校正文字歧異

吳熊和〈《彊村叢書》與詞集校勘〉一文，標舉朱氏校勘特色有八：尊源流、擇善本、別詩詞、補遺佚、存本色、訂詞題、校詞律、證本事等。〔註155〕然朱氏多有強調校正文字錯謬之處，如〈小山詞校記〉云：

　　小山詞一卷，趙氏星鳳閣藏明抄本。以校毛氏汲古閣刻，校正八

〔註153〕吳熊和撰：〈《彊村叢書》與詞集校勘〉，收錄於《吳熊和詞學論文集》，頁151～152。

〔註154〕此說參考施惠玲《朱孝臧與其彊村叢書研究》之統計，頁152。

〔註155〕吳熊和撰：〈《彊村叢書》與詞集校勘〉，收錄於《吳熊和詞學論集》，頁143～157。

十餘字。其偽文之顯見者即以毛本校錄如右，它所參校，亦附見焉。〔註156〕

《彊村叢書》所見《小山詞》均為明本，兩相對照，校訂文字之誤。又如〈東坡樂府後記〉云：

> 囊纂次東坡樂府編年本，以急於觀成，漏誤滋甚。今年春，徐君積余以舊抄傅幹注坡詞殘本見示：〈南歌子〉「海上乘槎侶」、「苒苒中秋過」二闋，題作〈八月十八日觀潮和蘇伯固〉……。又汪穰卿筆記言在張文襄幕，見蘇文忠手書〈浣溪沙〉五首，「雪林初下晚跳珠」句，「林」作「牀」。注，京師俚語：「霰為雪牀」。「廢圃寒蔬挑翠羽」句，「挑」作「排」。「薦士已聞飛鶚表」句，「聞」作「曾」。注，公近薦仆於朝。「萬頃風濤不記蘇」句，注，公田在蘇州，今年風潮蕩盡云云。事實佚聞，胥足為考訂坡詞之一助，姑類記之，以俟他日補編焉。乙丑殘歲，孝臧記。〔註157〕

朱氏承續校訂《夢窗詞》之經驗，宣統二年（1910）箋注《東坡樂府》，再創七大凡例。《東坡樂府》編年，始自朱祖謀校編《東坡樂府》三卷，凡錄詞340闋：卷一錄編年詞106闋，卷二錄編年詞98闋，卷三錄未編年詞136闋，此分卷編年之方式，後世多所因襲。此書於清宣統二年庚戌（1910）首見於世，係石印本，今不多見；至《彊村叢書》校本付印，始通行於世。細究特色，朱氏擇毛晉汲古閣本為底本，取王鵬運四印齋所收本對校，依律審定，判定詩詞之別；改動之處為糾舉毛晉濫增標題者，移至詞後，並以編年體例取代以調編次；校改之處為修訂年譜有誤、誤入他人之作者，並間錄交游事蹟，以資考證。校讎之法已細膩精到，然時隔多年，於1925乙丑年撰寫〈東坡樂府後記〉，仍有「急於觀成，漏誤滋甚」之嘆，故得舊鈔宋傅幹《注坡詞》殘本相校，另行增訂字句歧異之處。或如〈山谷琴趣外編跋〉云：

> ……惟山谷此編，較別本僅得其半。卷中譌文脫字往往而有，題尤芟節太甚，或乖本旨。今以祠堂本校補，間涉他校，撮錄如右。《方輿勝覽》載山谷待月詞云：「老子平生、江南江北，最愛臨風笛。」謂蜀人讀「笛」若「牘」，今本「笛」改「曲」，非是。《罋

〔註156〕〔清〕朱祖謀撰：〈小山詞校記〉，收錄於《彊村叢書》，上冊，頁193。
〔註157〕〔清〕朱祖謀撰：〈東坡樂府後記〉，收錄於《彊村叢書》，下冊，頁372。

牖閑評》、《滹南詩話》并言〈西江月〉:「杯行到手莫留殘」,「莫」
為「更」誤。然則《琴趣》者,祝穆所譏俗本,其誤字之有待鈎
考者,惜無袁文、王若虛其人耳。〔註158〕

朱氏認為南宋閩刻本不乏「譌文脫字」,而以明嘉靖刊甯州祠堂本對校,關
注方言、音律,援引袁文《甕牖閑評》、王若虛《滹南詩話》為證校定,並
強調此版本「誤字之有待鈎考」,提醒後人留意。或如〈松坡詞跋〉云:

《松坡詞》一卷,彭氏知聖道齋藏明抄本。鋟木既竣,始於滬肆
見吳兔床手寫本,亟校改若干字如右。……〔註159〕

可知朱氏校讎態度執著,已擇取彭元瑞知聖道齋明抄本刊刻完成,又見知
名藏書家吳騫(1733~1813,字槎客,號兔床,海寧人)手寫本。吳騫與
黃丕烈多有往來,酷收宋元珍本,便自題其居為「千元十駕」,欲與「百宋
一廛」相匹敵,並輯《拜經樓叢書》,校勘精審,著名於世,故吳騫手寫本
能受朱氏青睞,援引作為校正依據,再行改訂。

2、考訂詞集名稱、卷帙差異

　　詞體地位備受輕視,至清聖祖時期方納入官方刻書之列,於此之前多
賴書坊選刻以傳。然書坊任意增刪,另立名目,古書失真之弊〔註160〕,所
在多有,屢受針砭。朱祖謀對此亦多有關注,如〈山谷琴趣外編跋〉云:

右《山谷琴趣外篇》三卷,南宋閩刻本。按《宋史·藝文志》黃
庭堅詞二卷,今佚。《直齋書錄解題》山谷詞一卷,虞山毛氏刻本
疑從之出,故仍沿用舊名。明嘉靖刻寧州祠堂本《豫章黃先生詞》
一卷,詞同毛刻而編次前後則異。往歲吳伯宛嘗以見示。小山何
仲子據張南伯抄本校錄者也。勞騂卿又校以《琴趣》,立於書眉,
標其卷次。余據勞校移寫,即以《琴趣》名之,以不睹原書《琴
趣》之名,未遽徵實,未付手民。今年春,張君菊生獲是書於海
鹽,為其先世清綺舊藏。余亟假歸,比勘勞校,一一符合。宋詞
稱《琴趣》傳於今者,醉翁、二晁、介庵諸家,……辛酉端陽,
歸安朱孝臧跋於禮霜堂。

此跋詳論黃庭堅詞集,南宋時《直齋書錄解題》卷二十一「歌詞類」已著

〔註158〕〔清〕朱祖謀撰:〈山谷琴趣外編跋〉,收錄於《彊村叢書》,上冊,頁271。
〔註159〕〔清〕朱祖謀撰:〈松坡詞跋〉,收錄於《彊村叢書》,上冊,頁644。
〔註160〕程千帆、徐有富撰:《校讎廣義》(濟南:齊魯書社,1998年),頁39。

錄《山谷詞》一卷;《宋史·藝文志》則著錄《黃庭堅詞》兩卷;另有明嘉靖刻寧州祠堂刻《豫章黃先生詞》一卷,上述三者名稱、卷帙多有歧異,但皆以姓名、字號稱之。《黃庭堅詞》佚失,無從比較,其餘兩者均與毛晉本相較。而朱氏所見《山谷琴趣外篇》三卷本,與其他版本多有差異,故先就名稱查考,認為宋詞稱《琴趣》傳於今者,僅醉翁、二晁、介庵諸家,再取勞權鈔本,及借張元濟(1867~1959,字筱齋,號菊生)家藏宋閩刻本,確定當為「琴趣」,以保書名舊稱。又如〈東山詞跋〉云:

> 右《東山詞》上一卷,虞山瞿氏藏殘宋本。《賀方回詞》二卷,勞巽卿傳錄鮑淥飲抄本。《東山詞補》一卷,則吳伯宛就諸家補遺,汰復除訛,別為編次也。
>
> 考《東山寓聲樂府》三卷,見《直齋書錄解題》;《東山樂府別集》,見《敬齋古今黈》,皆久佚。彭文勤知聖道齋藏汲古閣未刻本,即《東山詞》上卷,前增〈望湘人〉一首,後又雜輯數十首,錫山侯氏亦園所刻,實由之出。而二卷本之《方回詞》訖未見於著錄。道光間,錢塘王氏惠庵,始取而彙之,錄作三卷,仍題以《寓聲樂府》。惟前本原題卷上,何以反置之下卷,而以後本列於上中。又同調之詞,并歸一處,復往往以意竄補,盡失《寓聲樂府》真面。補遺四十首,亦即汲古閣所輯,略加排比而已。……
> 〔註161〕

賀鑄詞集名稱、體例、卷數多有歧異,鄧子勉歸納為六〔註162〕,確實紛雜。就此題跋可知,朱氏所依底本為瞿鏞鐵琴銅劍樓殘宋本《東山詞》,僅存上卷;勞權傳錄鮑鈔本,題為《賀方回詞》,兩者版本系統不同。第二段朱氏查考《直齋書錄解題》載《東山寓聲樂府》,《敬齋古今黈》載《東山樂府別集》,另提及彭文瑞所藏汲古閣未刻本,又雜輯數十首,侯文燦刻之;道光年間王迪取《賀方回詞》二卷本與《東山詞》上卷,彙成三卷本,卻將上卷列為下卷,同調併歸,體例駁雜。朱氏詳考各家藏本源流及差異,將《東山詞》上卷、《賀方回詞》二卷依原刻刊定,吳昌綬另行補遺刪複,賀鑄詞集終成足本。

〔註161〕〔清〕朱祖謀撰:〈東山詞跋〉,收錄於《彊村叢書》,上冊,頁365。
〔註162〕鄧子勉撰:《宋金元詞籍文獻研究》,頁57。

（二）交代輯佚情況，辨別良窳

朱祖謀校勘詞集，精益求精，一校再校，輯佚補遺亦廣泛汲取前人成果，再行增補，於題跋多可見之，如〈東堂詞跋〉云：

> 《東堂詞》一卷，璜川吳氏影寫宋詞凡二百二首，與毛刻正同。其偽脫，亦有同者，而前後編次絕異。《直齋書錄解題》稱《東堂樂府》二卷，今《東堂集》久佚。

> 《四庫》從《永樂大典》輯存，謂其詞毛氏已刊，別著於錄，則當時更未睹有別本可知。老友吳甘遁移寫見示，并據《樂府補題》補〈水調歌頭・元會曲〉「垂衣」二句，據《全芳備祖》補〈玉樓春・詠紅梅〉「生羅衣退」句，而猶不能無誤，仍以丁氏善本書室藏明抄本校訂如右。……宣統強圉大荒落之歲，朱孝臧跋。〔註163〕

毛滂詞集傳本有三：一為嘉禾郡刻本，二為《直齋書錄解題》別集，歌詞類所載長沙書坊刻《百家詞》本；三為《彊村叢書》所收，璜川吳氏影宋本。就題跋可知由吳昌綬抄錄而得，據袁榮法《剛伐邑齋藏書記》云：「此本乃璜川吳氏影寫宋本，先世父得之京師，仁和吳印臣丈昌綬假錄一部，以貽古微侍郎」，可知此本由湘潭袁家收藏本。另就此跋可掌握吳昌綬據《樂府補題》、《全芳備祖》增補兩詞，朱氏再依丁丙善本書室藏明抄本校訂。又如第一篇〈石湖詞跋〉云：

> 右《石湖詞》一卷，附補遺，半塘翁手校知不足齋本。乙巳夏間，寄余粵東，翁旋歸道山。以未詳所據，久庋匧衍。去年，吳伯宛以鮑淥飲原抄本見示，其誤與刊本同。復檢翁校，精審無可疑，豈出舊本耶？遂付剞氏，以補四印齋叢刻之所未逮云。原抄詞後有小齊雲江立跋，首闋〈滿山紅〉詞亦江氏手錄，補遺僅九闋。刊本〈玉樓春〉以下八闋，殆淥飲輯也。宋劉昌詩《蘆浦筆記》載〈白玉樓賦〉，道君皇帝灑宸翰，於圖後石湖有〈法駕導引・步虛詞〉六章……今并附卷尾。癸丑上巳，歸安朱孝臧跋於無著庵。

第二篇〈石湖詞跋〉云：

〔註163〕〔清〕朱祖謀撰：〈東堂詞跋〉，收錄於《彊村叢書》，上冊，頁310。

《愛日精廬藏書志》云：〈滿江紅〉第二闋脫「始生之日，丘宗卿使君攜具來為壽，坐中賦詞，次韻謝之二十二字。」按宗卿〈滿江紅〉壽石湖詞，正同其韻。又云：三聘和〈醉落魄〉元夕詞「欲知此夜碧天闊」下脫一頁。據目錄，尚有〈醉落魄〉唱和兩闋，〈眼兒媚〉唱和兩闋。末頁「何人為我丁寧，驛使來到江干」，蓋〈眼兒媚〉和詞尾句。據此，知石湖與陳夢弼詞唱和相間，原編為一卷。《補遺》〈眼兒媚〉非夢弼韻，所輯殆尚未盡也。癸丑四月朔上，彊村人再記。〔註164〕

朱氏先後為范成大詞集撰跋兩篇，於篇末交代時間為癸丑年（1913）上巳及四月，相距時間甚短。《彊村叢書》以王鵬運手校鮑廷博本為主，朱氏題跋詳述前人輯佚所得，先就江立跋語可知，輯補九闋；鮑廷博續補八闋，朱氏再依劉昌詩《蘆浦筆記》增入六闋；時隔不久，因研讀張金吾《愛日精廬藏書志》，再撰一跋，對照目錄再補〈醉落魄〉、〈眼兒媚〉，並強調「所輯殆尚未盡也」。

就宣統三年（1911）刊印《彊村所刻詞》，至 1922 年第三次編刊本完成期間，朱氏致力網羅善本，多方尋訪抄錄；或有賴同好見示，於題跋多有記載。甫得佳本，便取可見版本互勘，故三次印行所據版本多有差異，施惠玲已有詳盡比較。〔註165〕就此可知，朱氏判定版本優劣，自有定見，就題跋可其觀點及態度，如〈白石道人歌曲跋〉云：

雲間樓敬思得陶南村抄本《姜白石歌曲》六卷，江都陸淳川（鍾輝）刻於乾隆癸亥，華亭張漁村（奕樞）錄於雍正壬子，越十八年乾隆己巳始刻之。陸本合六卷為四卷，張嘯山（文虎）譏其以意竄改，每失故步，不如張刻之善。許邁孫（增）據陸本重刊，謂「二刻相去才數年，中間或以鈔胥致誤。兩本對勘，陸猶勝張。

今年秋，陳彥通（方恪）於吳門得江研南乾隆二年手錄《白石道人歌曲》，亦陶南村本也。以校二刻，互為異同，且有與二刻並歧

〔註164〕〔清〕朱祖謀撰：〈石湖詞跋〉，收錄於《彊村叢書》，上冊，頁629。

〔註165〕針對《彊村叢書》三次刊印所據版本，施惠玲已列表比較說明，其中〈頤堂詞〉、〈王周士詞〉、〈玉蟾先生詩餘〉、〈白石道人歌曲〉、〈桂隱詩餘〉、〈藥房樂府〉等六本詞集改異版本。《朱祖謀與其《彊村叢書》研究》，頁111。

者。大抵張之失在字畫小譌，尚足存舊文資異證；陸則併卷移篇，部居失次，大非陶鈔六卷之舊；江氏手自寫校，未付剞人，亥豕之嫌，自較二刻為尠。惟是張刻經黃吾堂、厲樊榭、陸恬浦先後勘定，或有據他本點竄者；陸刻自稱悉依元本，且與江本同出符藥林，何以並不脗合。

三本各有短長，未敢輒下己意，迷瞀來者。爰一依江本授梓，兼臚二家同異，以待甄明。他刻校文，苟非臆說，隨所采案，附著於篇。意有所疑，不復自閟。至其旁譜，亦稍參差，依樣鉤摹，未遑糾舉云爾。癸丑五月日短至，彊村老民朱孝臧跋於蘇州寓園。〔註166〕

陶南村即元人陶宗儀，於至正十年（1350）傳抄六卷本，清初由樓敬思購藏。另有乾隆八年癸亥（1743）陸鍾輝所刻符藥林傳抄樓氏家藏陶宗儀本，及乾隆十四年己巳（1749）松貴讀書堂所刻，此本為張奕樞刻周耕餘過錄樓氏藏陶宗儀本。〔註167〕三版本皆為樓敬思藏抄本，卻多有異同，當代張文虎、許增分別撰跋品評之，看法兩極。張文虎之觀點，見於〈舒藝室餘筆〉，開篇羅列《白石道人歌曲》六卷篇目及數量，交代抄本得之於周耕餘，對二、六兩卷併入第四卷，頗不以為然；另於〈跋張奕樞刻本〉〔註168〕開篇強調「白石詞以張漁村本為最佳」，並述及得之不易及校錄之經過，甚是專致心力校勘姜夔詞集。而許增〈榆園叢刻本綴言〉詳列當時可見版本，認定陸本「斠勘精審」〔註169〕，就兩家所撰序跋可知，朱氏顯然多有關注。次段提及陳方恪得江炳炎傳抄，亦為樓氏藏陶宗儀本，朱氏取之與張、陸二本互校，多見歧異，並明言兩家版本之弊，而江本由江氏「手自寫校，

〔註166〕〔清〕朱祖謀撰：〈白石道人歌曲跋〉，收錄於《彊村叢書》，上冊，頁779。
〔註167〕姜夔詞集版本複雜，此處版本之說明，參見林淑華《姜夔詞接受史》，頁31～33。
〔註168〕〔清〕張文虎撰：〈跋張奕樞刻本〉，收錄於《唐宋詞集序跋匯編》，頁216。
〔註169〕〔清〕許增〈榆園叢刻本綴言〉詳列當時可見版本云：「《白石道人歌曲》，無論宋嘉泰本不可得見，即貴與馬氏本亦少流傳。就所知者：常熟汲古閣本、江都陸鍾輝本、華亭張奕樞本、歙縣洪正治本、華亭姜氏祠堂本、揚州知足知不足齋。陸版後入江鶴亭家，再歸阮文達，道光癸卯，燬於火。張版入南蕩張氏書三味樓，後亦不存。陸本、洪本、祠堂本皆詩詞合刻；餘則有詞無詩。近又有閩中倪耘劬本、臨桂王鵬運本。至於斠勘精審，當推陸本為最。」收錄於《唐宋詞集序跋匯編》，頁217～218。

未付剞人」，亥豕之嫌略少，但張本有名家先後勘定；陸本自稱悉依元本，三版本皆各有可取，故朱氏擇取江本付梓，判別版本高下已有定見，卻不主觀臆斷，另臚列二家異同，兼採他刻校文，甚是客觀公允。又如〈龍洲詞補遺跋〉云：

> 襄刻錢遵王校本《龍洲詞》，曹君直謂出宋槧，羅經之則謂出明王朝用覆刊端平中龍洲弟澥輯刻《龍洲道人集》而加補輯者，是亦源出宋槧也。經之得明沈愚《懷賢錄》，載龍洲詞六十九首，其為他本所無者三十一首。又就他本及《全芳備祖》諸書補輯若干首，稱足本劉龍洲詞，校訂精核，洵為劉詞最善之本。據校拙刻偽脫處，皆應刃而解。修改既竣，別為補遺校記附後，而識其大略如此。羅本據周止庵《詞辨》補〈玉樓春〉「春風只在園西畔」一首，為嚴仁作，見花庵《中興絕妙詞選》，非龍洲詞，未補入。乙丑除夕，朱孝臧跋。〔註170〕

《彊村叢書》所收劉過詞集底本為錢遵王校本，「謂出宋槧」為曹元忠跋語所下之判斷，實為黃丕烈士禮居藏書。曹氏觀點自有依據，就其跋語可知先查考《直齋書錄解題》，先就宋代版本流傳情況，再比較各本卷數、詞數異同，採用《游宦紀聞》、《陽春白雪》判定成書年代，論其行款，斷定為宋槧，並譽此本為「各本中善之善者」。〔註171〕而朱氏又得羅經之蟬隱廬本，此本以明代沈愚刊本為主，詞數六十九首，羅氏又從他本及《全芳備祖》增補，校訂精核，朱氏視為最善本，援以補曹本之遺。就此可知，朱氏雖擇定底本刊刻，仍能客觀審視後見版本。

（三）糾舉他家缺失，刊正錯謬

朱祖謀校勘詞集，頗留心前人觀點，如〈南湖詩餘跋〉云：「《南湖集》本乾隆間館臣輯自《永樂大典》者。其中〈蘭陵王〉一闋，從《詞綜》錄補可知。竹垞所稱《玉照堂詞》一卷，必有此本所未載，惜無傳本可校耳。」〔註172〕援引朱彝尊之說，或如〈跋張子野詞〉〔註173〕根據黃儀校勘芟正鮑廷博《知不足齋叢書》本繁瑣之弊。題跋中又以毛晉、四庫館臣之弊，最

〔註170〕〔清〕朱祖謀撰：〈龍洲詞補遺跋〉，收錄於《彊村叢書》，上冊，頁711。

〔註171〕〔清〕曹元忠撰：〈龍洲詞補遺跋〉，收錄於《唐宋詞集序跋匯編》，頁203。

〔註172〕〔清〕朱祖謀撰：〈南湖詩餘跋〉，收錄於《彊村叢書》，上冊，頁869。

〔註173〕〔清〕朱祖謀撰：〈跋張子野詞〉，收錄於《彊村叢書》，上冊，頁130。

受朱氏關注，茲分述如次：

　　1、刊正毛晉之說

　　清‧鄭文焯云：「夫汲古切在傳古，故刻務博而校不暇精詳。」〔註174〕
四庫雖多以毛晉《宋六十名家詞》刊刻本為主，但針對汲古閣本之弊，已
多有糾舉，如《石林詞‧提要》，明言毛晉疏於考證，妄改古書。朱氏題跋
亦多見針砭毛晉疏漏之語，如〈蒲江詞跋〉糾舉毛刻轉錄黃昇選本所載二
十四首，誤判吳文英〈好事近〉「雁外雨絲絲」一詞為盧祖皋詞；又如〈介
庵琴趣外編跋〉云：

　　　《介庵琴趣外篇》六卷，汪閬源藏舊抄本，蓋黃氏士禮居故物也。
　　　毛子晉刊《介庵詞》一卷，為《琴趣》所不載者三十三首。而《琴
　　　趣》增多之四十首，則三十六首見趙師俠《坦庵詞》。子晉跋稱曾
　　　見《琴趣外篇》章次顛倒，贋作頗多。殆以雜見《坦庵詞》中，
　　　故為此語。介庵宦游多在湘中，暨閩山贛水間。坦庵蹤迹頗同。
　　　編者於二家詞未能一一抉別，似未可遽以贋作擯之。子晉又言：
　　　介庵席上贈人〈清平樂〉，昔人稱為集中之冠。《琴趣》逸去，以
　　　為坊本亂真。而是編載之，則又非子晉所見矣。今粗校條記如右。
　　　惜子晉所藏《寶文（原作文寶，誤）雅詞》四卷，未得寓目耳。
　　　丁巳重九，朱孝臧。〔註175〕

趙彥端詞集傳世版本今可歸納為：《介庵詞》一卷本及四卷本、《介庵趙寶
文雅詞》四卷本、《介庵琴趣外編》六卷本，足見名稱、卷數多有歧異。《介
庵詞》一卷本見於陳振孫《直齋書錄解題》，《介庵詞》四卷本則見於《宋
史‧藝文志》。而明代毛晉輯刻《宋六十名家詞》所收亦為《介庵詞》一卷
本，並自撰題跋云：「余家舊藏《介庵詞》一卷，板甚精，所惜未得其全集。
又有《文寶雅詞》四卷，中誤入孫夫人詠雪詞。又曾見《琴趣外篇》六卷，
章次顛倒，贋作頗多，不能悉舉。至如席上贈人〈清平樂〉，昔人稱為集中
之冠，反逸去，可恨坊本之亂真也。」〔註176〕藉此可知毛晉曾親見三種版
本，幾經比較，認為《介庵詞》一卷本較精，《介庵趙寶文雅詞》四卷本、

〔註174〕〔清〕鄭文焯：《手批夢窗詞》（臺北：中研院文哲所，1996 年 6 月），頁
　　　　16。
〔註175〕〔清〕朱祖謀撰：〈介庵琴趣外編跋〉，收錄於《彊村叢書》，上冊，頁 686。
〔註176〕〔明〕毛晉撰：〈介庵詞跋〉，收錄於《唐宋詞集序跋匯編》，頁 145。

《介庵琴趣外編》皆誤收他人之作、章次顛倒之弊。朱氏所收為汪士鐘藏《介庵琴趣外編》六卷本，取毛晉本比對後發現兩本所收多有參差，而此本雜入趙師俠《坦庵詞》，毛晉已有辨別，但朱氏題跋顯然並不認同。

　　2、商榷四庫之說

　　清朝統治以興文教、崇經術為要務，廣羅鴻儒名士，纂修整編典籍，康熙年間已有《御選歷代詩餘》、《欽定詞譜》二部重要詞譜。而《四庫全書》更是卷帙浩繁，自乾隆三十七年正月頒佈詔書，命各省致力訪求，各省督撫先行敘列目錄，陳述作者生平事蹟、書中要旨。同年十一月安徽學政朱筠上書，引發激烈討論，幾番協調終成定案。〔註177〕乾隆年間《總目》別列詞曲類，不僅為詞學書目指南，提要更蘊含豐富詞學觀點，尤其詞體源起、流變、風格、音律、派別，言之甚詳。前後選派三百六十人參與編校，命紀昀、陸錫熊、孫士毅任總纂官，編修、鈔寫之人近四千，歷經分纂官起草、總纂官修訂、總裁官裁定、清高宗御覽四大步驟。但多數參與者非精擅詞體者，且雜出眾手，不免有誤，如〈鄮峰真隱大曲跋〉云：

　　　　《鄮峰真隱大曲》二卷、《詞曲》二卷，史氏裔孫傳寫。四庫《鄮峰真隱漫錄》本乃天一閣范氏所進呈者。范氏藏底本今歸繆氏藝風堂。去年臘月借校一過，卷中率信筆芟薙，殆寫進時，出於妄人之手。詞曲亦多竄改字句，鄧刻正與符合，始知經進本亦未足盡據也。直翁本不為倚聲傳家，落腔失韻，增減文字，往往而有，改之者以其不協於律也。勇達不知蓋缺之義，遂蹈削足適履之失。塗飾真面，迷誤方來。今一一臚舉，得百四十餘條，記注如右。其原誤脫者，亦頗類及。俾後之讀是編者，有所鈎考焉。丁巳二月，朱孝臧跋。〔註178〕

此跋留心四庫所收版本淵源，本為范欽天一閣藏書，後歸繆荃孫藝風堂，朱氏借得參校，可見朱、繆交情匪淺。此本雖為寫進本，卻多見竄改字句之弊，朱氏細加校改之處達一百四十餘條，詳載於校記之中，顯見四庫本

〔註177〕〔清〕慶桂：《國朝宮史續編》云：「至朱筠所奏，每書必校其得失，撮舉大旨，敘於本書卷首之處。若欲悉仿劉向校書序錄成規，未免過於繁冗。但向閣內府所貯康熙年間舊藏書籍，多有摘敘簡明節略，附夾本書之內者，於檢查洵為有益。應俟移取各省購書全到時，即命承辦各員將書中要指櫽括，總敘崖略，粘開卷副頁右方，用便觀覽。」卷83。
〔註178〕〔清〕朱祖謀撰：〈鄮峰真隱大曲跋〉，收錄於《彊村叢書》，上冊，頁545。

之缺失。又如〈須溪詞跋〉云：

> 《須溪詞》，集本分三卷。自〈望江南〉至〈聲聲慢〉為卷八，自〈漢宮春〉至〈鶯啼序〉為卷九，自〈沁園春〉至〈摸魚兒〉為卷十。茲刻初據錢塘丁氏嘉惠堂藏舊鈔不分卷本，偽舛屢見。丏吳郡金養之孝廉（文梁）校勘一過，沈山臣明經（修）復校若干條，率授剞氏。

> 庚申春，南城李振唐大令（之鼎）傳錄文淵閣本《須溪集》詞三卷見貽，稽其異同，又無慮數十百字，亟就原刻比勘、遵改，庶臻完善。其不可通者，仍參以他校。惟卷葉未分，但於目錄標明卷次耳。丁本雖偽文疊出，然資以誤正閣本，亦往往而有。若〈水龍吟〉之「移將剗棹」、〈鶯啼序〉之「千載能胡語」，又頗疑閣本非本來面目也。……辛酉二月，朱孝臧跋於禮霜堂。〔註179〕

《四庫全書》卷帙浩繁，版本來源甚是複雜，大抵有四類：一為各省巡撫採進，如江蘇、浙江、山東、安徽巡撫、兩淮鹽政採進本；二為私家珍藏，如兵部侍郎紀昀、禮部尚書曹秀先家藏本、編修汪如藻家藏本、監察御使許寶善家藏本；三為內府藏本；四為通行本。版本來源複雜，雖經四庫館臣窮盡畢生所學，仍有錯謬。此跋提及丁丙嘉惠堂藏舊鈔本之弊，經吳文梁、沈修校勘後付梓。後見李之鼎傳錄文淵閣本，詳加比勘、校改，提出〈水龍吟〉、〈鶯啼序〉亦恐有竄改之嫌。

四、條理清晰，題跋體例明確

　　明清叢刊詞集者甚夥，至朱祖謀《彊村叢書》積極徵求善本，致力整編詞集文獻，將治經史之法沿用入詞體，審慎精核，輯佚詞篇，一再重校補遺，具體實踐經史校勘理論，建立校詞凡例。如王鵬運與朱祖謀兩人於京師合校《夢窗甲乙丙丁稿》，王鵬運歿後，朱氏承續遺志重校，歷時三十餘年，終定稿於四校。當時僅毛晉汲古閣、杜文瀾曼陀羅華閣兩刻本傳世，朱祖謀於例言明言弊病云：「毛刻失在不校，舛誤致不可勝乙；杜刻失在妄校，每在毛刻之不誤者而亦改之」、序言：「杜校毛本，蹖駁尤多」〔註180〕朱祖謀秉王鵬運初衷，致力重校，謹守初校所制定之「正誤」、「校異」、「補

〔註179〕〔清〕朱祖謀撰：〈須溪詞跋〉，收錄於《彊村叢書》，下冊，頁1149。
〔註180〕〔清〕朱祖謀撰：〈夢窗詞・例言〉，收錄於《彊村叢書》，下冊，頁1062。

脫」、「存疑」、「刪複」五大凡例，不敢妄有竄亂；光緒三十四年（1908）
續校，增寫校記一篇，跋語明言校定標準云：

> 今校一以毛本為主。毛刻舛誤，前人校改，審擇從之。別有異文，
> 具如疏記。字體小訛，依傍形聲，略為諟正。其所未晰，則仍存
> 疑。闕文脫簡，斠定句律，識以方空。諸本補字，記備參考。意
> 在矜慎去取，庶完真面。舊校附詞下者，悉移入記中。時賢按語，
> 稱名以別。詞中本事，洎其朋交遊迹，流覽之頃，隨有采獲，不
> 忍揮棄，輒複錄存，以為箋釋張本。〔註181〕

夏承燾認為宋詞以夢窗詞最難治〔註182〕，王、朱兩家投注諸多心力，漫長
歲月苦心蒐羅稀有詞集善本，一得之便據以校補，篇篇校記俱有可觀，續
校強調必須「斠定句律」，朱氏本就熟稔聲律，悉心校定宮調旁譜之屬，
〔註183〕援以校訂詞篇，多有闡發；後編年箋注《東坡樂府》，另創七大凡
例，亦頗留心音律，如〈瑞鷓鴣〉、〈醉翁操〉、〈陽關曲〉、〈漁父〉等並見
於詩集者，則審定音律判別之。總結校《夢窗詞》之法，林玫儀評之曰：「前
後歷三十餘年，凡四校而始定。除就原校未妥處再予更正外，並斠定句
律，舉凡詞牌或宮調之錯亂、句式段落之分合、字聲韻字之舛誤等，悉按
音律、體格、句式詳加審定，並重訂體例，將校語移入校記中。此外，並
逐首加以箋釋。」〔註184〕足見校勘詞籍態度謹嚴，觀點細膩翔實，《彊村
叢書》編列、撰寫校記皆有嚴密體例，而細讀所撰三十二篇題跋，亦自成
體系，如〈樂章集跋〉云：

> 毛斧季據含經堂宋本及周氏、孫氏兩抄本校正《樂章集》三卷。
> 勞巽卿傳抄本，老友吳伯宛得之京師者。《直齋書錄解題》：《樂章
> 集》九卷；《汲古閣秘本書目》：柳公《樂章》五本；（注云：今世
> 行本俱不全，此宋版，特全。）俱不經見。伯宛又寄示清常道人
> 趙元度校焦弱侯三卷本，毛子晉所刻似從之出，而刪其〈惜春

〔註181〕〔清〕朱祖謀撰：〈夢窗詞跋〉，收錄於《彊村叢書》，下冊，頁1062。

〔註182〕夏承燾〈吳夢窗詞箋釋序〉云：「宋詞以夢窗詞為最難治。其才秀人微，
　　　　行事不彰，一也；隱辭幽思，陳喻多歧，二也。」

〔註183〕〔清〕曹元忠〈彊村叢書序〉云：「彊村所尤致意者則在聲律，故於宮調
　　　　旁譜之屬，莫不悉心校定」，參見《彊村叢書》，上冊，頁1。

〔註184〕林玫儀撰：〈論晚清四大詞家在詞學上的貢獻〉，收錄於《詞學》第九輯（上
　　　　海：華東師範大學出版社，1992年），頁151。

郎〉、〈惜花枝〉二調。然毛刻不分卷，亦不云何本。

　　海豐吳氏重梓毛本，繆小珊、曹君直引柳禹金及諸選本一再校
　　勘，又采案吾郡陸氏藏宋本入記而別刊之。考《皕宋樓藏書志》
　　稱曰：毛斧季手校本非宋槧也。以校勞氏抄本，篇次悉同，而字
　　句頗有乖違，往往與萬紅友說合，或傳寫者據《詞律》點竄，已
　　非斧季真面。杜小舫校《詞律》，徐誠齋編《詞律拾遺》，兼舉宋
　　本，又與毛校不盡合符。茲編顯有脫訛雜采。周、孫二鈔，恐非
　　宋槧，未可盡為依據，繆、杜諸所據本，又未寓目，無從折衷。
　　姑就諸本鉤稽異同，粗為誤正。其貳文別出，非顯屬性謬者，具
　　如疏記，以備參権。柳詞傳誦既廣，別墨實繁，選家所見，非盡
　　辜較。今止惟是之從，亦依違不能校若也。甲寅三月彊村老民朱
　　孝臧跋。〔註185〕

柳永《樂章集》流傳甚早，北宋神宗朝已有黃裳撰序評賞，李清照《詞論》
亦曾論及之，藉此可知北宋已刊行。再詳查《直齋書錄解題》及毛扆《汲
古閣秘本書目》兩書目，卷帙確實多有參差。故朱氏採毛扆據徐元文含經
堂宋本及周氏、孫氏兩抄本校正《樂章集》三卷本，開篇先交代此本如何
得之，再與毛晉汲古閣相較，判定諸家校勘版本特質。朱氏題跋開篇先交
代詞集版本來源，多為名家珍藏善本，再詳述當時可見者，因所收詞集為
名家校藏珍本，故多有前人讎校、輯佚觀點，朱氏細加檢視、比較，判別
良窳，再提出個人整編方式。且跋末多詳載時間，或述及地點，其中又以
民國三年甲寅（1914）年所撰數量最夥，計有〈樂章集跋〉、〈東山詞跋〉、
〈樵歌跋〉、〈澗泉詩餘跋〉、〈南湖詩餘跋〉、〈山中白雲詞跋〉等六篇。趙
尊嶽云：「甲寅（1914）、乙卯（1915）間，袁項城柄國，輒有篡位之思，
其事漸顯。」自宣統三年（1911），朱氏已投注心力校訂詞籍，並著手整理
鄉邦文獻以成叢書，如《湖州詞徵》；題跋署名改用原名「孝臧」，並自稱
「彊村遺民」、「彊村老民」，亦可窺見朱氏久經亂世，自視遺老之心境。

五、商議討論，友朋交遊往來

　　朱氏序跋亦多見各家交遊往來，甚是熱絡頻繁，藏書、校訂賴友朋襄
助，題跋多有紀載。如〈雲謠集跋〉提及董康（1867～1947，原名壽金，

〔註185〕〔清〕朱祖謀撰：〈樂章集跋〉，收錄於《彊村叢書》，上冊，頁50。

字授經）赴倫敦，手錄敦煌石室舊藏，歸藏英國博物館之《雲謠集雜曲子》，因集中脫句偽文觸目即是，故從吳伯宛處索得石印本，與況周頤多有討論。《彊村叢書》中亦多載錄各家題跋，如吳昌綬、曹元忠、況周頤、李之鼎、馮煦、王樹榮、陳祺壽。此外，朱氏所撰題跋亦有追憶情誼而感傷之語，如〈須溪詞跋〉云：「養之墓草久宿，比聞山臣亦歸道山，輒為之掩卷而唏矣！」沈修曾協助校勘劉辰翁詞集，故朱氏不捨之情滿懷。光緒二十五年（1899）王鵬運刊刻《四印齋匯刻宋元三十一家詞》成後，約朱氏同校《夢窗詞》，並組夢龕詞社，為朱氏校詞之始；王氏擬再刊印周密《草窗詞》，又請朱氏參與，可見兩人互動頻繁，朱氏曾自述交流過程，可見王鵬運贈《四印齋所刻詞》，序跋亦多交代王氏刊刻情況。而題跋中最常提及者首推吳昌綬，如〈石湖詞跋〉云：「吳伯宛以鮑淥飲原抄本見示」、〈後村長短句跋〉云：「適老友吳伯宛以劉燕庭藏鈔《大全》本長短句寄示」，可見叢書中多採用吳氏集錄校補本，或由吳氏傳錄後交付朱氏刊刻。又如〈東堂詞跋〉云：

> 《四庫》從《永樂大典》輯存，謂其詞毛氏已刊，別著於錄，則當時更未睹有別本可知。老友吳甘遁移寫見示，并據《樂府補題》補〈水調歌頭‧元會曲〉「垂衣」二句，據《全芳備祖》補〈玉樓春‧詠紅梅〉「生羅衣退」句，而猶不能無誤，仍以丁氏善本書室藏明抄本校訂如右。〔註186〕

交代此版本由吳昌綬抄錄而得，並據《樂府補題》、《全芳備祖》補遺；或如〈南湖詩餘跋〉云：「寄閑老人張樞，字斗南，一字云窗，叔夏父也，為功甫諸孫，仁和許增輯其詞於《山中白雲》卷首，老友吳伯宛以為宜附此集後，今從其說，并錄付剞氏云。」〔註187〕採用吳昌綬之說，篇排詞集內容次序。

又以〈跋宋本兩種合印淮海居士長短句〉，最能得見諸家交流情況，跋云：

> 秦太虛《淮海長短句》，流傳善本甚稀。余往年校刊是詞，曹君直以所錄松江韓氏本見貽，出自黃蕘圃據宋本手校，而所據宋本未得見也。後識吳湖帆，始得見潘氏滂喜齋所藏宋本，即蕘圃據以

〔註186〕〔清〕朱祖謀撰：〈東堂詞跋〉，收錄於《彊村叢書》，上冊，頁129。
〔註187〕〔清〕朱祖謀撰：〈南湖詩餘跋〉，收錄於《彊村叢書》，上冊，頁899。

校勘者。今歲葉遐庵以影印故宮藏宋本見貽，始知錫山秦氏家藏
宋本已入祕府，亦蒐圖所經見者。兩宋本同出一版，而詞集或有
時別印單行，致蒐圖間滋迷惑，實則滂喜齋藏本亦即《淮海全集》
中物也。遐庵既幸兩宋本之復見，又傷兩宋本之僅存，乃取兩宋
本之屬於原版者，并合影印；其兩本皆缺者，則取潘氏本補葉，
以其出朱臥庵手校精審也。遐庵又以歷代所刊《淮海集》今存者
尚十餘種，乃鉤考其源流統緒及字句異同，為《淮海詞版本系統
表》、《淮海詞經見各本概要表》、《淮海詞經見各本字句異同表》、
《現存淮海詞兩宋本比較表》各一；復別為《兩宋本校記》及《兩
宋本各序跋摘要》彙印於後，精密貫串，得未曾有。余聞遐庵治
事精幹，不圖治學翔實亦如此。遐庵先德，三世以詞名嶺海，家
學所承，遠有端緒。其所作亦把臂前賢，成連海上，能移我情，
載覽茲編，逌然神往已！庚午孟冬之月，朱孝臧跋。〔註188〕

此跋開篇先述往年校刊所見版本，有賴曹元忠、吳湖帆之力。曹元忠（1865
～1923，字夔一、揆一，號君直，晚號凌波居士，吳縣人），光緒、宣統年
間主持歸整內閣善本藏書，用心撰寫題跋，編輯為《箋經室所見宋元書題
跋》，著力於版本考訂。另著有《箋經室遺集》、《丹邱先生集》、《宋元本古
書證》、《桂花珠叢》、《司馬法古注》、《賜福堂詩詞稿》、《顧璜三儒叢祀錄》、
《學志》等。就朱氏題跋觀之，如〈跋淮海居士長短句〉云：「為雲間韓綠
卿所藏，老友曹君直手錄遺余，刻入《彊村叢書》中」〔註189〕又如曹元忠
〈彊村叢書序〉云：「彊村侍郎校刻唐、五代、宋、金、元詞，以元忠嘗助
搜討，共抱微尚，約書成為序其首。」〔註190〕皆可窺見曹氏之助；朱氏校
書另參酌曹氏觀點者，如〈龍洲詞補遺跋〉云：「曩刻錢遵王校本《龍洲詞》，
曹君直謂出宋槧」、〈樂章集跋〉云：「曹君直引柳禹金及諸選本一再校勘，
又采案吾郡陸氏藏宋本入記而別刊之」，曹氏據此曾撰〈淮海居士長短句
跋〉，辨別版本源流〔註191〕；另有吳湖帆（1894～1968），名倩，本名萬，

〔註188〕〔清〕朱祖謀撰：〈樂章集跋〉，收錄於《唐宋詞集序跋匯編》，頁 15。
〔註189〕〔清〕曹元忠撰：〈跋淮海居士長短句〉，收錄於《唐宋詞集序跋匯編》，
頁 49。
〔註190〕〔清〕曹元忠撰：〈彊村叢書序〉，收錄於《彊村叢書》，上冊，頁 2。
〔註191〕〔清〕曹元忠撰：〈淮海居士長短句跋〉云：「《淮海居士長短句》三卷，
見《書錄解題》。嘉慶間，蒐翁得江子屏家殘帙，以校舊鈔本，除〈長相

號倩庵、東莊，別署丑簃燕，江蘇蘇州人。中國現代國畫大師，書畫鑑定家，師從董香光，齋名梅景書屋。收藏宏富，精善鑑別，與錢鏡塘並稱「鑑定雙璧」；工於山水畫，亦擅長松、竹、芙蕖，風格靈秀，出神入化；亦頗留心詞篇，閒暇翻覽，亦多有創作。朱祖謀於曾云：「全集藏錫山秦氏，今不知尚存否？願湖帆求得之，以參斠其說也。」〔註192〕〈跋宋本兩種合印淮海居士長短句〉又云：「後識吳湖帆，始得見潘氏滂喜齋所藏宋本」，可見吳氏終得潘祖蔭藏本，於戊辰、己巳各撰跋語一篇，前者細加校對文字異同〔註193〕；後者交代得見葉恭綽故宮善本書影，針對嚴秋水跋多有看法。

而朱氏此跋最為重視者為葉恭綽（1881～1968），字裕甫、玉甫、玉虎、玉父、字譽虎，號遐庵，晚年別署矩園，室名「宣室」，廣東番禺人。曾任北京大學國學館館長，出身書香門第，清・冒廣生云：「其曾祖父蓮裳先生，祖南雪先生，兩世皆以詞鳴。自其垂髫，濡染家學，即能為詞，而所為又輒工。」〔註194〕著有《遐庵詩》、《遐庵詞》、《遐庵匯稿》、《交通救國論》、《歷代藏經考略》、《梁代陵墓考》、《遐庵談藝錄》、《遐庵清秘錄》、《矩園餘墨》、《葉恭綽書畫選集》、《葉恭綽畫集》、《重修越中先塋記》等。另編有《全清詞鈔》、《廣篋中詞》、《五代十國文》、《清代學者像傳合集》、《廣東叢書》。自述平生云：

余少好為詞，十五、六歲時所作，謬邀文道希（廷式）、易哭庵（順鼎）、王夢湘（以敏）諸丈之賞譽。……余得奉教於當代詞宗朱古

思〉畢曲「不應同是悲秋」句為各本所無外，其餘勝處，舊鈔本悉與相同，惟稱《淮海詞》為異。意丁松生《藏書志》所稱：「明鈔《淮海詞》三卷」，後有嘉靖己亥南湖張綖跋者，當與此舊鈔本同出宋刊；以張綖曾刻《淮海集》四十卷、後集六卷、長短句三卷於鄂州，即直齋著錄本也。舊鈔本所出既同，又得蒬翁以宋刊殘帙校定，彌足珍已！彊村每言《淮海詞》無善本，因錄此雲間韓綠卿前輩舊藏士禮居本寄之。癸丑六月庚子望，曹元忠客讀有用書齋寫記。」收錄於《詞籍序跋匯編》，卷2，頁76。

〔註192〕〔清〕朱祖謀撰：〈跋淮海居士長短句〉，收錄於《詞籍序跋匯編》，卷2，頁79。

〔註193〕〔清〕吳湖帆撰：〈跋淮海居士長短句〉云：「第一卷宋刻本〈夢揚州〉換頭『長記』兩字，誤刻於上疊過拍下；〈雨中花〉『滿空寒白，玉女明星迎笑』二句，『白玉』誤刻『皇』字。……」，收錄於《詞籍序跋匯編》，卷2，頁80。

〔註194〕〔清〕冒廣生撰：〈遐庵詞稿序〉，收錄於《冒鶴亭詞曲論文集》（上海：上海古籍出版社，1992年8月），頁504。

微（祖謀）先生，復與冒鶴亭（廣生）、夏劍丞（靜觀）……諸君
結漚社相唱和，復與龍榆生主編《詞學季刊》，繼又輯有清一代詞
為《清詞鈔》。〔註195〕

顯然與當代名流多有往來，尤其多受朱氏啟發。歷來關注葉氏詞學成就者，
多側重其清詞研究及文獻整編之成就，甚少留心其校輯宋代詞集之貢獻。
如秦觀詞集流傳甚是複雜，葉氏得影印故宮藏宋本，與朱祖謀、吳湖帆多
有交流，更自撰〈匯合宋本兩部重印淮海長短句序〉〔註196〕、〈宋本淮海
詞校印隨記〉〔註197〕，前者交代《淮海詞》可考宋刊本有三種，總述源流，
再取可見十三種版本匯校，編定四大表，條分縷析，版本字句異同變遷，
庶可明瞭，序末更羅列相助校勘借抄者，表達感謝之意；後者判斷故宮所
藏《淮海全集》為錫山秦恩復家藏本，並交代午間與朱氏晤談內容，糾舉
明代張綖重編本及《四庫全書總目》，皆分卷不確，並取萬曆年間李之藻高
郵四十九卷刻本對校，認為故宮本鈔補頁出於此，眼光細膩，立論翔實。
秦觀詞集自問世以來，不乏名家考訂刊刻，幾經時空輾轉，版本流通各地，
不免毀損殘缺、散佚不全，且編纂者各有所本，隨意增刪，更使複雜情況
加劇。朱祖謀跋語標舉葉氏匯校《淮海詞》之功，詳述其體例及觀點，確
實推崇備至。

結語

　　清末校詞風氣盛行，實承乾嘉學派校訂經史餘緒而來，吳熊和〈《彊村
叢書》與詞集校勘〉一文云：「朱孝臧為所校各本寫了不少題跋。關於總集
和宋人別集的，就達三十四篇，若編為一集，不啻為宋人詞籍的一部版本
史。」〔註198〕朱祖謀在重校《夢窗詞》與箋注《東坡樂府》兩大基礎上，
輯校《彊村叢書》。至於朱氏所撰三十二篇宋詞集題跋之特質，經筆者析論，
可得五端：

〔註195〕〔清〕葉恭綽撰：〈佞宋痕詞序〉，收錄於《矩園遺墨》（瀋陽：遼寧教育
　　　　出版社，1997 年 2 月），頁 94。

〔註196〕〔清〕葉恭綽撰：〈匯合宋本兩部重印淮海長短句序〉，收錄於《詞籍序跋
　　　　匯編》，卷 2，頁 83～84。

〔註197〕〔清〕葉恭綽撰：〈宋本淮海詞校印隨記〉，收錄於《詞籍序跋匯編》，卷
　　　　2，頁 85～86。

〔註198〕吳熊和：《吳熊和詞學論集》（杭州：杭州大學出版社，1999 年 4 月），頁
　　　　152。

　　一、廣徵圖書，擇取底本講究；二、耙梳遞藏，詳述版本源流；三、審慎校讎，各家版本對勘；四、條理清晰，題跋體例明確；五、商議討論，友朋交遊往來。朱氏精選底本，且遍尋善本相輔，並得力摯友董康、吳昌綬、曹元忠諸家相助，得見諸多珍稀版本，立足前人輯佚成果，另行多次補遺，依循劉向校讎家法，治詞嚴謹不苟，一再校訂、增補輯佚，保存詞學文獻厥功甚偉，且精於研律，進而推動詞律學發展，承繼前人長處，制定凡例，樹立校輯典範，遂使詞集校勘成為專門，殊堪推為清末詞學集大成者。

第四節　清代陶湘《景印宋金元明本詞》所撰宋詞集題跋

　　陶湘（1871～1940），字蘭泉，號涉園，武進（今江蘇）人。先祖為福建邵武府知府，萬曆年間遷居武進，後世居此地。曾祖父陶登瀛，為清嘉慶戊午（1798）舉人；祖父陶世讚，候選州同；父陶恩澤，官至浙江淳安知縣，生六子，陶湘居次。陶湘後過繼給二伯陶錫祺，並隨之赴山東恩縣。自幼穎悟，過目成誦，遍讀六經，年方弱冠即補大興籍博士弟子員，隔年出仕，二十三歲至浙江候補知府，再保升直隸候補道，並奉派為查辦江西、安徽鐵路委員。光緒三十二年（1906）尚書兼商約大臣、武進同鄉盛宣懷器重陶湘，派任為京漢鐵路全路副監督；民國成立後，陶湘投身商界，歷任上海中國銀行監理官、天津中國銀行、重慶中國銀行、上海交通銀行、北京交通總行經理及交通銀行總管理處清理舊帳；民國十八年（1929）受聘為故宮博物院圖書館專門委員。〔註199〕雖以工商、金融為業，卻酷嗜藏書、刊刻，藏書室名為涉園、百川室、托跋廛、百嘉齋等，藏書約三十萬卷，刻書兩百五十餘種。生平事蹟，曹軍紅、李健編〈武進陶湘刻書紀年表〉〔註200〕，考之甚詳，本文多有參酌。子祖椿撰〈行述〉追憶，可見陶湘性格特質，云：

　　　　博洽群籍，尤邃於劉氏父子目錄之學。生平於縹緗外無他嗜。自

〔註199〕針對陶湘生平事蹟、歷任職務，翦安撰：〈陶湘和他的涉園藏書〉論之甚詳，收錄於《古籍整理》，頁60～64。

〔註200〕曹軍紅、李健編撰：〈武進陶湘刻書紀年表〉，見於《武進陶湘刻書考》一文，收錄於《四川圖書館學報》，1997年第6期。

光、宣交，廣事搜羅。初喜明人集部，及勝代野史之屬，嗣乃旁
及鈔校，上溢宋元，遇孤槧善本，恒不計其值，歷時既多，充溢
櫥架。……暇輒覽閱、校勘，丹鉛殆遍，遇疑義錯謬，必冥心剖
析。或與江陰繆藝風、江安傅沅叔、上虞羅叔言、長洲章式之諸
先生互出所藏，商討讎校，郵書往復無虛日。〔註201〕

陶氏自撰《武進涉園陶氏鑒藏明版書目》、《涉園殿版目錄》、《閔版書目》、
《明毛氏汲古閣刻書目錄》等藏書目錄，精善目錄之學。「縹」，淡青色；
緗，淺黃色，古時常以淡青、淺黃色的絲帛作書囊書衣，故「縹緗」代指
書卷。陶湘與好友榮厚同入繆荃孫門下，深受影響，日後結交同好有：傅
增湘（1872～1949），字叔和、潤沅，號沅叔，別署雙鑒樓主人、藏園居士、
藏園老人、姜弇、書潛、清泉逸叟、長春室主人，瀘川（今四川）人。博
覽群書，藏書近二十萬卷，多宋元珍本，親手校勘一萬六千餘卷，並撰有
題跋五百餘篇；羅振玉（1866～1940），字叔蘊，號雪堂，為著名考古學家、
金石學家、敦煌學家、古文字學家，校勘書籍多達六百餘種；章鈺（1865
～1937），字式之、茗理，別號蟄存、充隱、鷗邊，晚號霜根老人，早年家
境困頓，藏書近五十年，讀書齋名取尤袤「飢讀之以當肉，寒讀之以當裘，
孤寂而讀之以當友朋，幽憂而讀之以當金石琴瑟」之意，命名為「四當齋」。
畢生致力手鈔、校書，多達一萬五千卷，與傅增湘並轡當代。陶湘與同好
往來密切，傾盡心力購藏、不斷校讎、付梓刊刻。刻書之業，始自宣統三
年，迄於民國二十八年，雖僅三十年，卻多達八百餘卷，品質精美；陶氏
藏書非求廣搜博取，更非附庸風雅，實則別有懷抱。茲就陶湘所撰宋詞集
題跋，略探析藏書、校書特質如次：

一、版本精善，藏刻情懷殷切

（一）力求藏書盡美

倫明《辛亥以來藏書紀事詩》評陶湘云：「以類求書書不同，巧於棄取
紹陶公。藏書豈若傳書久，欲散家貲養刻工。」〔註202〕陶氏涉園藏書三十
餘年，圖書聚散兩匆匆，不免讓人心生感慨。而藏、刻多所講究，名聞

〔註201〕陶祖椿撰：〈行述〉，收錄於蔚安撰：〈陶湘和他的涉園藏書〉，《古籍整
理》，頁60～64。
〔註202〕倫明撰《辛亥以來藏書紀事詩》（北京：燕山出版社，1999年）。

遐邇，流傳更為久遠，蘇精《近代藏書三十家・陶湘涉園》論陶湘藏書特質云：

> 他為人樂道的書癖：第一不重宋元古本，而以明本及清初精刻本為蒐求的大宗；第二嗜好毛氏汲古閣刻本、閔氏套印本、武英殿本、開花紙本等，所藏都是海內一時之冠；第三藏書講究完美無缺，尤其重視裝潢的美觀。〔註203〕

陶湘藏書，其一、改易佞宋遺風，特藏明版書：清人嗜藏宋元舊槧，如錢曾、黃丕烈、張金吾、陸心源皆標舉此風；反之，視明本粗劣鄙陋，不足為觀；陶氏不從流俗，所收大抵為洪武至崇禎年間佳槧。〔註204〕相傳初識傅增湘時，相約陶氏若能集明嘉靖刊本一百部，輒題「百嘉齋」匾額贈之。後陶氏累數十年蒐羅，明版書遂達千部，嘉靖版早逾兩百之數，且多見明代著名藏家精品。傅增湘讚曰：「清芬古墨，觸目琳瑯。鑒別之精，蒐采之富，有推到一時豪傑之概。」〔註205〕足見陶湘篤志掇拾，南北驅馳，所收明版書多為佳槧珍本。

其二、嗜藏毛晉汲古閣本：編《明毛氏汲古閣刻書目錄》一卷，云「毛氏雕工精審，無書不校，既校必跋。紙張潔練，裝式宏雅。」〔註206〕毛刻本約六百種，陶氏收五百四十種，幾復舊貌，時隔兩百餘年，確屬不易，可謂收汲古閣藏書之冠。亦留心特殊版本，陶湘畢生收書，頗好「閔版」，即明天啟年間，吳興閔齊刻版。其於《閔版書目・序》云：「遇重出而印本較前尤精美者，輾轉抽易，至再至三，極意線裝，耗金無算。」〔註207〕據翦安統計陶氏所藏閔刻版多達110部，132種。〔註208〕陶氏亦頗傾心「開花紙」，時人稱之為「陶開花」。所謂「開花紙」為清初浙江開化產製，紙潔如玉，墨凝如漆，光滑而堅韌細密。清康熙、雍正、乾隆三朝內府多用

〔註203〕蘇精撰：《近代藏書三十家・陶湘涉園》（北京：中華書局，2009年4月）。

〔註204〕〔清〕傅增湘撰：《涉園藏書第一編・序》論陶氏所收明版書云：「自洪武以迄崇禎，號為佳槧者，大略咸具。」

〔註205〕同前註。

〔註206〕〔清〕陶湘撰：《明毛氏汲古閣刻書目錄》（北京：商務印書館，2005年2月）。

〔註207〕〔清〕陶湘撰：《閔版書目・序》（北京：商務印書館，2005年2月）。

〔註208〕翦安撰：〈陶湘和他的涉園藏書〉統計陶湘所收閔版書數量云：「陶湘編撰《閔版書目》共載117部145種，其中所藏書目110部137種，知見未得書目6部8種」，頁62。

此。〔註209〕

其三、重視書籍裝潢精美：圖書歷時久遠，輾轉流散各地，難免缺頁斷爛，陶氏遇此必雇用巧匠，買原紙、依原貌摹寫補全。傅增湘云：「被以磁青之箋，襲以靛布之函，包角用宣州之綾，訂冊用雙絲之線，務為整齊華煥，新若未觸。有時裝訂之線，或過於購求之費而毫不之吝，故持書入市，一望而識為陶裝者。」足見陶湘藏書追求形式精美，且留心版本，不斷易書而藏，務使外觀完整、序目題跋俱存，方無遺憾。

陶湘晚年經濟拮据，涉園藏書逐一散去，圖書研究學者郝秀榮追尋流散之地甚詳〔註210〕，可知殿本及開花紙售予北京文求堂、直隸齋兩書院；叢書574種27000冊被日本東方文化學院京都研究所收購，其中宋刊本《百川學海》為叢書鼻祖；剩餘汲古閣及閔氏刊本售予榮厚，榮氏特闢「萃閔室」珍藏，後轉售溥儀，偽滿州國瓦解後便失蹤難尋，甚是可惜！

（二）傾盡家貲刻書

陶氏自云：「欲盡鬵所有，從事刻書，期之十年，可成百卷，流布他日，藉以不朽。」〔註211〕子祖椿緬懷云：「其刊書也，尤為一生精力之所粹。自錄版以至校讎，無不躬執其役，風雨晦明，未嘗或輟。」〔註212〕涉園刻書名齊武進董康「誦芬室」，與羅振玉、徐乃昌同為當時刊刻古籍最多之藏書家。其中《儒學警司》六種、《宋金元明本詞》四十種、《程雪樓集》、《喜詠軒嚴書》三十九種、《百川學海》百種、《營造法式》、《涉園墨萃》十二種、《百川書屋》叢書十六種、《拓跋廛》叢刻十種、《陶氏書目叢刊》十五種、《昭代名人尺牘牘集》、《八經白文》、《涉園藏石目》、《涉園所見宋版書影》等。刊刻數量繁多，品質精良，多為海內孤本或難得之書，毛晉汲古閣為求留存珍本原貌，採用影鈔、影寫之法，備受推崇；而陶湘、吳昌綬亦大量採用此法，尤其影宋鈔本，更對詞集刊刻不遺餘力，宣統三（1910）年吳昌綬匯刻《宋金元明本詞四十種》，僅十七種完刻，卻資金短缺，陶湘

〔註209〕此說參見郝秀榮：〈陶湘與涉園藏書樓〉，收錄於《蘭臺世界》2009 年 7月上半月，頁45。

〔註210〕郝秀榮撰：〈陶湘與涉園藏書樓〉，收錄於《蘭臺世界》2009 年 7 月上半月，頁45。

〔註211〕〔清〕陶湘撰：《閔版書目‧序》（北京：商務印書館，2005 年 2 月）。

〔註212〕陶祖椿撰：〈行述〉，收錄於翦安撰：〈陶湘和他的涉園藏書〉，《古籍整理》，頁 60～64。

立即出資接續。陶湘刊刻圖書，對底本多有講究，與名家商討校定，所刻不僅校勘精良，且講究紙墨、行款、裝訂，堪稱上品。

　　陶湘已受近世學界關注，但多著墨於人格特質、藏書情況，未見針對詞集版本、題跋進行深入探析。據筆者翻檢陶湘所撰題跋，得宋詞集題跋二十二篇，茲臚列表格並探析如次：

附表：陶湘所撰宋詞集序跋一覽表

01	景印宋金元明本詞敘錄	《景刊宋金元明本詞》，頁2
02	景印宋吉州本歐陽文忠公近體樂府三卷	《景刊宋金元明本詞》，頁2
03	景宋本晁氏琴趣外篇六卷	《景刊宋金元明本詞》，頁3
04	景宋本酒邊集一卷	《景刊宋金元明本詞》，頁3
05	景宋本蘆川詞二卷	《景刊宋金元明本詞》，頁4
06	景宋本于湖居士樂府四卷	《景刊宋金元明本詞》，頁4
07	景宋本渭南詞二卷	《景刊宋金元明本詞》，頁4
08	景宋本鶴山先生長短句三卷	《景刊宋金元明本詞》，頁4
09	景宋本可齋詞七卷	《景刊宋金元明本詞》，頁5
10	景宋本梅屋詩餘一卷	《景刊宋金元明本詞》，頁5
11	景明洪武遵正書堂本草堂詩餘前集二卷後集二卷	《景刊宋金元明本詞》，頁7
12	景元本鳳林書院草堂詩餘三卷	《景刊宋金元明本詞》，頁8
13	景宋本東山詞上卷	《景刊宋金元明本詞》，頁8
14	景宋本山谷琴趣外篇三卷	《景刊宋金元明本詞》，頁8
15	景宋本群註周美成詞片玉集十卷	《景刊宋金元明本詞》，頁8
16	景宋本稼軒詞甲集一卷乙集一卷丙集一卷	《景刊宋金元明本詞》，頁8
17	景小草齋鈔本稼軒長短句十二卷	《景刊宋金元明本詞》，頁9
18	景宋本于湖先生長短句五卷拾遺一卷	《景刊宋金元明本詞》，頁9
19	景宋本虛齋樂府二卷	《景刊宋金元明本詞》，頁9
20	景元人鈔本竹山詞二卷	《景刊宋金元明本詞》，頁9
21	景宋本後村居士詩餘二卷	《景刊宋金元明本詞》，頁9
22	景元本秋崖先生詞四卷	《景刊宋金元明本詞》，頁10

尤以首篇總序最為重要，云：

> 詞集之匯刻者，南宋長沙《百家詞》，見《直齋書錄解題》；《六十
> 家詞》，見張玉田《詞源》。餘如《典雅詞》，僅存殘本；《琴趣外
> 篇》，只見數家。明吳訥《四朝名賢詞》、孫星遠《唐宋以來百家
> 詞》，皆未刊行。前人稱李中麓家詞山曲海，亦侈言其多，而未聞
> 專刻也。汲古毛氏初刻《六十一家詞》，其時猶未備諸精本，讎勘
> 尤疏。後復輯宋詞百家、元詞二十家，今所見有斧季手校之本，
> 有寫詳待刊之本，有依舊式摹存之本，佳墨良楮，靡不精好，於
> 斯事致力最深。〔註213〕

此敘錄逐一論述南宋以來之詞集叢編概況，或殘缺不存，或未刊行；而毛
晉汲古閣所刻《六十一家詞》，隨得隨刻，並未講究底本精善，且校讎多有
疏失。毛扆（1640～？），字斧季，常熟（今江蘇）人。為毛晉之子，娶陸
貽典女為妻，平生精擅校讎，撰《汲古閣珍藏秘本書目》、手批毛晉《宋名
家詞》。而陶湘所見版本，經毛扆親手校讎，頗為精美，此處肯定毛扆之貢
獻。又云：

> 宋元人詞，篇頁無多，大率附於集中，故毛氏已創裁篇別出之
> 例。名家詞有專集者，傳世亦寥寥可數。明清以還，鈔校則梅禹
> 金、陸敕先、勞巽卿；……蕘圃雅好收詞，多獲舊本，後歸汪氏
> 藝芸精舍，今世所傳，多有兩家印記。……

陶湘身為藏書家，體察詞體本屬小道，北宋名家如晏殊、歐陽脩等人以餘
力遊戲填詞，附屬文集中，毛晉創新別出成集。陶湘細數明清以來藏書家
特質，如梅鼎祚（1549～1615），字禹金，號勝樂道人，宣城（今屬安徽）
人；陸貽典（1617～？），字敕先，少從錢謙益，常與女婿毛扆同校藏書；
勞權（1818～？），字平甫、衡子，號巽堂、顨卿、巽卿、蟫庵，另署名丹
鉛生、飲香生、飲香詞隱、漚喜亭主等，仁和（今浙江）人，藏書室名為
學林堂、鉛槧齋、丹鉛精舍、拂塵掃葉之樓等。三家致力鈔校，陶湘另透
過藏書印記判斷，黃丕烈得諸多汲古閣舊本，後藏書多歸汪士鐘。末段提
及吳昌綬云：

> 近代王給諫鵬運四印齋所刻詞，海丰吳侍郎重熹刻《山左宋金元

〔註213〕〔清〕吳昌綬、陶湘輯：《景刊宋金元明本詞・序》（上海：上海古籍出版
　　　　社，2012 年 12 月），頁 2。

詞》，搜采特為精審。朱侍郎祖謀《彊村叢書》已刻之詞至百十二家，網羅墜疑，極校讎之能事。吾友吳子伯宛，於三君為交舊，與吾邑董授經大理同在京師，撢研尤富。乃創意專搜宋元舊本，影寫刻之，使後來獲見原書面目。所輯皆善本、足本，藉證向時一切鈔校之陋。舊有闕誤者，亦存其真，不失乾嘉前輩影刻諸書家法。始成十有七種，戊午歲，以刊本歸湘。數載以來，湘復踵其義例，選工精刻，又得二十三種。海內藏棄之家，名編珍帙，可據以傳摹者，大致備於是矣。……倚聲小道，孤緒垂絕，三十年來，乃得博聞好事，相為蒐存，凡《歷代詩餘》與竹垞《詞綜》、鳧薌《續詞綜》發凡所舉宋元別集、總集，校其部目，咸有增益。而前人目為罕覯秘冊者，復令家有其書，雖鐫槧之工遠慚囊代，摹形寫範，庶幾似之。匯次既竣，因為敘錄一卷，略著梗概，俾後來撰詞目者有所考焉。壬戌春仲，武進陶湘記。〔註214〕

可知吳昌綬與王鵬運、吳重熹、朱祖謀多有往來，並標舉專致影刻詞集之功，囊括宋元以來單行本詞集，影刻之法留存原貌，缺漏訛誤多可見之。陶湘購得吳昌綬雙照樓景刊宋元本詞書版及未刻稿後，踵繼義例，續刊至四十種，後又刊《補編》三種。吳、陶兩家所刊《景刊宋金元明本詞》，有宋本二十種八十卷、金本一卷一本、元本十四種二十二卷、明本八種三十九卷，均為罕見珍本，甚至是世間僅存本。為存其真，全數影寫，另聘名手雕槧；缺誤之處不擅自改動，依循其舊，維持該版本原始風貌。而陶湘於〈敘錄〉論各家詞集之開頭皆書「湘案」，考述宋詞集版本源流、優劣，凸顯個人評論、考證之語，欲瞭解宋詞集版本源流者，必不可略此。所述要點，大抵不出三類，茲分別析論如次：

二、遞藏軌跡，詳考書籍源流

陶湘刊刻重視詞集版本，所擇底本精善，多留存作者自序及名家序跋，如《景宋本東山詞》存張耒序、《景宋本詳註周美成詞片玉集》有劉肅序、《景宋本稼軒詞》有門人范開序、《虛齋樂府》有趙以夫自序及黃丕烈跋兩篇、《景宋本中興以來絕妙詞選》有黃昇自序及胡德方序，可補序跋資

〔註214〕〔清〕吳昌綬、陶湘輯：《景刊宋金元明本詞・序》（上海：上海古籍出版社，2012年12月），頁2。

料之不足。並詳加校勘比對，撰題跋交代來源，如〈景宋本于湖居士樂府
敘錄〉云：

> 湘案：汲古刻《于湖詞》其初只就《花庵詞選》所載二十四首，
> 更摭四首益之，以備一家。後見全集，刪其重複，另編為兩卷以
> 續之。故次序淆亂。宣統之季，宋槧《于湖居士集》始出於盛伯
> 希祭酒家，大字精整，半葉十行，行十六字。卷三十一至三十四，
> 凡樂府四卷。袁寒雲夫人劉姌梅真所景摹也。〔註215〕

此題跋先論毛晉汲古閣刻本之特色、得失，張孝祥詞於南宋時，有單刻本
及詩文合刻本，陶湘所見版本為嘉泰元年（1201）所刻《于湖居士文集》
四十卷本中輯出樂府四卷，末有袁克文題跋云：「克文近獲宋刻《于湖居士
集》，為世間絕無之本，屬內子梅真平模樂府四卷，貽以上版，備南宋大家
之一。乙卯八月」〔註216〕對照兩題跋可知，此本原藏於藏書家盛伯希處，
至宣統年間方問世，頗精美嚴整，後入袁克文之手。袁克文（1889～1931），
字豹岑，號寒雲，為袁世凱之子，清末才士，娶劉尚文之女劉姌（1896
～？），字梅真，名門閨秀，工詩詞，熟音律，有《倦繡詞》，書法秀美，
曾景摹《于湖居士集・樂府》四卷，名家手筆，後世爭相收藏，陶湘所藏
即是名家手筆。〈景宋本詳注周美成片玉集敘錄〉亦云：「書為袁寒雲所藏，
借摹上版。」藉此亦可知陶湘與袁克文多有往來。

陶湘另於〈景宋本琴趣外篇三家敘錄〉云：

> 湘案：《四庫提要》稱「琴趣外篇宋人中如歐陽脩、黃庭堅、晁端
> 禮、葉夢得四家詞，皆有此名。並晁補之而五。」然其時所見，
> 只汲古刻補之一集。武進董大理始得毛鈔歐陽、二晁三家，伯宛
> 據以摹刻。勞巽卿曾見山谷琴趣，以篇次分標明刻卷端。辛酉歲，
> 海鹽張太史元濟始得宋槧《山谷琴趣》三卷與歐陽公《琴趣》後
> 三卷，湘假以補完。而歐公《琴趣》末葉仍有缺字，蓋毛鈔即從
> 此宋本出，蓋亦徵流傳有緒也。原本半葉十行，行十八字，寫刻
> 精整，蓋出南宋中葉。別有汪閬沅藏舊鈔趙彥端《介庵琴趣外篇》
> 六卷，朱侍郎刻入《彊村叢書》，以非原本，非能並摹。今可考者

〔註215〕〔清〕吳昌綬、陶湘輯：《景刊宋金元明本詞・景宋本于湖居士樂府敘錄》，
　　　　頁 4。
〔註216〕金啟華、張惠民、王恆展、張宇聲、王增學等編著：《唐宋詞集序跋匯編》
　　　　（臺北：臺灣商務印書館，1993 年 2 月），頁 166。

凡六家，惟《石林琴趣》未見。據《直齋解題》，石林詞亦三卷，
有江陽曹鴻注，其標題新異，意當時欲匯為總集，而蒐采名流頗
有甄擇，如非長沙百家詞，欲富其部帙，多有濫吹者比，洵宋詞
之珍秘矣。〔註217〕

就此題跋可知，陶湘留心四庫館臣觀點，篇首先述宋人詞集名為「琴趣外
編」者有五家，並詳論當時藏書家所得版本，武進董大理為董康（1867～
1947），號誦芬室主人，伯宛為吳昌綬（1867～？），勞巽卿為勞權（1818
～1861），以及張元濟（1867～1959），四人各有收藏，顯見陶湘與當時藏
書名家互有往來，商借補校而成，並判斷缺字，知該本為毛晉鈔校本。而
《直齋書錄解題》著錄曹鴻注《石林詞》三卷，名為《注琴趣外編》三卷，
陶湘言「標題新異」即指此，並多有肯定之語。此外，〈景小草齋鈔本稼軒
長短句十二卷敍錄〉云：

> 清《學部圖書館善本書目》：《稼軒長短句》十二卷，明小草齋影
> 寫大德乙亥廣信書院本，絕精，有「晉安謝氏家藏圖書」朱文大
> 方長印、「東吳毛氏藏書」朱文長印、「西河季子之印」朱文長印、
> 「平江貝氏文苑」朱文長印、「簡香曾讀」白文長印。湘案：此與
> 王氏四印齋同出一源，半葉十行，行二十字。大德原本今猶在聊
> 城楊氏海源閣，與元延祐雲間本《東坡詞》均為蕘圃舊藏。蕘圃
> 別有景摹兩本，亦歸楊氏，見於《楹書偶錄》。湘與伯宛先後十數
> 年間所未能假獲者，獨此蘇、辛二集及潘文勤舊藏《淮海長短
> 句》殘宋本，良為憾事，附記於此。〔註218〕

陶湘判別後斷定此本與王鵬運四印齋所印，同出一源，曾為黃丕烈藏書，
後由楊氏海源閣收存，陶湘與吳昌綬未得此本，實為憾事。就此題跋可知，
陶湘頗留心善本書目，此篇題跋先援引《學部圖書館善本書目》，載錄諸家
藏書印記，可供參酌。另於〈景宋本于湖先生長短句敍錄〉引瞿鏞《鐵琴
銅劍樓藏書目錄》，陶湘另下案語云：「光緒間授經大理曾於京師得傳鈔五
卷附拾遺本，據汲古所刻為補遺一卷，以寄伯宛。當時猶未見《于湖集》
宋槧。別獲舊鈔一本，亦有闕卷，後始從瞿氏摹傳此本，較傳鈔特為精整，

〔註217〕〔清〕吳昌綬、陶湘輯：《景刊宋金元明本詞・景宋本琴趣外篇三家敍
　　　　錄》，頁3。
〔註218〕〔清〕吳昌綬、陶湘輯：《景刊宋金元明本詞・景小草齋鈔本稼軒長短句
　　　　十二卷敍錄》，頁9。

足與集本互證也。」〔註219〕先交代董康曾於京師得五卷本，已就毛晉汲古閣本補遺一卷，寄予吳昌綬；而陶湘則另得闕卷舊鈔，並與傳鈔本比對，足見陶湘藏有諸多版本，選定多費心思。

此外，陶湘亦留心編纂者之身分，如〈景宋本渭南詞敍錄〉云：

> 宋本《渭南居士文集》五十卷，嘉定三年，放翁子承事郎知建康府溧陽縣主管勸農事子遹刻。所謂游字缺筆本也。子遹跋稱先太史未病時，故已編輯，凡命名及次第之旨，皆出遺意，今不敢紊。〔註220〕

現可知陸游詞版本可分兩大類：一為陳振孫《直齋書錄解題》所載長沙坊刻一卷本，今已不存；二為宋寧宗嘉定十三年（1220）陸遹刻《渭南文集》，附詞二卷於後。陶湘據「游」字避諱缺筆，斷定所見者為陸遹傳刻本，並就陸遹跋語得知，此集編纂悉遵陸游遺意。筆者實際查考陸遹跋，陶湘所引大抵吻合，唯「嘉定三年」應是「嘉定十有三年十一月壬寅」，陶氏顯有錯謬。

三、勘正毛晉，糾舉贗詞錯謬

陶湘所刻宋詞集精美，所撰題跋內容除留心版本源流，行款樣式外，亦多著錄當時名家如黃丕烈、繆荃孫、吳昌綬等人題跋；此外，特別留心糾舉毛晉汲古閣刻本之誤，如〈景宋本向子諲酒邊集敍錄〉云：

> 湘案：宋本半葉八行，行十四字。題下注雙行，字疏密不等。首江南新詞，次江北舊詞。通為一卷。有宋本、甲、毛晉私印、子晉、汲古主人毛扆之印、斧季諸印。又有「趙文敏公書卷末云」五十六字朱文大印，是汲古閣景寫最精之本。蓮林詞無別刻，六十家詞當從此出，而訛舛至多，又改題為《酒邊詞》。毛刻遇前人標題一概刪易，自屬當日編校之漏。世傳毛鈔諸本，有「斧季」印記者，皆在六十家詞刻成之後。至《汲古秘本書目》所稱「宋詞百家，元詞二十家」，亦後來編寫。今散見各種，版心有汲古閣字，鈔校精工，遠出舊刻之上。惜斧季時已無力匯刊也。毛刻有

〔註219〕〔清〕吳昌綬、陶湘輯：《景刊宋金元明本詞・景宋本于湖先生長短句敍錄》，頁9。

〔註220〕〔清〕吳昌綬、陶湘輯：《景刊宋金元明本詞・景宋本渭南詞敍錄》，頁4。

胡寅序，宋本所闕，因補存之。〔註221〕

案語先交代行款、注語、諸家藏書印記，並評價此為汲古閣影寫最精之本。但毛晉刻書多有舛誤，好刪易前人標題，皆是編校疏漏，陶湘此敘錄多就此而發。而毛扆編《汲古秘本書目》，陶湘就藏書印記判斷毛晉、毛扆本之別，並予以高下之評，並將毛刻本胡寅序補入，深具價值。又如〈景元鈔本竹山詞敘錄〉云：「湘案：此昔年藝風先生撫寄伯宛者。前有題字，四行，不著姓名。稱此稿得之於唐士牧家藏本，至正乙巳秋七月錄。末有明人題及楊五川、夢羽二印，亦士禮居舊藏。半葉十行，行二十字。其詞凡次行以下，皆低一字，特為創格。伯宛曾據以校汲古刻，訂補極多。惜輾轉迻寫，不能盡如原本耳。」〔註222〕藉此敘錄可知吳昌綬曾據此本校訂毛晉汲古閣本之誤，陶湘對此多有留心。

四、眼光細膩，賞鑑版本形式

清藏書家多見以收藏宋元舊槧為好尚者，宋版因時空疏隔，至明清愈顯貴重，而歷代藏書家把玩珍藏之際，敘錄、題跋多見賞鑑版本之語，陶湘亦多有此關注，方式大抵有四種：一為精簡評論書體，如〈景宋本鶴山先生長短句敘錄〉末兩句云：「書體古雅，獨存蜀本之舊」、〈景宋本于湖居士樂府四卷敘錄〉云：「大字精整」；二為留心行款之語，如〈景元本鳳林書院草堂詩餘敘錄〉云：

湘案：元本半葉九行，行十八字。首題「精選名儒草堂詩餘甲集，廬陵鳳林書院輯」，前有木記五行，分卷上中下，蓋元時坊肆所為，隨得隨刊，姓名標題，多不盡一。繆藝風先生昔在京師，得元刻上卷，紙墨粗率。江安傅沅叔有何夢華景鈔本，行款正同。伯宛初據以上版，閱數年，沅叔復得元刻全本，重加改補。近代古籍，日出益多，往往不經見之書，一時遂有數本，眼福足傲前賢矣。〔註223〕

〔註221〕〔清〕吳昌綬、陶湘輯：《景刊宋金元明本詞・景宋本向子諲酒邊集敘錄》，頁3。

〔註222〕〔清〕吳昌綬、陶湘輯：《景刊宋金元明本詞・景元鈔本竹山詞敘錄》，頁9。

〔註223〕〔清〕吳昌綬、陶湘輯：《景刊宋金元明本詞・景元本鳳林書院草堂詩餘敘錄》，頁8。

此題跋先交代詞集行款，留心卷次、姓名標題不一等情況。「木記」為序文後或目錄前，或各卷卷末，刻有圖記或牌記者。圖記有作鐘、鼎、爵、鬲等形者；牌記乃記刻書者之堂號或姓名，刻書年月或有或無，詳略不一。〔註224〕陶湘未詳述五行木記文字內容為何。後半留心繆荃孫、傅增湘藏本，及蒐羅、改補之情況。三為留心前人序跋，如〈景宋本稼軒詞甲乙丙集敘錄〉云：

> 湘案：《稼軒長短句》十二卷，元大德廣信書院本，王半塘給諫據以刊傳。唯僅依行款，未橅版式。明李濂刻本正同，汲古《六十家詞》亦從此出，並為四卷，而中有缺葉，故〈醜奴兒令〉、〈洞仙歌〉詞語不相聯屬，與直齋所見長沙本無涉也。近別出一本，題曰《稼軒詞》，分甲乙丙三集。甲集百十一首，乙集百十四首，丙集百七首，都三百三十二首。甲集前有淳熙戊申正月元日門人范開序。稱「暇日袞集冥搜，才逾百首，皆親得於公者。以近時流布於海內者，率多贗本，故不敢獨閟，以袪傳者之惑」。半葉十行，行十八字。景寫精善，猶仍宋刊之舊。蓋為最初之本，在長沙、信州二本以前也。〔註225〕

辛棄疾詞集名稱、版本多異，今傳宋刻本有十二卷及四卷本兩大系統，前者如《直齋書錄解題》、《百家詞》及明代李濂刻本皆是；而陶湘此本以甲乙丙丁分卷，顯然為四卷本。陶湘註明四集所收詞作數量，並援引辛棄疾門人范開序文，載明成書時間、編纂目的，就此可知甲集為范開所編，當時已有諸多贗詞流傳。

　　四為著錄諸家藏書印記，歷代藏家多鈐印圖書之舉，此風氣甚盛，詞集朱痕錯落，多名家鑑賞印記，價值更不同凡響，故題跋、敘錄多有交代，陶湘亦從流俗，如〈景宋本向子諲酒邊集敘錄〉載記毛晉鈐印「宋本」、「甲」，毛晉所藏宋本，鈐有「宋本」橢圓印，並以「甲」、「乙」分善本等級。又如〈景宋本可齋詞敘錄〉云：

> 湘案：汲古景宋本《可齋雜稿》卷三十一至三十四，《續稿》前卷七八，《續稿》後卷十一，凡七卷，亦專存其詞也。每半葉十一行，

〔註224〕屈萬里、昌彼得著、潘美月增訂：《圖書板本學要略》（臺北：文化大學華岡出版部），頁148。

〔註225〕〔清〕吳昌綬、陶湘輯：《景刊宋金元明本詞·景宋本稼軒詞甲乙丙集敘錄》，頁9。

行二十字。《續稿》前並摹寫大字序三葉，是曾伯手書。有曾伯、長孺、可齋、河內開國、侯享李氏五印。原書家刻精善，摹寫尤極工整。卷首尾有宋本、毛晉私印、子晉、汲古主人、毛扆之印、斧季、虞山毛晉、子晉書印、汲古得修緪諸印。〔註226〕

又如〈景宋本詳注周美成片玉集敘錄〉云：

文達所據宋本，光緒中在濟寧孫駕航京兆梫家。臨貴王氏四印齋別得元人所鈔無注本《清真集》二卷，曾以孫本互校，篇次字句略同，取汲古《片玉詞》輯為集外詞一卷，而未錄陳注。江安傅沅叔復從南中收勞巽卿手寫一本，亦分十卷。詞目下稍采注語，似前人所攝錄。近歲孫本散出，紙墨頗有渝損。適又出一宋槧，為黃蕘圃舊藏，精整遠過之，有「丕烈」、「蕘夫」、「士禮居」、「汪士鐘印」、「閬沅真賞」諸印。每半葉十行，行十七字，北宋詞有注者，惟此獨為完本，亦前賢未見之秘帙也。……蕘圃多收宋詞，恒以自詡。此本獨無題識，蓋其晚歲所得，故僅有印記。附識以補《百宋一廛》著錄。〔註227〕

陶湘所作敘錄，如上述兩篇皆交代行款，著錄前人序跋，並詳考流傳情況，其中又以藏書印記最受陶湘關注。藏書印形式不一、內容多元。據《明清著名藏書家‧藏書印》云：「就印文內容而言，包含姓名字號、生年行第、鄉里籍貫、家世門第、仕途經歷、愛好志趣、警語箴言等。」〔註228〕就此除隱約可見藏書家愛書心緒外，更可藉此鑑定版本，由印記姓名、印章材質及款式、印章字體、印泥用料、印色新舊等線索，有助查考藏者生存時代。但為牟利而仿印偽造加蓋者，不勝枚舉，藏書者需有見地，方可判別。陶湘投身藏、刻事業較晚，卻廣結同好，多所交流，尤以繆荃孫、吳昌綬、傅增湘三人最為密切，敘錄多次述及。綜合觀之，陶湘為一代藏書大家，能關注詞集，致力蒐集校勘，實屬難得！

〔註226〕〔清〕吳昌綬、陶湘輯：《景刊宋金元明本詞‧景宋本可齋詞敘錄》，頁5。
〔註227〕〔清〕吳昌綬、陶湘輯：《景刊宋金元明本詞‧景宋本詳注周美成片玉集敘錄》，頁8。
〔註228〕林申清編：《明清著名藏書家》（北京：北京圖書出版社，2000年10月），頁8。

第五節　清代趙萬里《校輯宋金元人詞》所撰宋詞集題跋

　　趙萬里（1905～1980），字斐雲，別號芸盦、舜盦，海寧（今浙江）人，卒於北京，為近代知名古文獻學家、目錄學家。曾任北京圖書館研究員及特藏室主任，終日沈浸於宋元舊刻、名家精鈔之中，投注畢生心力於整理文獻、編目古籍，著述面向廣泛，書目類有《北平圖書館善本書目》、《北京圖書館善本書目》；版本類有《中國印本書籍發展簡史》、《從簡牘文化說到雕版文化》、《古代的版刻》；金石類有《洛陽新出爾朱敞父子墓誌考證》；校勘類有《唐寫本文心雕龍殘卷校記》、《吳中紀聞校記》；訪書活動類有《皖南訪書記》、《南行日記》等；詞曲類則有《校輯宋金元人詞》、《關漢卿史料新得》、《散曲的歷史觀》、《舊刻元明雜劇二十七種序錄》，學養深厚，著作等身。針對趙萬里對詞壇之貢獻，陳水雲多有稱揚：

> 趙萬里是現代著名的文獻學家，對於現代詞學的貢獻也主要在文
> 獻整理上，包括對王國維《人間詞話》未刊稿的整理，對於宋金
> 元人詞的輯校，以及在教學過程中偏重詞集的版本介紹和作品考
> 證，還在其師王國維的影響下表現出偏好五代北宋詞的審美傾
> 向。特別是他在校輯宋金元人詞過程中所採用的研究態度、方法
> 和體製，對 20 世紀詞集整理影響甚大。〔註 229〕

趙萬里學術貢獻卓著，但長久以來，研究者多僅側重於追憶緬懷，或考察生平事蹟，如趙萬里長子趙深所撰〈著名版本目錄學家趙萬里小傳〉、虞坤林〈趙萬里先生活動簡表〉〔註 230〕，兩者具有年譜功能，細膩勾勒趙氏學術活動大要，本文多有參酌；或關注其學術成就，如臧其猛〈論趙萬里的輯佚學成就〉、宋文燕〈趙萬里的版本目錄學成就〉、路璐《趙萬里版本學、校勘學成就研究》。〔註 231〕臧氏一文著重探討輯佚活動、成果，並凸

〔註 229〕陳水雲撰：〈趙萬里對現代詞學文獻學的貢獻〉，收錄於《國學學刊》2014
　　　　年第 4 期，頁 135。

〔註 230〕趙深撰：〈著名版本目錄學家趙萬里小傳〉，收錄於《中國當代社會科學
　　　　家》，頁 133～138。虞坤林撰：〈趙萬里先生活動簡表〉，收錄於《出版史
　　　　料》，2006 年第 1 期，頁 104～113。

〔註 231〕臧其猛撰：〈論趙萬里的輯佚學成就〉，收錄於《徐州師範大學學報（哲學
　　　　社會科學版）》，2009 年 3 月第 35 卷第 2 期，頁 92～96；宋文燕撰：〈趙
　　　　萬里的版本目錄學成就〉，收錄於《文化研究》2012 年 11 月，頁 144～

顯出七大特點，分別為「輯佚宋詞、方志」、「體例嚴謹」、「佚文出處詳為注明」、「對互見佚文一一注出」、「對所輯佚文文字詳為校勘」、「對所輯佚文詳辨其真偽」、「於所輯佚文中的史事、典故詳為考辨、注釋」，已能關注趙萬里輯佚之精湛處，但多關注其他文類，鮮見探析詞體；宋氏所撰著重版本目錄學成就，列舉《北平圖書館善本書目》、《永樂大典》及王國維遺書整理三大面向，並藉此概括趙萬里具有「實事求是」、「既博且精」、「去偽存真」、「體例嚴謹」等特質。兩者皆篇幅短小，論析未臻全面，但已可得見趙萬里於文獻輯佚之貢獻。而路璐所撰，為學位論文，共分四章，就生平及著述、訪書及古籍整理、版本鑑定方式、校勘成就等面向，進行探析，藉此可掌握趙萬里之學術成就。關注趙萬里之詞學貢獻者，僅陳水雲〈趙萬里對現代詞學文獻學的貢獻〉一文〔註232〕，分探析「傳承師學」、「校輯宋金元人詞」、「教學與研究」三大面向，已能掌握趙萬里詞學研究大要，論其貢獻甚詳，本文多受啟發，但陳氏未能全面關注詞集題記，略有侷限，故本小節先行掌握趙萬里之學術大要，再析論宋詞集題記之特質如次。

一、求學積極，詞學淵源深厚

　　趙萬里家學淳厚，祖父趙承鼎為廩生，坐館授徒為業，趙萬里自幼濡染，誦讀四書，奠定漢學基礎；父趙澄府（又名塵俯），因家道艱難，赴上海工作，母張順媛，肩負啟蒙之責，教導趙萬里習字近千、背誦唐詩數十首。而真正學有專精，始於中學階段以後，親近碩儒俊彥，深受啟迪，學養日漸深厚，茲分述如次：

（一）親炙詞學大家，培植深厚學養

　　趙氏於 1917 年入嘉興省第二中學，受業於陸頌襄、劉毓盤門下，1921年考取南京東南大學國文系，師從吳梅，習得詞曲精髓。弱冠後經吳氏引薦，赴北京清華學校擔任清華學校國學研究院助教，受王國維沾溉，濡染嚴謹治學態度，厚植文史、戲曲、金石、版本、目錄、校勘基礎。劉毓盤、

146；路璐撰：《趙萬里版本學、校勘學成就研究》，河北大學中國古典文獻學碩士學位論文，2015 年 6 月。

〔註232〕陳水雲撰：〈趙萬里對現代詞學文獻學的貢獻〉，收錄於《國學學刊》，2014年第 4 期，頁 135～144。

吳梅、王國維於詞體皆深有造詣，趙萬里受薰陶後亦有濃厚興趣，曾於《學衡》、《大公報‧文學副刊》陸續發表詞篇，後集結成《斐雲詞錄》。

1928 年轉往北海圖書館工作，歷任中文采訪組組長、善本考訂組組長、善本部主任，受著名文物鑑定家、目錄版本學家徐鴻寶悉心開導，學術能力多有精進，並開啟圖書館之緣長達五十餘年；自 1929 年 9 月於北京大學講學，後陸續赴清華大學、中法大學、輔仁大學，開授中國史料目錄學、目錄學、校勘學、版本學、中國雕版史、中國戲曲史、中國俗文學史、詞史等課程，版本學更獲譽為絕學。並自編《詞概》、《詞學通論》，已由北京大學出版，為詞學課程講義，範圍以唐五代至清代，以時代分先後，著重詞學發展歷程，多涉及詞集版本，論詞家見解精闢，另有兩章探討詞韻、詞律，書後附有詞學參考書目，藉此可窺見趙萬里之詞學涵養。

（二）尋訪古籍珍本，開拓不凡視野

趙萬里畢生用功於古籍編整、文獻考證工作，勤於訪求、紀錄。據路璐《趙萬里版本學、校勘學成就研究》可知，曾親赴上海涵芬樓、寧波范氏天一閣、常熟瞿氏鐵琴銅劍樓、及盧文弨抱經樓、海寧蔣氏衍芬草堂等地訪書，並與張元濟、鄭振鐸等藏書家往來甚密，藉此得見諸多珍本古籍。且多能隨筆紀錄，除關注行款、序跋、刻工外，亦頗留心諸家書目未見著錄者。曾撰寫《舜庵經眼書錄》、《芸庵群書經眼錄》、《海源閣遺書經眼錄》、《上海涵芬館藏書經眼錄》、《南京國學圖書館藏書經眼錄》、《浙江省立圖書館藏書經眼錄》、《吳縣吳氏百嘉室藏書經眼錄》、《平湖葛氏守先閣藏書經眼錄》、《宋元刻本寫本經眼錄》、《明清刻本鈔本經眼錄》等，並遠赴皖、浙、閩地進行圖書調查。而趙萬里藏書亦頗多名家珍本，曾收得常熟瞿鏞鐵琴銅劍樓、無錫丁丙、翁同龢後人部分藏書；此外，亦居中安排傅增湘、周叔弢、謝國楨藏書入北京圖書館，後名家陸續捐贈，館藏圖書數量大增。另受官方委任赴港澳購置古籍，見黃丕烈、鮑廷博善本，也仔細鑑定後購回。藉此可知，趙萬里經眼無數善本古籍，細加檢視、紀錄，識見自非常人可比。

（三）致力古籍編整，體例嚴密翔實

趙萬里重視古籍目錄，編北京圖書館善本書目四卷，並實際參與輯佚《永樂大典》，設法蒐集當時尚見存者，或收購，或傳鈔，或經由館際交換，

或透過微縮複製，使北京圖書館藏有各類《永樂大典》殘存本，並陸續著手編製引用書卡片索引，展開輯佚工作，以此為基礎，編成《校輯宋金元人詞》、《元一統志》、《析津志》等書籍。趙萬里尋訪古籍珍本，亦多關注詞集藏錄情況，就此輯出諸多宋元詞集，並陸續以「宋詞搜逸」之名發表於《北平北海圖書館月刊》。胡適序肯定此集材料繁多，及方法、體例之嚴謹云：

> 萬里先生此書，每詞註明引用的原書，往往一首詞之下註明六、
> 七種來源，有時竟列舉十二、三種來源，每書又各註明卷數。這
> 種不避煩細的精神，是最可敬又可用的。〔註233〕

胡適歸納《校輯宋金元人詞》具有五大特色，除大規模採用輯佚法外，另詳舉出處，方便讀者覆校原書；更逐一標明各本異文，考校可疑詞篇；且王鵬運、朱祖謀諸家皆不加句讀，趙萬里採詞譜之例，用點表示逗、頓，用圈標示韻腳；而可疑詞篇列為附錄，胡適肯定詳加考校之功，據此可見趙萬里致力輯佚鉤沉。《校輯宋金元人詞・例言》亦云：

> 有異文則夾注於行間，可以覘諸書因襲之跡。《詞綜》《歷代詩
> 餘》、《詞譜》均不無臆改處，然亦有所本，非詳校不易知也。

> 凡贋作或前人誤題，悉入卷後附錄，低一格書之，並詳為疏證，
> 以免無徵不信。〔註234〕

趙萬里校勘古籍特重視文字異同，故將異文以小字標注於行間。筆者實際翻查《校輯宋金元人詞》，異文數量繁多，大抵可歸納幾大原因：一為形體相近而異者，如李清照《漱玉詞・慶清朝慢》第二句「彤欄巧護」末字下注「《歷代詩餘》作『雕』」、下片第五句「綺筵散日」末字下注「《詩餘》作『目』」〔註235〕；二為詞義相近而異，如沈會宗《沈文伯詞・訴衷情》上片第二句「一徑碧梧」末字下注「《花草粹編》作『桐』」；一為音韻相近而異者，如曹組《箕穎詞・如夢令》第七句「風動一枝花影」第二字下注「《歷代詩餘》作『弄』」；晁沖之《晁叔用詞・上林春》上片首句「帽落宮花」第三字下注「《詞律》作『空』」；王觀《冠柳詞・蘇幕遮》上片末句「驀

〔註233〕〔清〕趙萬里輯：《校輯宋金元人詞》（北京：國家圖書館出版社，2013年8月），上冊，頁10。

〔註234〕〔清〕趙萬里輯：《校輯宋金元人詞・例言》，上冊，頁15～16。

〔註235〕〔清〕趙萬里輯：《校輯宋金元人詞・漱玉詞》，上冊，頁308。

驀如天外」首兩字下注「《歷代詩餘》作『脈脈』」。〔註236〕上述情況最為繁多。

　　而脫文、衍字、倒文亦頗常見，原因複雜，趙萬里逐一比對、標注。「脫文」指古籍流傳中的文字脫漏現象，如《舒學士詞・浣溪沙》第五首首句四字不明，趙萬里注云：「《四庫全書》本《樂府雅詞》作『白鷺飛飛』、劉輯本作『一路垂楊』」；《漱玉詞・青玉案》第二句「莫便匆匆歸」，下注云：「《翰墨大全》脫『歸』字」；「衍字」指古籍流傳所增加的字，如《了齋詞・蝶戀花》第二句「滿頷髭鬚」首字下注「漁隱衍『頸』字，據《總龜》、《詞品》刪」〔註237〕；「倒文」指古籍中文字倒置情況，則如万俟詠《大聲集・紅林擒近》下片第五句「對山前」，趙萬里注云：「《片玉集》作『前山』」。〔註238〕

　　趙萬里《校輯宋金元人詞》時，不妄下判斷，存疑、辨偽之作皆列於附錄，其中又以《漱玉詞》最為複雜，〈附錄一存疑〉共列九首，如〈點絳唇〉（蹴罷秋千）一詞，案語云：「詞意淺薄不似他作，未知升庵何據」、〈減字木蘭花〉（賣花擔上）一詞，案語云：「詞意淺顯，亦不似他作」、〈采桑子〉（晚來一陣風兼雨）一詞，案語云：「上闋詞意僞薄，不似他作，未知升庵何據。王鵬運云『不類易安手筆』」〔註239〕……；〈附錄二辨偽〉共列八首，如〈玉燭新〉（溪源新蠟後見幾）一詞，案語云：「此周邦彥詞，見《片玉詞》，今本《梅苑》誤作李詞，疑出後人竄改」、〈如夢令〉（誰伴明窗獨坐）一詞，案語云：「此向鎬《樂齋詞》、《詞統》以為李作失之」。〔註240〕藉此可知，趙萬里細心比對，標註文字歧異之處，尤以《漱玉詞》大小文字錯落其間，足見用功之勤，態度甚是嚴謹。

　　趙萬里校勘之際多撰寫題記，屬宋詞集之題記者，《校輯宋金元人詞》中已可蒐得 41 篇，另於《館藏善本書提要》輯得《典雅詞》、《東坡詞》、《友古詞》、《稼軒詞》4 篇，其他單行本則有〈跋向鎬樂齋詞〉、〈元大德刻稼軒長短句跋〉、〈元延佑刻東坡樂府跋〉、〈宋刻淮海居士長短句跋〉4 篇，共計 49 篇，就此可見趙萬里校勘宋詞集之用心，茲就其特質探析如次：

〔註236〕〔清〕趙萬里輯：《校輯宋金元人詞・冠柳詞》，上冊，頁 185、128。
〔註237〕〔清〕趙萬里輯：《校輯宋金元人詞・了齋詞》，上冊，頁 240。
〔註238〕〔清〕趙萬里輯：《校輯宋金元人詞・大聲集》，上冊，頁 181。
〔註239〕〔清〕趙萬里輯：《校輯宋金元人詞・漱玉詞》，上冊，頁 310～312。
〔註240〕〔清〕趙萬里輯：《校輯宋金元人詞・漱玉詞》，上冊，頁 314。

二、去取有道，廣泛蒐集佚詞

　　趙萬里校書、輯佚廣采眾本，引用書目多達 129 種，大致可區分為七大類：一為詞集叢編本，如《唐宋名賢百家詞》、《宋名家詞》、《典雅詞》、《四印齋所刻詞》、《彊村叢書》等；二為詞選集，如《樂府雅詞》、《梅苑》、《花庵詞選》、《陽春白雪》、《類編草堂詩餘》、《花草粹編》、《歷代詩餘》、《閩詞鈔》；三為各家別集，如《牧齋文集》、《侯鯖錄》、《曝書亭集》；四為史書及地方志，如《宋史》、《南唐書》、《高麗史》、《景定健康志》、《咸淳毗陵志》等；五為宋人詞話、筆記《碧雞漫志》、《詞源》、《能改齋漫錄》、《貴耳集》、《齊東野語》；六為書目，如《直齋書錄解題》、《文淵閣書目》、《千頃堂書目》、《也是園書目》；七為詞律、詞譜，如《詩餘圖譜》、《欽定詞譜》等；七為小說、話本，如《京本通俗小說》、《警世通言》、《說郛》等。就此歸納可知來源甚為廣泛，使輯佚、校勘言而有據。

　　題記所引書目數量繁多，用處大抵有二：一為考訂詞集內容、詞人生平，如《冠柳詞》援引《花庵詞選》所載前人序稱此集高於柳永詞，故名「冠柳」；引《能改齋漫錄》、《直齋書錄解題》「觀，又號逐客」，知與《遂出堂書目》著錄之王逐克詞合；另糾舉《耆舊續聞》誤記，及採納楊慎《詞品》之說。二為交代輯得佚詞之處，趙萬里所撰宋詞集題記，少數僅註明輯得數量，未明言輯自何處，如《寶月集・題記》云：「今覆檢群書，僅得三十首」〔註241〕，其餘多詳細交代出處，筆者逐一考察後，製表如次：

附表：《校輯宋金元人詞》題記所載輯佚詞出處

	作　者	出　　　　　處	數量	頁　碼
柯山詩餘	張　耒	樂府雅詞、梅苑、能改齋漫錄、古今詞統	6 首	上，55
聊復集	趙令時	樂府雅詞、花庵詞選、侯鯖錄	12 首	上，95
晁叔用詞	晁沖之	樂府雅詞、全芳備祖、苕溪漁隱叢話、花草粹編	16 首	上，119
○嘔集	田　為	花庵詞選、陽春白雪	6 首	上，159
赤城集	陳　克	宋明選集、咸淳毗陵志、永樂大典	1 卷	上，205

〔註241〕〔清〕趙萬里輯：《校輯宋金元人詞・寶月集》，上冊，頁141。

盧溪詞	王庭珪	花庵詞選、歷代詩餘、欽定詞譜	未明	上，255
順受老人詞	吳禮之	花庵詞選、翰墨大全	1卷	上，441
鶴林詞	劉光祖	花庵詞選、翰墨大全	1卷	上，451
江湖長翁詞	陳　造	永樂大典	3首	上，497
篔窗詞	劉子寰	花庵詞選、全芳備祖、翰墨大全	19首	下，9
臞軒詩餘	王　邁	永樂大典	7首	下，19
拙軒詞	張　侃	永樂大典	4首	下，31
郢莊詞	万俟紹之	永樂大典	4首	下，55
羣賢梅苑	黃大輿	永樂大典、花草粹編	18首	下，355
時賢本事曲子集	楊元素	苕溪漁隱叢話、敬齋古今黈	4則	下，371

就上述表格可知，趙萬里輯佚來源甚廣，大量輯自《樂府雅詞》、《梅苑》、
《花庵詞選》、《陽春白雪》、《花草粹編》、《古今詞統》等詞選，以及《能
改齋漫錄》、《苕溪漁隱叢話》等詞話、詩話。如《柯山詩餘・題記》云：「茲
於《樂府雅詞》、《梅苑》、《能改齋漫錄》諸書輯得六首，至《詞統》所引
〈阿那曲荷花詞〉則七言絕句體，未敢攔入」〔註242〕。此外，亦兼採《咸
淳毗陵志》、《全芳備祖》、《翰墨大全》等古籍，如《赤城集》、《篔窗詞》
兩題記云：

> 茲據宋明以來選集，及《咸淳毗陵志》、《永樂大典》諸書，輯為
> 一卷。

> 茲據《花庵詞選》、《全芳備祖》、《翰墨大全》補之，尚得十有九
> 首。

《咸淳毗陵志》三十卷，由宋代咸淳四年（1267）常州知州史能之主纂。「毗
陵」為古地名，是春秋時期吳季禮封地延陵邑，今屬江蘇常州。此志主要
記載春秋時期至南宋咸淳年間，為僅存十餘種宋修府志書之一、最早的常
州地方志。保存諸多原始史料，體例賅備，深具學術價值。《全芳備祖》五
十八卷，為譜錄類書，宋人陳景沂編纂。書中薈萃諸百種植物，分前集二
十七卷，為花部，分記各種花卉一百二十種左右；後集三十一卷，分為七
部分，計九卷記果、三卷記卉、一卷記草、五卷記木、三卷記農桑、五卷

〔註242〕〔清〕趙萬里輯：《校輯宋金元人詞・柯山詩餘》，上冊，頁55。

記蔬、四卷記藥，著錄植物一百五十餘種。各植物下又分三大部分：一是「事實祖」，下分碎錄、紀要、雜著三目，輯錄各類文獻資料；一是「賦詠祖」，收集有關詩詞歌賦；一是「樂府祖」，收錄有關詞作近千首，分別以詞牌標目，趙萬里曾見舊鈔本五種，逐一比對會校。《翰墨大全》一百二十五卷，為宋人劉應李撰，祝穆《事文類聚》體例，分二十五門類，採摭甚博。又如《時賢本事曲子集·題記》提及《苕溪漁隱叢話》、《敬齋古今黈》〔註243〕云：

> 新會梁先生（啟超）記《時賢本事曲子集》一文，考之詳矣。顧所輯佚文，僅歐陽近體樂府東坡詞中五事。余續於《苕溪漁隱叢話》、《敬齋古今黈》搜得四事，為梁氏所未見，合為一卷，以見此最古之詞話。〔註244〕

《苕溪漁隱叢話》為南宋·胡仔所撰詩話，分《前集》60 卷與《後集》40 卷，凡 100 卷，共列 100 多位詩人，依詩人代排序，上起國風，下至南宋初年。此書大量引用宋人詩話，如《石林詩話》、《冷齋夜話》、《西清詩話》、《蔡寬夫詩話》、《漫叟詩話》、《後山詩話》等，為宋詩話集大成者。其中所記唐人以杜甫，宋人以蘇軾，最為詳盡，趙萬里據此增補之。而《敬齋古今黈》，為元·李治之讀書筆記，共四十卷。原書久佚，由《永樂大典》中采掇而出，雖未臻全面，仍可見其崖略，《四庫全書總目·敬齋古今黈提要》云：「皆訂正舊文，以考證佐其議論，詞鋒駿利，博辨不窮。」〔註245〕趙萬里能見此書，亦是立足於輯佚《永樂大典》之基礎上。而《校輯宋金元人詞》又以輯自類書《永樂大典》者最為繁多。如蔡枏《浩歌集·題記》云：

> 宋時有長沙書肆百家詞本，《永樂大典》引之，知明初尚存。考大典殘帙所引宋人詞，見於長沙本百家詞者，此外尚有張孝忠《野逸堂詞》，僅於粧字韻搜得一首，附見於後，以諗讀者。〔註246〕

或如陳造《江湖長翁詞·題記》並未著錄於《宋史·藝文志》，趙萬里彙輯《永樂大典》所引詩餘，藉此以備宋詞一格，題記云：「生平所見大典殘帙，

〔註243〕《敬齋古今黈》，「黈」音去又ˇ，增益也。
〔註244〕〔清〕趙萬里輯：《校輯宋金元人詞·時賢本事曲子集》，下冊，頁371。
〔註245〕〔清〕永瑢、紀昀等撰：《四庫全書總目·敬齋古今黈提要》（臺北：臺灣商務印書館，1983 年 10 月），卷 122。
〔註246〕〔清〕趙萬里輯：《校輯宋金元人詞·浩歌集》，上冊，頁 199。

合南北公私藏家計之約及百二十冊,然所得僅此,他日續有所見,當賡續刊之。」〔註247〕《永樂大典》纂輯於明代永樂年間,全書近23000卷,一萬一千餘冊,卷帙浩繁,體製宏偉,為中國學術史上最大型類書。編撰宗旨為「凡書契以來經史子集百家之書,至於天文、地誌、陰陽、醫卜、僧道、技藝之言,備輯為一書,毋厭浩繁!」〔註248〕所收不乏宋元舊本,可惜於兵燹紛擾之際,不斷佚失,乾隆年間,四庫館臣已從《永樂大典》輯出大量佚書,繆荃孫則撰有《永樂大典考》,趙萬里對此更是不遺餘力,計有《赤城集》、《江湖長翁詞》、《臞軒詩餘》、《拙軒詞》、《郢莊詞》《羣賢梅苑》等輯自《永樂大典》。於題記可窺見蒐羅過程,如《臞軒詩餘・題記》云:

> 大典本王邁《臞軒集》卷十六載詩餘五首,歸安朱氏校勘叢書時
> 即據以錄入,又附錄五首為大典本所未載。余以《花庵詞選》、《翰
> 墨大全》考之,知前四首從《花庵》出,後一首從大全輯也。然
> 大全所載為朱本失收者,尚得七首。因重為寫定,並詳加覘校,
> 以備宋詞一格。〔註249〕

此題記可見趙萬里留心朱祖謀輯佚情況,另參酌《花庵詞選》、《翰墨大全》知其出處,可見趙萬里不僅輯佚材料多元,博采群書,詳考古籍,並另由《永樂大典》再輯出七首,不因前人陳說而自我設限,態度嚴謹。其《校輯宋金元人詞・序》自詡云:「因詳著宋世湘、浙、閩各地刊詞始末以弁其首,俾世人知彙刻宋人樂章以長沙《百家詞》始,至余此編乃告一段落。」〔註250〕,可想見自得之情。

三、鑑賞版本,細膩比對校勘

趙萬里鑑定版本,著重各本相互參證,藉此辨別真偽。先行梳理當時尚存詞集版本源流,並就卷帙、詞篇數量一一細加查核。多留心清代以來藏書家所藏版本,如《靜春詞・題記》留心康熙年間朱彝尊所見,《詞綜》收錄之兩首詞;鮑廷博知不足齋藏四卷本,乃八卷本佚失其半,及黃丕烈

〔註247〕〔清〕趙萬里輯:《校輯宋金元人詞・江湖長翁詞》,上冊,頁497。
〔註248〕〔清〕永瑢、紀昀等撰:《四庫全書總目・敬齋古今黈提要》(臺北:臺灣商務印書館,1983年10月),卷137。
〔註249〕〔清〕趙萬里輯:《校輯宋金元人詞・臞軒詩餘》,下冊,頁19。
〔註250〕〔清〕趙萬里輯:《校輯宋金元人詞・序》,上冊,頁8。

舊藏四卷鈔本。或如《篋嶹詞‧題記》提及，繆荃孫舊藏《典雅詞》本《篋嶹詞》僅存中間一葉，前後俱殘脫；陸心源《皕宋樓藏書志》載汲古閣影宋本。而〈元延祐刻東坡樂府跋〉云：

> 元延祐七年葉曾雲間南阜草堂刻本《東坡樂府》，為今日所見坡詞最古刻本。迭經黃丕烈士禮居、汪士鐘藝芸精舍、楊紹和海源閣收藏。〔註251〕

題跋留心此本遞轉於諸藏書家之手，可視為圖書收藏簡史，趙萬里重視諸家藏本，就可見一斑。就趙萬里題記，亦可知詳考詞集源流，確立定本為要事，如辨析《稼軒詞》版本云：

> 辛稼軒詞，自宋迄元版刻可考者，得三本焉：一曰長沙坊刻一卷本，今已無傳，見《直齋書錄解題》；二曰信州刻十二卷本，《直齋書錄解題》、《宋史‧藝文志》並著於錄，傳世有元大德己亥廣信書院刊本，此本流傳最廣；明嘉靖間大梁李濂重刻之，毛晉汲古閣再刻之，毛本雖並併為四卷，然其章次與信州本合，其沿誤與李本同，蓋即自李本出，非真見原本也。《劉須溪集》載辛棄疾詞序，稱宜春張清則取稼軒詞刻之，是宋末又有宜春張氏刻本。宜春於宋屬袁州，或與信州本相近。三曰四卷本，馬端臨《文獻通考》著於錄，天津圖書館藏吳文恪《四朝名賢詞》本以甲乙丙丁分卷，較信州本互有出入，蓋即《通考》所云之四卷本。武進陶湘據影宋殘本刊入叢書中，而缺其丁集。今吳本丁集獨完，辛詞四卷本殆以此為碩果矣。余嘗據《花庵詞選》、《陽春白雪》、《全芳備祖》、《草堂詩餘》諸書所引以校四卷本及信州本。凡異於信州本者，大多與四卷本合，且所載亦罕出四卷本外，足徵四卷本乃當時流通本，而信州本為晚出無可疑也。然辛詞除此三本外，恐尚有他本。〔註252〕

足見流傳《稼軒詞》卷數多有參差，趙萬里細加歸納，並比較其異同。舉出《稼軒詞》版本流傳有長沙刻一卷本、元大德廣信書院刻本、四卷本，並詳考《直齋書錄解題》、《宋史‧藝文志》著錄情況，再根據《花庵詞選》、《陽春白雪》、《全芳備祖》、《草堂詩餘》為校勘基礎，辨別諸本參差之處，

〔註251〕〔清〕趙萬里撰：《趙萬里文集》第 2 卷，頁 314。
〔註252〕〔清〕趙萬里輯：《校輯宋金元人詞‧稼軒詞》，上冊，頁 355～356。

四卷本為甲乙丙丁分卷，為當時通行本。又云：

> 法式善自《永樂大典》錄出佚詞，除〈洞仙歌〉為葉丞相壽一首，
> 已載信州本第六卷四卷甲集；〈鷓鴣天〉二首為朱希真詞外，餘皆
> 見於四卷本者。僅〈菩薩蠻・稼軒日向兒曹說〉、〈南鄉子・贈妓〉、
> 〈唐多令・淑景〉、〈鬧清明・踏歌〉、〈鵲橋仙・送粉卿行〉等五
> 首；其他〈生查子〉等二十八首，諸本俱未載。設大典所引非誣，
> 辛詞必尚有他刻。〔註253〕

法式善（1753～1813），烏爾濟氏，本名運昌，蒙古正黃旗人，撰〈稼軒集
鈔存序〉與辛啟泰交遊頗深，議論古今，心中牽掛辛棄疾著作散佚，故
法式善於《播芳大全文粹》、《鐵網珊瑚》、各郡縣志、宋人詩話諸書輯錄，
錄得稼軒詩文十餘首。嘉慶十六年（1811）江西萬載辛啟泰刊刻《稼軒集
鈔存》，附詞刻之，另有《辛稼軒年譜》，輯佚詩文詞及考證編年生平事
蹟甚詳，奠定研究基礎，自序一篇，復請法氏善為序。釐清版本源流後，
趙萬里更細心校勘，又發現法式善從《永樂大典》輯出之佚詞，〈菩薩蠻〉
五首出自四卷本，其餘二十八首皆四卷本未載，藉此認為辛詞必定另有
他本。

　　而審定刊刻底本，必須細加校讎比對，對此趙萬里亦頗具個人獨到觀
點，如劉仙倫《招山樂章・題記》云：「招山事蹟無考，陳氏《兩宋名賢小
集》有《招山小集》，獨詞集無傳。今於《花庵詞選》、《絕妙好詞》外，又
於《翰墨大典》搜得七首，傳世招山詞，殆盡於此。」〔註254〕對自身輯佚
功力，頗為自得。而李清照為一代才女，詞篇傳頌千古，膾炙人口，生平
事蹟卻罕見載錄，詞集版本更是散佚缺漏，流傳複雜，故趙萬里詳加校定，
於《漱玉詞・題記》云：

> 《漱玉詞》舊本分卷多寡頗不一，《直齋書錄解題》作一卷，《花
> 庵詞選》作三卷，《宋史・藝文志》作六卷，然元以後無一存者，
> 今所見虞山毛氏《詩詞雜組》本、臨桂王氏四印齋本，俱非宋
> 世之舊。毛本自云據洪武三年鈔本入錄，……後入錄《四庫全
> 書》；光緒年間臨桂王氏校刻宋元人詞，始以《樂府雅詞》所載二
> 十三首為主，旁搜宋明選本說部又得二十七首，都為一集，視

〔註253〕〔清〕趙萬里輯：《校輯宋金元人詞・稼軒詞》，上冊，頁355～356。
〔註254〕〔清〕趙萬里輯：《校輯宋金元人詞・招山樂章》，上冊，頁402。

> 毛本加詳，然真贗雜出，亦與毛本若；且於《古今詞統》、《歷代
> 詩餘》所引，亦深信不疑，又不注所出，讀之令人如墜五里霧
> 中。〔註255〕

趙萬里翻檢後，知南宋《直齋書錄解題》著錄長沙坊刻本一卷，黃昇《唐宋諸賢絕妙詞選》卷十提及《漱玉詞》三卷，《宋史·藝文志》載《易安詞》六卷，今俱失傳。趙氏未留意《直齋書錄解題·漱玉詞》下注云：「別本分五卷」，稍有疏漏，可見南宋時《漱玉詞》已有一卷、三卷、五卷、六卷等諸多版本，卷帙多異。並考察毛晉汲古閣未刊本、《四庫全書》及王鵬運四印齋刻本，並糾舉「真贗雜出」之弊。故趙萬里撰《兩宋樂府考》時，逐條列出引李清照詞之處，詳加校定，並將前人誤引、誤收列入附錄，題記末結又云：「雖不敢謂為一無舛誤，然視毛、王二本，似較勝一籌。」足見對此輯佚、校勘結果，甚是滿意，又云：

> 屬稿既半，忽見近人有《漱玉詞》輯本，較王本尤蕪雜，其於《草
> 堂詩餘》、《梅苑》所載凡他首不注撰人者，悉加採入。於是李詞
> 又憑空增入數十首，蓋《漱玉詞》至此，直體無完膚矣！因出余
> 斠本入校輯宋金元詞中刊之，俾世人知余所輯，殆別具用心，固
> 非圖與時人爭一時之短長也。〔註256〕

題記後半又得近人輯本，隨意採錄詞選中無名氏之作，足見李清照詞集詞作數量蕪雜，更可窺見諸家關注於此，趙萬里自明心跡，用心良苦。又如〈淮海居士長短句跋〉云：

> 《淮海居士長短句》三卷，附刻宋本《淮海集》後。集後以諱字
> 及刊工筆勢觀之，當係道乾中浙中刊本。〔註257〕

清代藏書家致力蒐羅珍本古籍，鑑定版本自有法則，除留心版心魚尾下刻工名外，另詳考版式、避諱、字體、藏書印記、紙墨，趙萬里亦熟稔於此，藉此判定版本源頭。更詳讀古書原有序跋，如《東坡樂府》二卷本著錄曾慥跋，趙萬里藉此斷定東坡詞有南宋曾慥刻本，而所見為明代吳訥《四朝名賢詞》本，並試圖解釋《樂府雅詞》未收東坡詞之因，認為汲古、四印齋、彊村三版本各有所長，汲古本自紹興間曾慥輯出，妄加刪補，大加芟

〔註255〕〔清〕趙萬里輯：《校輯宋金元人詞·漱玉詞》，上冊，頁290。
〔註256〕〔清〕趙萬里輯：《校輯宋金元人詞·漱玉詞》，上冊，頁290。
〔註257〕施蟄存主編：《詞籍序跋萃編》（北京：中國社會科學出版社，1994年12月），頁77。

除題序；四印齋出自元祐本，與曾慥參差；彊村本採詩集編年本，徵引不富，未為精到。足見鑑定版本洵非易事，趙萬里力求精確，詳細耙梳版本源流、辨別真偽，並評比諸家藏本之優劣得失，真知灼見，諸多宋詞集版本流傳軌跡，至此更為明朗。

四、追尋真理，關注師長學說

唐圭璋云：「他對詞學之貢獻尤鉅，繼承先修，啟迪後學，實事求是，多所發明，開一代之風氣，為學術之典範。」〔註258〕趙萬里師從詞學名家，立足巨人肩上，結合目錄版本素養，所論多有見地。曾著手整理王國維遺稿，如《王靜安先生著述目錄》、《王觀堂先生校本批本書目》、《人間詞話未刊稿》、《唐五代二十一家詞集》、《海寧王靜安先生遺書》等，另包括批校詞集與詞學著作。〔註259〕並推崇王國維少時治泰西哲學，中年治通俗文學，後即治金石、輿地、目錄、經史諸學，孜孜兀兀，未曾稍廢。認為王氏立說精審、創解新穎，為「近世諸家之冠」、「三百年來學者實無出其右者」〔註260〕對王國維論詞之說，多有關注，如《聊復集・題記》引王國維之說云：「商調〈蝶戀花〉十二首，詠鶯鶯故事，與曾布〈水調歌頭〉詠馮燕事，董穎道〈宮薄媚〉詠西施事，體製相似。惟曾董所作為大曲，故曲外無敘事之文。德麟則置本事於曲前，以首闋起末闋結之。觀堂先生以為視後世戲曲之格律，幾於具體而微，其說良是。」〔註261〕原文提及王國維，未直呼其名，挪抬書寫且稱「先生」，可見推尊之意。

趙萬里針對前人錯謬，多所糾舉，如《順庵樂府・題記》云：「明寫本《說郛》引康與之《昨夢錄》注云：『與之，字叔聞，號退軒老人』既字叔聞，又字伯可，不應同是一人。《四庫提要》混為一談，非是。」〔註262〕明言糾舉四庫館臣錯謬之處。又如《舒學士詞・題記》云：

江山劉毓盤先生嘗云：於范氏天一閣見舒學士集十卷，錄其詞一

〔註258〕唐圭璋撰：〈趙萬里對詞學之貢獻〉，收錄於《詞學論叢》（上海：上海古籍出版社，1986 年），頁 699。

〔註259〕陳水雲撰：〈趙萬里對現代詞學文獻學的貢獻〉，收錄於《國學學刊》，2014年第 4 期，頁 135。

〔註260〕〔清〕趙萬里撰：《王靜安先生之考證學》，收錄於《趙萬里文集》第 1 卷，頁 148。

〔註261〕〔清〕趙萬里輯：《校輯宋金元人詞・聊復集》，上冊，頁 96。

〔註262〕〔清〕趙萬里輯：《校輯宋金元人詞・順庵樂府》，上冊，頁 329。

卷，校以雅詞多〈醉花陰〉（送陸宣德）一首，此說也余頗疑之。案陸宣德一詞，始見於《梅苑》與月幌風簾一首銜接，不注撰人。《歷代詩餘》誤以為舒作，不圖與天一閣本適合。以《梅苑》原文校之，文字又不盡同，此不可解也。檢阮元天一閣書目及薛福成天一閣見存書目，均未見有舒學士集，果范氏藏書有出於目外者耶？意劉君篤老著書，其所稱引，或有出於記憶，所謂天一閣本者，非依託即誤記也。附書於此，以質世之博雅君子。〔註263〕

劉毓盤（1867～1927），字子庚，號椒禽，為劉履芬之子。早年師從譚獻，精善詩詞，光緒二十三年（1897）登貢榜，民國後執教於浙江第一師範、北京大學國文系，主講詞史、詞曲學、中國詩文名著選等課程，化育菁莪無數。劉氏〈輯校舒學士詞跋〉交代曾見天一閣《舒學士集》十卷，錄詞一卷，並取《樂府雅詞》對校，認為多出〈醉花陰〉一首。對此趙萬里心生疑竇，詳考《梅苑》、《歷代詩餘》及天一閣書目及天一閣見存書目，發現劉氏所言仍有待商榷。在趙萬里《校輯宋金元人詞》之前，劉毓盤、王國維已分別有《唐五代遼宋金元名家詞輯》、《唐五代二十一家詞輯》，皆有輯佚與校記，趙氏對此體例多有承繼。但針對劉氏之疏漏亦多有考察，分別為「材料之少」、「真偽不分」、「校勘不精」、「出處不明」等問題，充分彰顯趙氏不墨守師說，勇於提出商榷。

五、重視小家，鑑賞詞人詞作

趙萬里輯佚詞集之成就，具體呈顯於《校輯宋金元詞人》中，收詞人七十家，詞一千五百餘首，亦頗關心名聲不顯者，特別詳考其生平事蹟，如《冠柳詞‧題記》云：「《花庵詞選》云：『序者稱其高於柳詞，故名冠柳』，《能改齋漫錄》、《直齋書錄解題》均云：『觀又號逐客』，與《遂初堂書目》著錄之王逐客詞合。然《耆舊續聞》則以逐客屬之王仲甫，蓋誤記也。《詞品》云：『王通叟詞十三女子綠窗中，今未見稱引』，知其散佚多矣。」〔註264〕交代詞集名稱由來、詳考詞人身分。如《大聲集‧題記》關注万俟詠生平，並詳考周邦彥提舉大晟府之事。又如《了齋詞‧題記》云：「了齋事蹟，則有元季裔孫陳宣子所輯年譜在，可與《東都事略》、《名臣

〔註263〕〔清〕趙萬里輯：《校輯宋金元人詞‧舒學士詞》，上冊，頁68。
〔註264〕〔清〕趙萬里輯：《校輯宋金元人詞‧冠柳詞》，上冊，頁129～130。

言行錄》、《宋史》本傳互證也。」〔註265〕趙萬里下案語交代此年譜見《永樂大典》卷 3143、3144 陳字韻，皆可提供研究詞人生平參酌。又如《古洲詞・題記》云：

> 馬子嚴，建安人，《八閩通志・建寧府・人物志》失載，故事蹟無考。觀集中「金陵懷古」詞（〈卜算子慢〉）詠瓊花諸作；及《詩人玉屑》所引烏林行古風，知其足跡殆及大江南北；《宋史・藝文志》載《岳陽志》二卷，則古洲或嘗宦於湘矣。〔註266〕

宋人馬子嚴（生卒年不詳），趙萬里詳考《八閩通志・建寧府・人物志》未得，故由詞人詞作入手，以〈卜算子慢〉、《詩人玉屑》及《宋史・藝文志》載馬氏所作《岳陽志》二卷，考其足跡，雖不免推測之語，但確實較為可信。另《中齋詞・題記》云：

> 中齋宋亡後不仕，卒後程文海以詩挽之曰：「中齋吾所愛，一別幾飛螢。栗里藏名字，歐鄉有典型。龍蛇那起起，鴻雁已冥冥。淚眼河汾述，猶占處士星」可以見中齋之為人矣。宋末盧陵多隱君子，就詞人論劉將孫《養吾齋集》〈八聲甘州〉、〈踏莎行〉與《中齋》〈唐多令〉、〈滿江紅〉，可稱異曲同工，故國之思，溢於言表。獨惜《中齋集》久佚，無由考見其行事為可憾耳。〔註267〕

鄧剡（1232～1303），字光荐、中甫，號中齋，盧陵（今江西）人。為宋理宗景定三年（1262）進士，江萬里屢薦不仕，從文天祥募兵，兵敗被擄，後因病放還。詩文俱佳，詞多記亡國痛楚。趙萬里另著錄《程雪樓文集》卷二十八所載挽詩，藉此可見詞人風采，及後人仰慕之情。鄧氏詞散失不傳，本無從窺見其特質，故趙萬不僅苦心輯得十二首，題記更舉劉將孫兩詞相比，俾便讀者掌握。劉將孫（1257～ ？），字尚友，為劉辰翁之子，事蹟見《新元史》，著《養吾齋集》四十卷，今已不存，詞僅存十三首，後人多以〈沁園春〉（大橋名清江橋）一詞為其代表作，趙氏另舉〈八聲甘州〉、〈踏莎行〉兩詞〔註268〕；而鄧氏則以〈唐多令〉、〈滿江紅〉為代表。舉〈唐

〔註265〕〔清〕趙萬里輯：《校輯宋金元人詞・了齋詞》，上冊，頁 233。

〔註266〕〔清〕趙萬里輯：《校輯宋金元人詞・古洲詞》，上冊，頁 460。

〔註267〕〔清〕趙萬里輯：《校輯宋金元人詞・中齋詞》，下冊，頁 163。

〔註268〕〔宋〕劉將孫撰：〈八聲甘州・九日登高〉「不看荑、把酒對名山，無帽厭西風。渺四海故人，一尊今雨，萬里長空。宇宙此山此日，今夕幾人同。舉世誰不醉，獨屬陶公。當日白衣幾許，漫淒其寄興，落日籬東。撫停雲

多令〉（雨過水明霞）〔註269〕為例，此詞作於宋亡後羈留建康之時，詞人歷經國破家亡、人世滄桑，最是悲涼。上片融情入景，第二句「潮回岸帶沙」暗用唐人劉禹錫〈石頭城〉「潮打空城寂寞回」詩意，「堪恨西風吹世換」帶有改朝易代之憤恨，「更吹我、落天涯」則滿懷哀嘆、沈痛之情；下片予人今昔盛衰之感，倍顯滄桑無奈之情。就趙萬里所舉詞例，可見多涉獵詞篇內容。《校輯宋金元人詞·例言》云：

> 此編所以補毛氏六十名家詞、王氏四印齋刻詞、江氏宋元名家詞、朱氏彊村叢書、吳氏雙照樓影刊宋元本詞之遺。凡諸家所據本未足，如辛稼軒詞、王邁《臞軒詩餘》、趙文《青山詩餘》、洪希文《去華山人詞》，均重加校錄，次第列入；至所見、所獲異本，勝於通行本者，當別撰校記。〔註270〕

趙氏於 1931 年編成《校輯宋金元人詞》，收錄七十家詞人七十三卷一千五百餘首詞篇，且多為毛晉、王鵬運、江標、朱孝臧、吳昌綬諸家彙刻詞集所未收，其中不乏名聲顯赫，卻詞集亡佚、作品缺漏者。此集之編纂對詞集校勘、輯佚，貢獻卓著。就上述題記、例言可知，趙萬里關注詞人生平事蹟甚詳，留心小詞家，苦心輯佚，王觀、舒亶、仲舒、曹組、田為、陳克等人詞作，多賴此問世流傳，無怪乎龍榆生評之云：「詞林輯佚之功，於是璨然大備矣！」〔註271〕

六、說解體製，留心詞體風格

藏書家題跋向以關注詞集版本流傳者，數量最夥，除丁丙《善本書室藏書志》90 篇多見評論詞人、詞體風格外，其餘諸家較少留心於此，唯

六合，借醉托孤蹤。□吊古、不須多感，□古人、那得共杯中。拼酩酊，明年此會，誰此從容。」〈踏莎行·閒遊〉「水際輕煙，沙邊微雨。荷花芳草垂楊渡。多情移徙忽成愁，依稀恰是西湖路。血染紅箋，淚題錦句。西湖豈憶相思苦。只應幽夢解重來，夢中不識從何去。」見《全宋詞》，冊 5，頁 3525、3524。

〔註269〕〔宋〕鄧剡撰：〈唐多令〉「雨過水明霞，潮回岸帶沙，葉聲寒，飛透紗窗，堪恨西風吹老換，更吹我，落天涯，寂寞古豪華，烏衣日又斜，說興亡，燕入誰家，惟有南來無數雁，和明月，管蘆花。」見《全宋詞》，冊 5，頁 3308。

〔註270〕〔清〕趙萬里輯：《校輯宋金元人詞·例言》，上冊，頁 17。

〔註271〕龍榆生撰：〈唐宋金元詞鉤沉序〉，收錄於周泳先《唐宋金元詞鉤沉》（上海：商務印書館，1937 年），頁 1。

趙萬里題記文字多有涉及。如《靜春詞·題記》評袁易云：「通甫與玉田交善，故詞境亦空靈疏秀，與玉田相似。」〔註272〕又如《漁樵笛譜·題記》云：

> 且號雅詞，與張安國之《紫微雅詞》、程垓《書舟雅詞》、趙彥端
> 《寶文雅詞》相同，蓋當時風氣使然。〔註273〕

並關注宋詞壇尚雅風氣，列舉張安國、程垓、趙彥端三人詞集名稱皆有「雅」字。宋代詞選亦多見此風，如曾慥《樂府雅詞》，或《陽春白雪》、《絕妙好詞》等擇選標準尚雅，皆可見之。又如評曹組、陳克、呂本中三家詞風，俱援引王灼《碧雞漫志》文字，評曹組云：

> 《碧雞漫志》云：政和間，曹組能文，每出長短句，膾炙人口。
> 潦倒無成，作〈紅窗迥〉及雜曲數百解，聞者絕倒，滑稽無賴之
> 魁也。」又云：「今少年不學柳耆卿，則學曹元寵」，其貶之也如
> 此，蓋以其專工謔詞故也。〔註274〕

曹組（生卒年不詳），字元寵，潁昌（今河南許昌；一說陽翟（今河南））人。與少遊太學，與兄曹緯皆以學識見稱，卻六次應試不第，徽宗宣和三年（1121）殿試中甲，賜同進士出身，頗得青眼。北宋曾尚填作俳詞，曹組多有側艷、諧謔之作，如〈撲蝴蝶〉（人生一世），以通俗語言議論人生態度，連用兩層否定，彰顯人生本非久長，何須忙碌爭逐。宋·王灼《碧雞漫志》評之云：「彥齡以滑稽語誚河朔，組潦倒無成……」實乃並論元祐間王彥齡、政和間曹組兩人，趙氏僅截取部分文字，強調曹組特質，又將曹組與柳永對舉，凸顯俗詞於當代之影響力。而《赤城詞·題記》引《碧雞漫志》、《直齋書錄解題》評陳克詞云：

> 王灼《碧雞漫志》稱：陳子高詞佳處如其詞；《直齋書錄解題·歌
> 詞類》亦云：子高詞格頗高，晏、周之流亞。〔註275〕

筆者翻檢原文，王灼云：「陳去非、徐師川、蘇養直、呂居仁、韓子蒼、朱希真、陳子高、洪覺範，佳處亦各如其詩」〔註276〕趙萬里顯然誤書「詩」

〔註272〕〔清〕趙萬里輯：《校輯宋金元人詞·靜春詞》，下冊，頁148。
〔註273〕〔清〕趙萬里輯：《校輯宋金元人詞·漁樵笛譜》，下冊，頁1。
〔註274〕〔清〕趙萬里輯：《校輯宋金元人詞·箕潁詞》，上冊，頁184。
〔註275〕〔清〕趙萬里輯：《校輯宋金元人詞·赤城詞》，上冊，頁205。
〔註276〕〔宋〕王灼撰：《碧雞漫志》，收錄於唐圭璋編：《詞話叢編》，冊1，卷2，
　　　　頁83。

字為「詞」，另於《紫微詞·題記》亦引此條資料評呂本中，並無錯謬；而陳振孫實云：「詞格頗高麗，晏、周之流亞也」〔註277〕趙氏亦誤作「詞格頗高」，讀者不可不查。但趙氏能援引王灼之論，以宋人言論體察詞人風格，更貼近時代，著實可取。

此外，趙萬里於自編講義《詞概》中，雖未列專章探討詞體製，卻明言詞體、樂府之別，認為詞體初起與七絕無異，並認為兩宋轉踏，唐已有之，如韋應物、戴叔倫、王建等人所作〈調笑〉即是其例。此外，題記亦多見闡述詞體製之論，如《大聲集·題記》討論大晟詞人之應制詞；又如《聊復集·題記》關注「鼓子詞」云：

> 商調〈蝶戀花〉十二首，詠鶯鶯故事，與曾布〈水調歌頭〉詠馮燕事，董穎道〈宮薄媚〉詠西施事，體製相似。惟曾董所作為大曲，故曲外無敘事之文。德麟則置本事於曲前，以首闋起末闋結之。觀堂先生以為視後世戲曲之格律，幾於具體而微，其說良是。《警世通言》卷三十八以商調〈醋葫蘆〉小令十篇詠蔣淑真刎頸鴛鴦會故事，敘事文雖改用語體，然文末亦有奉勞歌伴二語，與德麟同，蓋即仿此篇而作。宋時鼓子詞以一調連成十數闋，歐陽脩、洪适集中均有之，張掄且以道情鼓子詞名集，殆即此體之濫觴，惟不搬演故事耳。厥後諸宮調體即由此遞變而成。〔註278〕

「鼓子詞」為興起於宋代之說唱藝術，反覆演唱同一曲調，以鼓伴奏，夾雜說白，藉此敘事述景，就表演形式論之，或只唱不說，如北宋·歐陽脩〈采桑子〉十首詠西湖景物、〈漁家傲〉十二首述各月景色；或說唱相間，如趙令畤〈商調蝶戀花〉詠《會真記》故事，詞序自云：「今於暇日，詳觀其文，略其煩褻，分之為十章。每章之下，屬之以詞。或全擷其文，或止取其意。又別為一曲，載之傳前，先敘全篇之意，調曰『商調』，曲名〈蝶戀花〉。句句言情，篇篇見意。」足見採取一段敘述，一節唱詞方式，而鼓子詞對後世諸宮調、雜劇、南戲衍生，產生作用。又如《箕潁詞·題記》關注「謔詞」、「俳詞」云：「謔詞見於小說、平話者居多，當時與雅詞相對

〔註277〕〔宋〕陳振孫撰、徐小蠻、顧美華點校：《直齋書錄解題·赤城詞》（上海：上海古籍出版社，2015年5月），下冊，卷21，頁620。
〔註278〕〔清〕趙萬里輯：《校輯宋金元人詞·聊復集》，下冊，頁96。

稱。宋世諸帝，如徽宗、高宗均喜其體，《宣和遺事》、《歲時廣記》載之。此外，尚有俳詞，亦兩宋詞體之一，與當時戲劇實相互為用，此談藝者所當知也。〔註279〕

七、用心良苦，兼顧補輯糾謬

　　趙萬里為一代目錄版本名家，態度審慎，方法科學，且不剛愎自用，遇疑惑難解處往往多方查考、虛心請教。從《永樂大典》輯佚古書，需具深厚學養，方能明辨錯謬，趙萬里主此工作數十年，自有洞見。輯佚詞集亦多見《永樂大典》之錯謬，如寄字韻誤將元好問詞誤標示為高似孫詞，將趙以夫詞誤標為吳仲方詞，趙萬里均查明，不承其謬誤。又如《拙軒集・題記》云：

> 往讀大典本張侃《拙軒集》有詩無詞，意直夫未嘗為詞也。頃覆檢大典殘帙，得詩餘四首，以是知當時館臣直草率從事，其舛偽錯落，殆未易糾結，此不過其一例耳。〔註280〕

足見趙萬里不僅學養深厚，更細心覆檢。《東山樂府・題記》批評葉申薌《閩詞鈔》所錄七首，真贋雜出，未為善本；又如《古洲詞・題記》云：「子嚴其名，莊父其字也，《花庵》誤舉子嚴為字，《歷代詩餘》詞人姓氏從之，非是。」〔註281〕馬氏生平無從考證，歷代詞選多有誤載，趙萬里亦明言糾舉之。而〈淮海居士長短句跋〉所論最為鉅細靡遺，其言云：

> 《淮海居士長短句》三卷，……。其版至明季猶存，故傳世此本以後印者為習見，宋及元初印本，則稀如星鳳矣。並世公私藏家，如常熟之瞿、德化之李、吳興之蔣及北平圖書館所藏舊帙，均不附長短句（潘氏《滂喜樓藏書志》有宋本《淮海居士長短句》三卷，今未知存亡）此本長短句赫然具在，雖間有鈔補，亦足寶也。持校明嘉靖間南湖張綖校刻《淮海集》附刻本，此本即張綖所自出。合者固十之八九，然亦有足訂張刻之誤者，如〈望海潮〉「茂草臺荒」，張本「臺荒」作「荒臺」；〈水龍吟〉「小樓連遠橫空」，張本「遠」作「苑」……其他廣陵懷古、別意、春思諸題，宋本

〔註279〕〔清〕趙萬里輯：《校輯宋金元人詞・箕潁詞》，下冊，頁184。
〔註280〕〔清〕趙萬里輯：《校輯宋金元人詞・拙軒集》，下冊，頁31。
〔註281〕〔清〕趙萬里輯：《校輯宋金元人詞・古洲詞》，上冊，頁460。

皆無之，張刻殆涉諸選本而誤，並當據以刪正。昔歸安朱氏校刊
《淮海詞》據松江韓氏讀有用書齋藏黃蕘圃校鈔本入錄，欲求宋
槧一校，苦不可得，且並張綖刊本亦未迻校，今此本書，亦足彌
朱氏之缺憾矣！

傳世秦詞，以毛氏汲古閣本為最劣，其底本亦當自三卷本出，惟
前後倒置，又妄據他書增入〈如夢令〉等十闋，除〈喜春來〉或
確係淮海佚詞外，餘率據《類編草堂詩餘》及明人所輯《續草堂
詩餘》、《古今詞統》錄出，實則均非秦作。其誤與毛晉所刻蘇子
瞻、周美成、李清照詞均同，實無足怪也。

試於宋人載集中求淮海佚詞，則僅於《陽春白雪》卷一得〈木蘭
花慢〉一首，《苕溪漁隱叢話》前集卷五十引《冷齋夜話》（今本
《夜話》無此文）及《全芳祖備》前集卷七得〈喜春來〉一首而
已。〈喜春來〉毛本已收之，而〈木蘭花慢〉緣《陽春白雪》一書
晚出（明萬曆間陳耀文輯《花草粹編》、清康熙間朱彝尊輯《詞
綜》時俱未見），故諸選本並未及。然氣弱不似他作，姑附以存
疑可也。至《直齋書錄》所載長沙坊刻《百家詞》有《淮海詞
集》一卷，乃宋時秦詞之別本，與三卷本有無異同，則不可知
矣。〔註282〕

此題跋篇幅宏大，先述版本來源。宋時秦觀文集大抵可分兩類，一為自編
《淮海閑居集》，用以干祿，未收詞篇；一為後人所編，數量甚夥，後世多
不傳，甚是難得，故趙萬里細加留心當代藏書家如瞿鏞（生平見第一節）、
李盛鐸（1859～1934，德化（今江西）人，字義樵，號木齋）、蔣汝藻（1877
～1954，字元采，號孟蘋，別署樂庵。吳興（浙江）人，藏書室為「密韻
樓」）及北平圖書館收錄情況，皆不附長短句，而趙氏所見本存詞，愈顯珍
貴。持明代張綖刻本對校，稍有差異，並藉此校訂張本錯謬之處，除詞題
沿襲詞選本外，更逐一刪正文字。題記述及朱祖謀校刊所依底本，未見宋
槧本之遺憾。

第二段糾舉對象為明代毛晉，有前後倒置、輯錄浮濫兩大弊端。清·
朱彝尊《詞綜·發凡》已揭示問題癥結點云：「唐宋以來作者，長短句每別

<hr>

〔註282〕〔清〕趙萬里撰：〈淮海居士長短句跋〉，收錄於施蟄存《詞籍序跋萃編》，
　　　　卷2，頁77。

一編，不入集中，以是散佚最易。」〔註283〕唐宋時期長短句多不入文集，較易散失，且受歷代選本誤題、誤收影響，錯謬不在少數。宋代已有此弊，明人所輯謬誤最甚，積非成是，難辨其詳，尤以毛晉最受批評。故趙氏乃重新於《陽春白雪》、《苕溪漁隱叢話》、《全芳祖備》等宋集中輯佚，並詳述之。就此可見趙氏細膩考索宋人詞集，非有意與諸家一較高下，就此題記可見實事求是之態度。

　　總言之，趙萬里廣採古今圖書，遍訪各地藏家善本古籍，眼界卓越，學養深厚，更投注畢生心力校勘、輯佚，且能將目光投注於宋人詞集，除鑑定版本，詳考源流外，更關注小詞家，輯錄諸多詞集、詞作，可補詞學研究資料之不足。就趙氏所撰題記，詳細交代輯佚出處，鑑定版本多留心版式、紙墨、字體，並著錄名藏家藏書印記，詳讀前人序跋，綜合各法，釐清詞集版本源流，鑑別精審，於詞學發展確實貢獻卓著。

〔註283〕〔清〕朱彝尊：《詞綜·發凡》（上海：上海古籍出版社，2008 年 3 月第二次印刷），頁 7。

第七章　結　論

　　歷代以來，詞話不僅以專著形式存在，更大量散見於唐宋以來諸家筆記、詞選集、詞總集、詞別集、序跋、題辭中，難以勝數。前賢有感於資料收錄不易，價值獨具，故苦心輯錄彙整，彌足珍貴。詞集序跋為詞學重要資料，故本論文先行分類所蒐宋詞別集、總集（以選本為主）、叢編三大類別序跋，數量甚為可觀，繼之析論其撰者身分、序跋特質等，茲總結如次：

一、撰者身分多元，目的各有依歸

　　古書經籍流傳，從竹簡至縑帛，再有楮墨、槧刻，書籍受官府、私人和書坊三大刻書系統影響，流傳範圍及影響層面，各有差異。兩宋時期，雕版印刷規模、技術逐漸精熟，私家刻書最為發達，尤其家刻本校對審慎，版印精工，尤為後世珍重，藉此傳先哲精蘊，啟迪後學。就序跋可掌握各時期撰述者身分，大致可歸結為以下五大類型，各有編纂目的及懷抱，茲分述如下：

（一）作者、編者自撰

　　宋人自編文集，甚是講究，諸多名家之作多在生前編定，北宋時期已有作者親撰詞別集序跋，如潘閬〈逍遙詞附記〉強調「用意欲深，放情須遠」，藉此凸顯作品特質；黃裳〈演山居士新詞序〉明言「吟詠以舒其情」，自述創作旨趣；而晏幾道〈小山詞自序〉，概述詞篇創作緣起及要旨，能跳脫當代輕視詞體偏見，凸顯詞為敘懷、緣情而作；南宋時期，則有汪莘〈方壺詩餘自序〉提出「詞體非淫」，及三變之說；趙以夫〈虛齋樂府自序〉則

留心慢詞，重視語工音諧；陸游〈長短句自序〉可知視詞體為小道，雖有填作卻多有矛盾掙扎；王炎〈雙溪詩餘自敘〉主張詞體「不溺於情欲，不蕩而無法」、柴望〈涼州鼓吹自序〉強調詩詞有別，特意凸顯詞體應以「雋永委婉」為上等，藉此彰顯個人詞學觀點及心緒懷抱，亦可窺見當代詞壇風氣、詞人態度，及有意提升詞體地位之思考。

宋詞總集亦不乏編者自序，宋代如曾慥〈樂府雅詞引〉，黃昇自撰〈花庵詞選序〉、黃大輿〈梅苑序〉、鮦陽居士〈復雅歌詞自序〉；明代則有茅暎〈詞的自序〉、徐士俊〈古今詞統序〉、陸雲龍〈詞菁自序〉、潘游龍〈古今詩餘醉自序〉、沈際飛〈草堂詩餘四集序〉；清代則有汪森〈詞綜序〉、先著〈詞潔自序〉、趙式〈古今別腸詞選自序〉、周銘〈林下詞選題辭〉、夏秉衡〈清綺軒詞選〉、許寶善〈自怡軒詞選〉、張惠言〈詞選序〉、周濟〈詞辨自序〉及〈宋四家詞選自序〉、樊增祥〈微雲榭詞選自序〉、譚獻〈復堂詞錄〉、陳廷焯〈詞則自序〉、王闓運〈湘綺樓詞選自序〉、馮煦〈宋六十一家詞選自序〉、葉申薌〈閩詞鈔自序〉等。諸家多藉此交代編纂方式、擇取標準，可窺見歷代詞壇風氣，如宋代尚雅，序跋名稱及內容多有強調，雖未明言區分婉約、豪放，擇選風格卻各有講究。承繼《草堂詩餘》遺緒，明人編纂多有思考，自序多明言編纂方式，採分類編次改易為分調編次，更可知當代尚情，愛賞柔媚婉約之風；而清人編纂詞選除確立詞派宗旨外，有相當程度是為引領創作風氣、初學入門，上述編纂詞集，撰寫自序者，又以常州詞派學者最夥，如張惠言無詞話專著，詞學觀點全賴所編《詞選》及自序呈現，序中倡言「比興寄託」、「意內言外」，被視為常州詞派理論基石，故此時期詞選自序具有深刻理論，帶有詞學批評，藉此可具體呈現詞派鮮明觀點及詞壇風氣。

（二）門生弟子、友朋故舊

北宋時期詞集序跋撰寫者，又以詞人為大宗，且環繞與蘇軾相善者為主，彼此情誼深厚，如黃庭堅〈小山詞序〉述及晏幾道生平遭遇、人格特質，頗有愛賞惋惜之意；或如李之儀〈題賀方回詞〉、張耒〈東山詞跋〉，可窺見與賀鑄互動頻繁，愛賞其詞。而趙師俠與尹覺、京鏜與黃汝嘉、辛棄疾與范開之間，皆為師生關係，撰序書陳推崇之意，尹覺〈題坦庵詞〉，交代編次、鋟板完成，可見此詞集成於尹覺之手；藉黃汝嘉〈松坡居士詞跋〉可知曾師事京鏜，故續刊詞集；而范開〈稼軒詞序〉，著重評析詞人之

襟懷氣魄與創作之關聯性,並肯定辛氏善以詞篇陶寫心志。強調「器大」、「志高」方能達到「聲閎」、「意遠」,藉此凸顯詞人之不凡,並針對世俗評論蘇軾、辛棄疾詞風相近,范開先論二者之同,認為非刻意模仿而為之,而是自然呈現詞人胸中蓄積之情志,特意強調辛稼軒詞篇瀘寫性情,暗扣合「詩言志」之傳統,末段自陳久從辛氏,受其沾溉甚多,故所論多有心神領會。序中提及「揮毫未竟而客爭藏去」、「流布於海內者率多贗本」,皆可窺見辛詞受歡迎之情況,版本甚繁卻多有贗作,也是范開著手編輯之因。門生弟子、友朋故舊所撰序跋,除卻歌功頌德之語,述寫交遊往來,備顯親切,且著手編纂詞集更是用心,刊刻精工,校讎審慎,多有糾正前刻舛誤之語。

(三)郡邑後進

兩宋時期序跋除作者自序,或由門生弟子、友朋故舊執筆外,亦可見郡邑鄉賢所為,大致可區分為兩大類型:一類為同鄉前輩名賢編纂詞集,如羅泌〈六一詞跋〉,羅氏與歐陽脩同故里,時隔數百年仍多欽慕之情;或如秦觀,一生仕途多舛,生於高郵,後遭貶至處州(今浙江麗水)、郴州(今湖南)、橫州(今廣西橫縣)、雷州(今廣東海康縣)等地,最終死於藤州(今廣西藤縣),流離各地,軼事隨之流傳,引發後人無限追思。故後人追思多有關注,尤以高郵最受重視。如明‧張綖亦生於高郵,仰慕之情深濃,曾刻《淮海集》,另編《詩餘圖譜》,創為譜系,區分為婉約、豪放二派,定義婉約應為「詞情蘊藉」,豪放則當「氣象恢弘」,秦觀婉約正宗之地位,就此確立,後世多承此說,影響深遠。清‧孫兢與秦觀同為高郵人,〈竹坡詞序〉中仰慕之情流露無遺,並以「辭情兼稱」肯定秦詞語言工巧,感情深摯,辭情拿捏恰到好處,此類藉由刊刻前賢詞集,尚友先哲,啟迪後進。另一類則為地方官員刊印該地名賢遺著,如南宋陸子遹〈逍遙詞附記〉,表彰潘閬「高節簡知聖心,師表一世,而句法清古,語帶煙霞,近時罕及」,故刊刻詞集以傳,標榜此地名人匯萃,亦可顯現個人政績。

(四)私家書坊

官刻圖書範圍多側重於經史典籍,而書坊以市場需求為主要考量,留心社會各層面,尤以市民為消費主力,大量刊刻各類文藝書籍,如戲曲、小說,詞作亦深受青睞。宋代書坊順應市場需求,多匯合詞集叢刊印行,

如南宋時長沙書坊刻《百家詞》，南宋中葉閩中書坊刊行《琴趣外編》，因詩餘多不入集中，故稱「外編」。所收多為詞家名流，兩宋時期，已多可見書坊刊刻詞集牟利，如周刊〈竹坡老人詞序〉，可知其父周紫芝詞集曾先後蒙潯陽、宣城書肆開雕，訛舛甚繁；滕仲因〈笑笑詞序〉提及長沙劉氏書坊曾刊刻張孝祥、吳敬齋詞集；而明代書坊翻刻宋版書籍，最為風行，致力關注市場需求，又可分為「詞選刻本合集」、「詞家別集彙刊」、「選集別集合刻」等三大類型，但坊刻本以牟利為主，擇本不甚講究，更遑論校勘，故脫漏訛舛，所在多有，明代毛晉題跋屢有關注，清人致力校讎，詳加比對之際，題跋更是直斥坊本弊病。

（五）藏書名家

就歷代藏書者身分論之，多為學者、官宦、王侯、豪紳等等，大抵可區分為官方、私人兩大類別。就官方藏書論之，早期為封建社會，皇室威權專制，秦漢雖廣置圖書，卻極力箝制，未經許可不得私借、謄鈔，意在鞏固王權。魏晉至唐雖稍有變異，但多集中於官家權貴之手；直至宋代，城市經濟高度發展，重視文教，故廣購珍本，博采遺書，皇室藏書對官吏開放，不僅科考殿試，可使用集賢書庫典籍，宋代所編如《太平御覽》、《冊府元龜》、《文苑英華》、《太平廣記》等大型圖書，皆參酌皇家藏書。但宋·沈括曾言：「官書多為人盜竊，士大夫家往往得之。」足見皇室管理疏漏，藏書流於私人之手。明英宗正統十四年，宮中遭逢祝融，所藏宋元珍本焚燒幾盡，堪稱官方藏書浩劫。明末烽火兵燹，生靈塗炭，藏書樓屢遭波及，亦難倖免。清初文禁森嚴，文人轉而埋首書海，鑽研特甚。有清一代，樸學昌盛，論學實事求是，學人勤於考證、目錄、校讎，特重釐清版本，考鏡源流。藏書、刻書更蔚為時代風尚。歷朝以來，圖書幾經輾轉，或毀於戰禍，或屢經刊刻，難免損毀、錯謬，故須有善本互校改正，張之洞亦明言善本之要云：「讀書不知要領，勞而無功；知某書宜讀而不得精校、精注本，事倍功半。」故明清時期藏書家無不致力蒐羅善本珍藏，或刊刻以傳世，諸多宋詞集經此，版本源流、遞藏軌跡明朗，輯佚增補散失不傳之詞，就藏書家所撰題跋文字確實可知其貢獻卓著。

二、內容涵蓋多元，價值不容小覷

就形式論之，宋詞集序跋數量繁多，蒐羅不易，大抵以散文為大宗，

晚唐五代篇幅短小，至清為宏篇巨幅。此外，採用特殊文體書寫者，以後蜀‧歐陽炯《花間集‧序》最為著名，採駢文書寫，詞語典雅優美，歷代不乏依循此體裁，如明代茅暎〈詞的〉，清代吳綺〈選聲集序〉及〈記紅集序〉、陳維崧〈樂府補題序〉等，文辭甚是精工；尚有以詩詞形式撰寫者，如劉克莊〈自題長短句〉，為七言律詩，梁文恭〈讀審齋先生樂府〉，為七言排律；李彭老跋周密《效顰十解》，周銘〈林下詞選題辭〉（調寄〈鶯啼序〉）、戈載〈湘月〉則為詞篇。兩宋詞集序跋多隨意鬆散，體製精簡，北宋時多不述及撰寫時間；南宋人則特意拈出，至明清時期詞集叢編者致力蒐羅善本刊刻之餘，亦多重視題跋撰寫形式，篇幅逐漸擴充，開篇著重版本來源，並詳考遞藏情況，紀錄校勘結果，至朱祖謀《彊村叢書》不僅為詞集叢刊之集大成者，所撰題跋形式亦大致底定。

詞集序跋涵蓋層面廣泛，本論文逐一蒐羅歸納分析，就價值論之，大抵可歸納為文獻、史料、理論三大面向：文獻方面，有助於鑑定詞集版本，包含詞集存佚、編刻、傳鈔、遞藏等情況，尤以清代藏書家、詞集叢刊者所撰題跋，爬羅剔抉，可見苦心蒐羅、致力校讎、增補輯佚、辨證偽作之功，而諸多小詞家詞集，亦多賴此得以流傳於世；而詞集序跋介紹人物生平仕履、交遊往來、人格特質、趣事佚聞、作品典故等，數量繁多，亦可補充史料之不足。而理論方面，歷來被專書詞話光芒所掩，本文逐一探析，可知兩宋詞人雖多有填作卻輕視詞體之矛盾，所撰序跋缺乏組織，篇幅短小，然所提及之詞學理論，如追溯詞體起源、凸顯詞體特質、評騭詞人高下、辨別風格異同等面向，至清皆廣受討論，可知宋詞集序跋開創風氣之功。宋詞集題跋之詞學理論多針對詞篇創作之源頭、要旨、審美鑑賞、風格流派，進行探索，帶有個人觀點，隱含接受態度，評論觀點亦隨時代各異其趣，故分別就宋詞別集序跋、宋詞選集序跋、詞集叢編序跋三大類別之特質總結如下：

（一）宋詞別集序跋特質

北宋詞人自撰詞集序跋者，多自陳懷抱，如潘閬、黃裳、晏幾道、汪莘、趙以夫、王炎，諸家皆無詞話專著，就自撰宋詞集序跋，可窺見作者心緒；另就黃庭堅〈小山詞序〉、李之儀〈跋吳思道小詞〉及〈題賀方回詞〉、張耒〈東山詞序〉，不儘可窺見詞人交遊往來，情誼深厚，更可窺見時人序跋雖多言詞體為艷科、小道，餘事而填，卻多有創作。而述及交情

敘事生動，對人格特質、心緒懷抱多有關注。而黃庭堅〈小山詞序〉提出
「寓以詩人句法」、李之儀〈跋吳思道小詞〉特意凸顯詞體特質、張耒〈東
山詞序〉強調性情自然流露等觀點，並有諸多詞集序跋著重鑑賞品評，關
注詞篇風格、筆法，藉此可知李清照〈詞論〉及專書詞話問世前，北宋詞
壇對詞體已有諸多思考。南宋時期詞別集數量日漸繁多，序跋亦隨之激
增，撰者身分多元，除作者親撰外，另有子孫族裔、同鄉後進、門生弟子
所撰，而內容充分展現當代詞壇風氣，初期多環繞蘇軾而發，對詞體特質
另有思考，帶有肯定之論。而南宋中期，詞別集序跋內容更趨多元，針對
詞體起源、詞體之辨有所思考，更有意跳脫應歌之用，如尹覺〈坦庵詞〉、
羅泌〈六一詞跋〉凸顯詞體吟詠情性；且就詞集名稱及序跋皆可窺見詞壇
尚雅風氣。而金元明時期所刊刻之宋詞集數量有限，所撰宋詞別集序跋
數量甚寡，多集中於辛棄疾、姜夔、張炎三家；而清藏書家致力蒐羅善本
收藏、刊刻之餘，校讎精審，宋詞人別集流傳至此，較之歷代所傳，最是
完善。

（二）宋詞選集序跋特質

　　詞選、詞集刊刻，為社會大眾之接受基礎，宋人視詞體多有偏見，詞
篇往往不入全集，難免佚失。故歷代所編詞選，亦可作為輯佚參考，而編
者自序更可具體掌握編選家之審美觀念。故本論文第四、五章逐一蒐羅、
析論歷代宋詞選本序跋，可歸納以下三項特質：其一、交代編纂體例大
要：編者自述多見明言擇取標準，如曾慥《樂府雅詞》、周密《絕妙好詞》
皆以雅為範式；並強調列小傳及評論於該詞人名下，奠定詞選體例規範，
可供後世依循。而明編通代詞選自序多特意強調編選體例與擇錄數量，並
將分類編次，轉以小令、中調、長調編排，清人多有延續，而除通代、斷
代、專題、詞譜為前代已有，清代另出現郡邑及女性等類型之詞選，選
域獨特，輯選者別有懷抱。其二、掌握版本流傳情況：尤以清代藏書家
最關心詞選版本流傳情況，如《陽春白雪》宋刻本、刊本至明失傳，清人
逐一比對版本、校讎考證，方得重新問世。其三、掌握詞壇風氣：歷代
詞壇風氣多有轉變，宋詞壇雖有輕視詞體偏見，卻致力崇尚高雅；而明
詞壇多受《草堂詩餘》影響，就編選體例及擇選態度皆可見之；但清詞
壇復興，直承兩宋，詞選多為各派宣揚理念而編選，觀點鮮明，推尊詞體
之意甚明。

（三）詞集叢編序跋特質

吳熊和認為詞集散刻則易佚，匯刻則易存，因此詞集匯刻，就保存文獻而言，歷來受到重視。詞集叢刊保留文獻、傳播詞篇之功顯著，序跋明言編者懷抱，引領校刻風氣，詞集叢刊者，毛晉以藏書名家身分，勤於收藏、校勘、出版、著述，汲古閣廣搜異本，用心校讎，為明代詞集叢刊校讎之始，就所撰六十九篇題跋觀之，詳細考述作者生平事蹟、著作大要，頗有漢代劉向校書「撮旨歸」、「辨訛謬」之特色。糾謬、辨遺不遺餘力，論詞篇特質多正面，關注細膩，亦明言傾慕之情。後人多有關注毛晉錯謬疏漏之論，如朱居易《毛刻宋六十家詞勘誤》、饒宗頤《詞集考》、唐圭璋〈讀詞札記・毛晉誤補名詞〉、陶子珍《明代四種詞集叢編研究》等，多有糾舉。明代毛晉引領匯刻宋元舊本風氣，題跋雖難免錯謬，但大量撰寫，具有引領之功，清代藏書家多著力於此，四庫館臣撰寫提要時亦大量援引，保存文獻之功，著實使人欽佩。

王兆鵬認為「從詞集傳播的歷史狀況來看，詞集的傳播實多賴於叢編。」叢書最便學者，含賅群籍，蒐殘存佚，為功甚鉅，明清兩代刊刻最繁，清人校勘精審，清代詞集叢編，亦承毛晉多撰有題跋，據筆者逐一蒐羅得王鵬運三十篇、朱祖謀三十二篇、陶湘二十二篇、趙萬里四十九篇（少於十篇者僅列入數量統計，暫不討論），數量甚是可觀。就此可知對詞學、詞史發展貢獻卓著，題跋所關注者大抵為四大面向：一為強調版本來源、遞藏情況：諸家積極蒐羅整編，引領校刻兩宋詞集風氣，諸多善本、孤本，或備受冷落之詞家、詞集，皆賴此得以重新問世，保留珍貴詞學文獻，使後世讀者有可讀之本，而版本流傳軌跡，亦藉此可窺脈絡；二為記載詞人交游、考辨生平：詞集叢編者多援引詞話、筆記資料為證，詳考詞人仕履、性格，知人方可論詞；三為詳述刊刻方式、校讎問題：如王鵬運分別匯刻姜夔、張炎及蘇軾、辛棄疾詞集，合趙鼎、李光、李綱、胡銓四人詞集為《南宋四名臣詞集》，皆有個人懷抱可掌握；或釐清前人疑問或指正缺失之處；四為細膩鑑賞版本、辨別良窳：諸家題跋多交代版本出自名家之藏，如范欽天一閣、毛晉汲古閣、鮑廷博知不足齋、黃丕烈士禮居、如彭元瑞知聖道齋、張金吾愛日精廬、瞿鏞鐵琴銅劍樓、丁丙善本書室、趙氏星鳳閣、王半塘校知不足齋叢書本、勞權丹鉛精舍、姚文田邃雅堂、汪閬源藏舊、何氏夢華館等名家珍藏本，或經毛晉、黃丕烈、鮑廷博、勞權等親手

校讎；或留心鑑賞書體、行款、名家藏書印記、前人題跋，藉此判定版本優劣。總言之，晚清詞集叢編數量繁多，諸家所撰詞集題跋序跋各有特色，清儒校勘經史典籍，嚴密翔實，大有廓清學術源流之勢，以此態度整編詞集，精審嚴謹，在王鵬運、朱祖謀、陶湘、趙萬里諸家之接續努力下，成果確實斐然。

主要參考書目

（依出版年代排列）

【文學理論】

1. Hans Robert Jauss：《Toward an aesthetic of reception》，Minneapolis: University of Minnesota Press, 1982。

2. 〔德〕姚斯、霍拉勃著，周寧、金元浦譯：《接受美學與接受理論》，瀋陽：遼寧人民出版社，1987年。

3. 〔德〕沃爾夫岡·伊瑟爾著、周寧、金元浦譯：《閱讀活動——審美反應理論》，北京：中國社會科學出版社，1991年7月。

4. 赫魯伯著，董之林譯：《接受美學理論》，板橋：駱駝出版社，1994年6月。

5. 伊麗莎白·弗洛恩德著，陳燕谷譯：《讀者反應理論批評》，板橋：駱駝出版社，1994年6月。

6. 馬以鑫著：《接受美學新論》，上海：學林出版社，1995年10月。

7. 〔德〕漢斯·羅伯特·耀斯著，英譯者麥克爾·肖，顧建光、顧靜宇、張樂天譯：《審美經驗與文學解釋學》，上海：上海譯文出版社，1997年11月。

8. 金元浦著：《接受反應文論》，濟南：山東教育出版社，1998年10月。

9. 王金山、王青山著：《文學接受研究》，呼和浩特：內蒙古大學出版社，2005年7月。

10. 鄔國平著：《中國古代接受文學與理論》，哈爾濱：黑龍江人民出版社，2005 年 11 月。

11. 朱健平著：《翻譯：跨文化解釋——哲學詮釋學與接受美學模式》，長沙：湖南人民出版社，2007 年 4 月。

12. 朱立元主編：《當代西方文藝理論》，上海：華東師範大學出版社，2008 年 5 月第 2 版（增補版）。

【接受史專著】

1. 高中甫：《歌德接受史》，北京：社會科學文獻出版社，1993 年 4 月。

2. 陳文忠：《中國古典詩歌接受史研究》，合肥：安徽大學出版社，1998 年。

3. 鄧新華：《中國古代接受詩學》，武漢：武漢出版社，2000 年 10 月。

4. 劉學鍇著：《李商隱詩歌接受史》，合肥：安徽大學出版社，2004 年 8 月。

5. 朱麗霞著：《清代辛稼軒接受史》，濟南：齊魯書社，2005 年 1 月第 1 版。

6. 李冬紅著：《花間集接受史論稿》，濟南：齊魯書社，2006 年 6 月。

7. 曾軍：《接受的復調：中國巴赫金接受史研究》，濟南：齊魯書社，2007 年。

8. 陳文忠：《文學美學與接受史研究》，合肥：安徽大學出版社，2008 年 4 月。

【藏書家、目錄版本學、文獻學研究專著】

1. 李清志撰：《古書版本鑑定研究》，臺北：文史哲出版社，1986 年 9 月。

2. 張舜徽撰：《中國文獻學》，臺北：木鐸出版社，1988 年 9 月。

3. 李玉安、陳傳藝：《中國藏書家辭典》，武漢：湖北教育出版社，1989 年。

4. 張碧惠：《晚清藏書家繆荃孫研究》，臺北：漢美圖書有限公司，1991 年。

5. 藍文欽撰：《鐵琴銅劍樓藏書研究》，臺北：漢美圖書有限公司，1991 年。

6. 劉兆祐撰：《認識古籍版刻與藏書家》，臺北：臺灣書店，1997 年 6 月。

7. 李雪梅撰：《中國近代藏書文化》，北京：現代出版社，1998 年 9 月。

8. 周少川撰：《藏書與文化》，北京：北京師範大學出版社，1999 年 5 月。

9. 林申清：《明清著名藏書家‧藏書印》，北京：北京圖書館出版社，2000 年。

10. 傅璇琮、謝灼華主編：《中國藏書家通史》，寧波：寧波出版社，2001 年。

11. 牟玉亭撰：《中國古典文獻學》，北京：社會國家文獻出版社，2005 年 8 月。

12. 曹之撰：《中國古籍版本學》，武漢：武漢大學出版社，2007 年 8 月。

13. 屈萬里、昌彼得著；潘美月增訂：《圖書版本學要略》，臺北：文化大學華岡出版社，2009 年 4 月。

14. 曾鞏等撰：《宋人題跋十八種》，臺北：世界書局，2009 年 10 月

15. 余嘉錫撰：《目錄學發微‧古書通例》，上海：上海古籍出版社，2013 年。

【序跋彙編、題跋叢刊】

1. 金啟華、張惠民等編：《唐宋詞集序跋匯編》，臺北：臺灣商務印書館，1993 年 2 月。

2. 張惠民編：《宋代詞學資料匯編》，廣東：汕頭大學出版社，1993 年 11 月。

3. 施蟄存編：《詞籍序跋萃編》，北京：中國社會科學出版社，1994 年 12 月。

4. 馮惠民、李萬健等選編：《明代書目題跋叢刊》，北京：書目文獻出版社，1994 年 1 月。

5. 韋力編：《古書題跋叢編》，北京：學苑出版社，2009 年 6 月。

6. 陸心源撰、馮惠民整理：《儀顧堂書目題跋彙編》，北京：中華書局，2009 年 9 月。

7. 馮乾編校：《清詞序跋彙編》，南京：鳳凰出版社，2013 年 12 月。

【詞學文學研究專著】

1. 王國維撰：《宋元戲曲考》，臺北：藝文出版社，1957 年 4 月。

2. 薛礪若《宋詞通論》，臺北：開明書店，1958 年 5 月。

3. 聞汝賢著：《詞牌彙釋》，臺北：自印本，1963 年 5 月。

4. 繆鉞撰：《詩詞散論》，臺北：臺灣開明書局，1966 年 2 月。

5. 鄭騫著：《景午叢編》，臺北：臺灣中華書局股份有限公司，1972 年 3 月。

6. 昌彼得等著：《宋人傳記資料索引》，臺北：鼎文書局，1975 年 3 月。

7. 梁一成撰：《徐渭的文學與藝術》，臺北：藝文印書館，1977 年 5 月。

8. 《詞學》編輯委員會：《詞學》，上海：華東師範大學出版社，1981 年 11 月。

9. 葉嘉瑩著：《嘉瑩論詞叢稿》，臺北：明文書局股份有限公司，1982 年 10 月。

10. 夏承燾著：《唐宋詞人年譜》，臺北：金園出版社，1982 年 12 月。

11. 葉嘉瑩著：《唐宋詞名家論集》，臺北：國文天地雜誌社，1987 年 1 月。

12. 俞陛雲著：《唐五代兩宋詞選釋》，臺北：文史哲出版社，1988 年 7 月。

13. 楊仲謀著：《論詞絕句註》，臺中：四川同鄉會，1988 年 10 月。

14. 唐圭璋等著：《唐宋詞鑑賞集成》，臺北：五南圖書，1991 年 6 月。

15. 葉程義《王國維詞論研究》，臺北：文史哲出版社，1991 年 7 月。

16. 蕭鵬著：《群體的選擇——唐宋人選詞與詞選通論》，臺北：文津出版社，1992 年。

17. 陳如江著：《唐宋五十名家詞論》，上海：華東師範大學出版社，1992 年。

18. 黃兆漢著：《金元詞史》，臺北：臺灣學生書局，1992 年 12 月。

19. 張葆全著：《詩話和詞話》，臺北：萬卷樓圖書公司，1993 年 2 月。

20. 繆鉞，葉嘉瑩著：《靈谿詞說》，臺北：正中書局，1993 年 8 月。

21. 孫康宜著，李奭學譯著：《晚唐迄北宋詞體演進與詞人風格》，臺北：聯經出版社，1994 年 6 月。

22. 朱崇才著：《詞話學》，臺北：文津出版社，1995 年 1 月。

23. 劉慶雲著：《詞話十論》，臺北：祺齡出版社，1995 年 1 月。

24. 李澤厚撰：《美的歷程》，臺北：三民書局，1996 年 7 月。

25. 楊海明著：《唐宋詞史》，天津：天津古籍出版社，1998 年 12 月。

26. 錢鍾書：《談藝錄》，臺北：書林出版有限公司，1999 年 2 月。

27. 孫琴安著：《中國評點文學史》，上海：上海社會科學出版社，1999 年 6 月。

28. 艾治平著：《清詞論說》，上海：學林出版社，1999 年 7 月。

29. 葉嘉瑩著：《中國詞學的現代觀》，臺北：大安出版社，1999 年 7 月。

30. 張宏生著：《清代詞學的建構》，南京：江蘇古籍出版社，1999 年 9 月。

31. 沈松勤著：《唐宋詞社會文化學研究》，浙江：浙江大學出版社，2001 年 1 月。

32. 陶然著：《金元詞通論》，上海：上海古籍出版社，2001 年 7 月。

33. 嚴迪昌著：《清詞史》，南京：江蘇古籍出版社，2001 年 7 月。

34. 張仲謀著：《明詞史》，北京：人民文學出版社，2002 年 2 月。

35. 邱世友著：《詞論史論稿》，北京：人民文學出版社，2002 年 2 月。

36. 鄒雲湖著：《中國選本批評》，上海：上海三聯書店，2002 年 7 月

37. 皮述平著：《晚清詞學的思想與方法》，北京：學苑出版社，2003 年 3 月。

38. 王偉勇著：《詞學專題研究》，臺北：文史哲出版社，2003 年 4 月。

39. 王嵐著：《宋人文集編刻流傳叢考》，南京：江蘇古籍出版社，2003 年 5 月。

40. 陶子珍著：《明代詞選研究》，臺北：秀威資訊科技股份有限公司，2003年。

41. 夏承燾著：《唐宋詞欣賞》，杭州：浙江古籍出版社，2003年8月。

42. 龍沐勛著：《倚聲學》，臺北：鼎文書局，2003年9月30日。

43. 吳熊和著：《唐宋詞通論》，北京：商務印書館，2003年10月。

44. 王偉勇著：《宋詞與唐詩之對應研究》，臺北：文史哲出版社，2004年3月。

45. 王兆鵬著：《詞學史料學》，北京：中華書局，2004年5月。（2009年再版）

46. 楊柏嶺著：《晚清民初詞學思想建構》，合肥：安徽大學出版社，2004年。

47. 孫克強著：《清代詞學》，北京：中國社會科學出版社，2004年7月。

48. 鄧喬彬著：《唐宋詞美學》，濟南：齊魯書社，2004年10月。

49. 陶爾夫、諸葛憶兵著：《南宋詞史》，哈爾濱：黑龍江人民出版社，2004年。

50. 陶爾夫、諸葛憶兵著：《北宋詞史》，哈爾濱：黑龍江人民出版社，2005年。

51. 顏翔林著：《宋代詞話的美學研究》，長沙：湖南師範大學出版社，2005年。

52. 朱惠國著：《中國近世詞學思想研究》，上海：上海古籍出版社，2005年。

53. 王兆鵬著：《唐宋詞史的還原與建構》，武漢：湖北人民出版社，2005年6月。

54. 陳水雲著：《清代詞學發展史論》，北京：學苑出版社，2005年7月北京。

55. 王易著：《詞曲史》，南京：江蘇教育出版社，2005年8月。

56. 楊柏嶺著：《晚清民初詞學思想建構》，合肥：安徽大學出版社，2006年。

57. 陶子珍著：《明代四種詞集叢編研究》，臺北：秀威資訊科技股份有限公司，2006 年 4 月。

58. 吳梅著：《詞學通論》，上海：上海古籍出版社，2006 年 4 月。

59. 孫望、常國武主編：《宋代文學史》，北京：人民文學出版社，2006 年 6 月。

60. 李劍亮撰：《唐宋詞與唐宋歌妓制度》，杭州：浙江大學出版社，2006 年。

61. 黃昭寅、張士獻著：《唐宋詞史論稿》，濟南：山東大學出版社，2006 年。

62. 徐安琴著：《唐五代北宋詞學思想史論》，北京：人民文學出版社，2007 年。

63. 劉揚忠著：《唐宋詞流派史》，北京：中國社會科學出版社，2007 年 1 月。

64. 張春義撰：《宋詞與理學》，杭州：浙江大學出版社，2008 年 4 月。

65. 黃雅莉著：《宋代詞學批評專題研究》，臺北：文津出版社，2008 年 4 月。

66. 江合友著：《明清詞譜史》，上海：上海古籍出版社，2008 年 5 月。

67. 沙先一、張暉著：《清詞的傳承與開拓》，上海：上海古籍出版社，2008 年。

68. 王兆鵬著：《宋代研究方法十講》，北京：北京大學出版社，2008 年 6 月。

69. 孫克強著：《清代詞學批評史論》，上海：上海古籍出版社，2008 年 11 月。

70. 黃志浩著：《常州詞派研究》，北京：中國社會科學出版社，2008 年 12 月。

71. 石建初：《中國古代序跋史論》（長沙：湖南人民文學出版社，2008 年 10 月）

72. 余意著：《明代詞學之建構》，上海：上海古籍出版社，2009 年 7 月。

73. 龍榆生：《龍榆生詞學論文集》，上海：上海古籍出版社，2009 年 10 月。

74. 冀本棟《宋集傳播考論》，北京：中華書局，2009 年。

75. 劉少雄《詞學文體與史觀新論》，臺北：里仁書局，2010 年。

76. 凌天松《明編詞總集叢刻述評》，上海：上海古籍出版社，2014 年。

【選集】

1. 〔宋〕黃大輿輯：《梅苑》，上海：上海古籍出版社，2004 年 10 月（《唐宋人選唐宋詞》本）。

2. 〔宋〕曾慥輯：《樂府雅詞》，上海：上海古籍出版社，2004 年 10 月（《唐宋人選唐宋詞》本）。

3. 〔宋〕書坊原編、何士信增修：《增修箋注妙選群英草堂詩餘》，上海：上海古籍出版社，2004 年 10 月（《唐宋人選唐宋詞》本）。

4. 〔宋〕黃昇輯：《唐宋諸賢絕妙詞選》，上海：上海古籍出版社，2004 年 10 月（《唐宋人選唐宋詞》）。

5. 〔宋〕趙聞禮輯：《陽春白雪》，上海：上海古籍出版社，2004 年 10 月（《唐宋人選唐宋詞》）。

6. 〔宋〕周密輯：《絕妙好詞》，上海：上海古籍出版社，2004 年 10 月（《唐宋人選唐宋詞》）。

7. 〔金〕仇遠輯：《樂府補題》，北京：商務印書館，2005 年。

8. 〔金〕元好問輯：《中州樂府》，臺北：商務印書館，1979 年。

9. 〔元〕鳳林書院輯、程端麟校點：《精選名儒草堂詩餘》，瀋陽：遼寧教育出版社，2003 年 3 月。

10. 〔元〕周南瑞輯：《天下同文》，臺北：臺灣商務印書館，出版年月不詳。

11. 〔元〕彭致中輯：《鳴鶴餘音》，臺北：藝文印書館，1962 年。

12. 〔明〕顧從敬輯：《類選箋釋草堂詩餘》，上海：上海古籍出版社，2002 年 3 月（《續修四庫全書》）。

13. 〔明〕錢允治、陳仁錫箋釋：《類選箋釋續選草堂詩餘》，上海：上海

古籍出版社，2002 年 3 月（《續修四庫全書》）。

14. 〔明〕楊慎：《詞林萬選》，成都：天地出版社，2002 年（《楊升庵叢書》）。

15. 〔明〕楊慎：《百琲明珠》，成都：天地出版社，2002 年（《楊升庵叢書》）。

16. 〔明〕陳耀文：《花草稡編》，臺北：臺灣商務印書館，1983 年 6 月（《景印文淵閣四庫全書》）。

17. 〔明〕茅暎：《詞的》，北京：北京出版社，2000 年 1 月（《四庫未收書輯刊》）。

18. 〔明〕陸雲龍輯：《翠娛閣評選行笈必攜詞菁》，現藏於中國國家圖書館。

19. 〔明〕潘游龍輯、梁穎校點：《精選古今詩餘醉》，瀋陽：遼寧教育出版社，2003 年 3 月。

20. 〔明〕卓人月、徐士俊輯：《古今詞統》，上海：上海古籍出版社，2002 年 3 月（《續修四庫全書》）。

21. 〔明〕周履靖輯：《唐宋元明酒詞》，臺北：臺灣商務印書館，1969 年 4 月。

22. 〔清〕朱彝尊、汪森編：《詞綜》，上海：上海古籍出版社，2008 年 3 月。

23. 〔清〕先著、程洪輯；劉崇德、徐文武點校：《詞潔》，保定：河南大學出版社，2007 年 8 月。

24. 〔清〕沈辰垣、王奕清等：《御選歷代詩餘》，臺北：廣文書局，1972 年。

25. 〔清〕沈時棟輯：《古今詞選》，臺北：東方書局，1956 年 5 月。

26. 〔清〕夏秉衡輯：《清綺軒詞選》（道光間刊本），現藏於國家圖書館。

27. 〔清〕張惠言輯：《詞選》，上海：上海古籍出版社，2002 年 3 月（《續修四庫全書》）。

28. 〔清〕董毅輯：《續詞選》，上海：上海古籍出版社，2002 年 3 月（《續

修四庫全書》)。

29. 〔清〕黃蘇輯:《蓼園詞選》,濟南:齊魯書社,1988 年 9 月。

30. 〔清〕周濟輯:《詞辨》,上海:上海古籍出版社,2002 年 3 月(《續修四庫全書》)。

31. 〔清〕陳廷焯輯:《詞則》,上海:上海古籍出版社,1984 年 5 月。

32. 〔清〕王闓運輯:《湘綺樓詞選》(王氏湘綺樓刊本),1917 年。

33. 〔清〕梁令嫻輯:《藝蘅館詞選》,臺北:臺灣中華書局,1970 年 10 月。

34. 〔清〕周濟輯:《宋四家詞選》,上海:上海古籍出版社,2002 年 3 月(《續修四庫全書》)。

35. 〔清〕戈載輯、杜文瀾校注:《宋七家詞選》,臺北:河洛圖書,1978 年。

36. 〔清〕馮煦輯:《宋六十一家詞選》,臺北:文化圖書公司,1956 年 3 月。

37. 〔清〕端木埰輯:《宋詞十九首》,臺北:正中書局,1977 年 7 月。

38. 〔清〕朱祖謀輯:《宋詞三百首》,臺北:臺灣古籍出版社,2005 年 11 月。

39. 〔清〕葉申薌輯:《天籟軒詞選》,清道光間刊本,現藏於國家圖書館。

40. 〔清〕許寶善輯:《自怡軒詞選》,清嘉慶元年許氏刊本,現藏於國家圖書館。

41. 〔清〕王昶撰:《國朝詞綜》,北京:商務印書館,2005 年(《續修四庫全書》)。

【詞譜】

1. 〔明〕周瑛輯:《詞學筌蹄》,上海:上海古籍出版社,2002 年 3 月(《續修四庫全書》)。

2. 〔明〕張綖撰:《詩餘圖譜》,上海:上海古籍出版社,2002 年 3 月(《續修四庫全書》)。

3. 〔明〕程明善輯:《嘯餘譜》,上海:上海古籍出版社,2002 年 3 月 (《續修四庫全書》)。

4. 〔清〕吳綺輯:《選聲集》,臺南:莊嚴文化出版公司,1997 年 6 月 (《四庫全書存目叢書》)。

5. 〔清〕賴以邠輯:《填詞圖譜》,臺北:廣文書局,1971 年 4 月(《詞學全書》)。

6. 〔清〕郭鞏輯:《詩餘譜式》,北京:北京出版社,2000 年 1 月(《四庫未收書輯刊》)。

7. 〔清〕萬樹輯:《詞律》,上海:上海古籍出版社,2009 年 4 月。

8. 〔清〕王奕清奉敕撰:《欽定詞譜》,臺北:臺灣商務印書館,1986 年 3 月(《景印文淵閣四庫全書》)。

9. 〔清〕秦巘編著;鄧魁英、劉永泰校點:《詞繫》,北京:北京師範大學出版社,1996 年 9 月。

10. 〔清〕葉申薌輯:《天籟軒詞譜》,清道光間刊本,現藏於國家圖書館。

11. 〔清〕陳銳撰:《詞比》,現藏於中國國家圖書館。

12. 〔清〕舒夢蘭、謝朝徵箋:《白香詞譜箋》,臺北:世界書局,2006 年 5 月。

13. 〔清〕周祥鈺、劉崇德校譯《新定九宮大成南北詞宮譜校譯》,天津:天津古籍出版社,1998 年 7 月。

14. 〔清〕謝元淮撰:《碎金詞譜》,上海:上海古籍出版社,2002 年 3 月 (《續修四庫全書》)。

【辭典、彙編】

1. 〔清〕張宗橚編、楊寶霖補正:《詞林紀事,詞林紀事補正合編》,上海:上海古籍出版社,1998 年 11 月。

2. 〔清〕紀昀等撰:《欽定四庫全書總目》,北京:商務印書館,2005 年。

3. 張相著:《詩詞曲語詞匯釋》,北京:中華書局,1955 年 1 月。

4. 尤振中、尤以丁編著：《明詞紀事會評》，合肥：黃山書社，1995 年 12 月。

5. 尤振中、尤以丁編著：《清詞紀事會評》，合肥：黃山書社，1995 年 12 月。

6. 馬興榮、吳熊和、曹濟平主編：《中國詞學大辭典》，杭州：浙江教育出版社，1996 年 10 月。

7. 施蟄存、陳如江輯錄：《宋元詞話》，上海：上海書店出版社，1999 年 2 月。

8. 王兆鵬、劉尊明主編：《宋詞大辭典》，南京：鳳凰出版社，2003 年 9 月。

9. 吳熊和主編：《唐宋詞匯評·兩宋卷》，杭州：浙江教育出版社，2004 年。

10. 唐圭璋：《詞話叢編》，北京：中華書局，2005 年 10 月。

11. 廖珣英編：《全宋詞語言辭典》，北京：中華書局，2007 年 10 月。

12. 吳熊和主編：《唐宋詞匯評·唐五代卷》，杭州：浙江教育出版社，2007 年。

13. 沈澤棠編：《近現代詞話叢編》（合肥：黃山書社，2009 年 3 月）。

14. 朱崇才撰：《詞話叢編繼編》（北京：人民文學出版社，2010 年 6 月）。

15. 葛渭君撰：《詞話叢編補編》（北京：中華書局，2013 年 3 月）。

【學位論文、期刊論文】

1. 顧美和撰：《詞籍序跋芻議》，南京師範大學文藝學系碩士論文，2006 年。

2. 于瑞娟撰：《宋代詞集序跋研究》，廣西師範學院中國古代文學碩士論文，2011 年。

3. 雲志君：《從浙西詞派詞集序跋看其詞學思想》，內蒙古師範大學中國語言文學碩士論文，2013 年。

4. 袁志成撰：〈天籟軒詞譜研究〉，《廣西大學學報》（哲學社會科學版），第 30 卷第 5 期，2008 年 10 月。

5. 張仲謀〈論明代詞集序跋的文獻問題〉,《南京師範大學學報》(社會科學版),2010 年 9 月第 5 期。

6. 王偉勇著:〈《清代詩文集彙編》之詞學價值〉,《國文學報》,臺北:國立臺灣師範大學國文學系,2014 年 6 月,第五十五期。

7. 陳水雲撰:〈唐宋詞集「副文本」及其傳播指向——以明末清初編刻的唐宋詞集為討論中心〉,《江西師範大學學報》(哲學社會科學版),2010 年第 4 期。

8. 張高評:〈北宋讀詩詩與宋代詩學——從傳播與接受之視角切入〉,《漢學研究》第 24 卷第 2 期。

9. 陳水雲撰:〈趙萬里對現代詞學文獻學的貢獻〉,《國學學刊》,2014 年第 4 期。